AF192141

Mary J. River

A magányban egyedül

novum pro

Ez a **könyv**
e-könyvként
is elérhető

w w w . n o v u m p u b l i s h i n g . h u

© 2022 novum publishing

ISBN 978-3-99131-595-7
Lektor: Varga Mónika
Borítókép: Szikora Ágnes
Borító, tördelés & nyomda:
novum publishing

www.novumpublishing.hu

Climate neutral
Print product
ClimatePartner.com/16547-2201-1002

1.

Ragyogó májusi reggel volt, a reluxák között halványan szűrődött be a napsugár, miközben odakint bársonyos ujjaival felitatta a fák leveléről a harmatcseppeket. Ennél szebb és csodálatosabb reggelt nem is kívánhatott volna senki sem. Maggie meredten bámult az ablak irányába és hallgatta a madarak vidám csiripelését, majd próbált ráhangolódni eme tökéletes nap kezdetére. A reggeli harmóniát a kávéfőző időzítője zavarta meg, – jelezvén – a fekete elkészült. Maggie lustán nyújtózott még egyet, és maga mellé tekintett, ahol férje Paul feküdt, mint mindig, hátat fordítva. A helyzetet szomorúan nyugtázva kipattant az ágyból és lesietett a lépcsőn a csábító illatok irányába. Gyorsan elkészítette a feketét, ami számára csak abból állt, hogy csészébe tölti, a másik adag tartalmát viszont gazdagon ízesítette – mivel férje így szerette. Ezután rápillantott az órára, és látta, hogy van még ideje felvinni Paulnak a reggeli kávét és talán még a fiát, Patricket is el tudja vinni az iskolába munkába menet. Visszaindult az emeletre, majd a hálószobába érve óvatosan teret próbált engedni a napsugaraknak. Paul unottan, kissé morogva fordult az ellentétes irányba, fejére húzva takaróját, ezzel nyilvánítva ki nemtetszését. Maggie igyekezett fürgén az éjjeliszekrényre helyezni az elkészült italt, hátha a finom illatok hatására Paul is értékeli eme gyönyörű reggelt. Sajnos erőfeszítése nem járt sikerrel, és látva férje elutasító magatartását, inkább átment fia szobájába.

– Jó reggelt Patrick, hasadra süt a nap, nézd, milyen csodás reggelünk van!

– Anya, nem nézhetném meg inkább később? – válaszolt Pat.

– Miért, mi a baj a mostani időponttal, már elmúlt nyolc, indulnunk kellene az iskolába.

– Szerintem én ma inkább apával megyek.

– Jól van, de ne induljatok túl későn, ő is még lustálkodik, adok egy búcsú puszit és megyek. A reggeli müzlidet azért elkészítsem?

5

– Nem kell még, mert nem szeretem, ha szétázik, mire megeszem.

– Oké, rendben, szép napot neked és vigyázz magadra, majd estére találkozunk.

– Szia, anya.

– Szia, Pat.

Ezzel Maggie sarkon fordult és berobogott a gardróbba, hogy megfelelő öltözéket keressen a mai nap tiszteletére. Vidám tavaszi színekbe szeretett volna öltözni, hiszen a lelke is a szivárvány minden színében pompázott. Miután kiválasztotta a megfelelő ruhadarabokat, útra kelt a munkahelyére.

Maggienek egy wellnesscentruma volt a város zajától távol eső zöldövezetben, amelyet hölgyek és urak egyaránt szívesen látogattak. Igazi nyugalom szigete volt ez, a rohanó hétköznapok háborgó tengerén, és aki egyszer ellátogatott ide, az bizonyosan máskor is visszatért.

Maggie még kislány korában – rút kiskacsaként – ábrándozott arról, hogy egyszer saját szalonja lesz, és mindenki hozzá fog járni. A rengeteg munka, kitartás és nélkülözés tette lehetővé, hogy álmai valóra váljanak, de megérte. A városban mindenki ismerte, bárhová is ment, mindenhol voltak barátai, ismerősei – legalábbis ekkor még ezt hitte. Az alkalmazottait nem beosztottként, hanem munkatársként kezelte és úgy is emlegette őket. Igyekezett mindenkivel a megfelelő hangnemet kialakítani, legyen az idős vagy fiatal, nő vagy férfi, esetleg gyermek. A jó neveltetésének köszönhetően kifogástalan mentalitással és toleranciával rendelkezett, és talán ez lehetett az oka annak, hogy annyi szeretetet adott az embereknek. Gyermekkorában mindenki csúfolta, és ő úgy gondolta, ha odaadó lesz másokkal, akkor jobban elfogadják és szeretik. Az idő neki dolgozott, a vézna, csempefogú, fakó hajú kislányból, gyönyörű nővé változott, de az emlékek a mai napig kísértették. Sokan irigykedtek sikereire és elsiklottak afelett, hogy mennyi energia és munka van az elért eredmény mögött. Az évek folyamán bizony voltak, akik elpártoltak tőle, de egyetlen barátja mindig mellette állt.

Gyermekkori jó pajtása James, akivel együtt követték el a csínyeket, és aki mindig megvédte, ha valaki bántani merészelte. Testvérekként szerették egymást, óvodától az egyetemig, és ez a jó barátság megmaradt a mai napig. Nem találkoztak sűrűn, de azért felhívták egymást, ha volt egy kis idejük és amikor Maggienek nagyon sok dolga volt, akkor mindig megkérte Jamest, hogy segítsen neki, ő pedig természetesen igent mondott, és ez ma sincs másként.

Maggie szalonja egy nemzetközi találkozó színhelye lesz, ahol a konferenciák és vacsorák lebonyolítása mellett, a közös ellazulást is beépítették a csapatépítő tréning programjai közé. A szauna, a masszázs, kozmetika, tenisz és még számtalan kényeztető és szabadidős tevékenység szerepel a palettán.

Mikor Maggie beért a munkahelyére, rögtön titkárnőjéhez fordult.

– Jó reggelt Sue, mit szólsz a mai reggelhez, remélem minden olyan tökéletes lesz, mint amilyen tökéletesnek indult, de legalábbis az időjárás tekintetében. Megérkeztek a vendégek?

– Szervusz Maggie! Még nincs itt mindenki, de a nap folyamán megérkeznek – válaszolt Sue.

– Rendben. A szobák készen állnak, az ebédet lerendelted a teljes létszám részére?

– Természetesen minden a terv szerint halad.

– Bízzunk benne, hogy később sem lesz ez másként. A konferencia résztvevőin kívül, még hány vendégünk van, és még hányat tudunk fogadni?

– Egy pillanat, mindjárt megnézem. – Sue a papírjait kezdi fürkészni, majd felpillant. – Vannak vendégeink szólóban, vannak párok és még egy–két család is, de ők a jobb szárnyban lettek elhelyezve. Ahogy elnézem, van még pár szabad szobánk, egy- és kétágyasok. A balszárnyban elhelyezett vendégeknél is van még három szabad szoba, ha még mások is jönnének a konferenciára.

– Rendben Sue, akkor szervezd úgy, hogy a jobb szárny vendégei a jobb szárny szolgáltatásait vegyék igénybe, elméleti síkon ez kivitelezhető. A balszárny kapacitása teljesen le lesz kötve.

– Oké, és az étkezést hogy oldjuk meg?

– Természetesen megnyitjuk a másik termet, – amit az esküvői partikon szoktunk – így egymástól elkülönítve tudjuk lebonyolítani az étkezéseket és a vendégek sem zavarják egymást.

– Megyek és intézkedem, ha van még kérdésem, hol talállak?

– Az irodámban leszek, kell egy kis segítséget hívnom, hosszú lesz a hétvége.

– Jó, akkor én megyek és intézem a többi dolgot.

Maggie a saját birodalmába sietett, elindította gépét, és átnézte a frissen érkezett e-maileket, majd a határidőnapló bejegyzéseit olvasgatta. A lapok már hónapokra előre beteltek üzleti megbeszélésekkel és programokkal. Természetesen ezek között a család is helyet kapott, és igyekezett a gyerekzsúrokat is felírni, nehogy a fiának csalódást kelljen okoznia. Így is olyan kevés ideje jutott Patrickre, mi lett volna, ha még azt a kis időt sem tudná vele tölteni. Maggie tökéletesen tisztában volt vele, hogy fiának mennyire fontosak ezek a közös pillanatok, ezért úgy gondolta, – hogy könnyítse a ránehezedő terhet –, felhívja Jamest, nincs-e kedve segíteni a hétvégén. Előkereste telefonját, tárcsázott és hosszasan hallgatta a csengést, már majdnem letette, mikor James végre beleszólt.

– Szia Maggie, mi újság?

– Szia, James! Nincs semmi különös, csak a szokásos hétvégi őrültekháza. Szerettelek volna megkérdezni, hogy nincs-e kedved átjönni a hétvégén egy kicsit besegíteni nekem? Természetesen nem maradok adósod – válaszolt Maggie.

– Tudod jól, hogy rám mindig számíthatsz Maggie, de ha nem vagyok indiszkrét, akkor az a mindenben profi Paul mit fog csinálni, ő nem segítene néha neked?

– James, miért mondod ezt? Ő Patrickkel lesz, amíg én a vendégek kényelméről gondoskodom, de ha terhedre vagyok, akkor azt is megértem, és mondhatsz nyugodtan nemet, nem fogok megsértődni.

– Dehogyis, szó sincs ilyesmiről, neked bármikor szívesen segítek, csak azt nem értem, hogy a férjed miért nem vesz emberszámba téged és miért nem segít, ha a helyzet úgy kívánja?

– James, ez már lerágott csont, ezt minden egyes alkalommal elmondod nekem, hát már sohasem hagyod ki?

– Mit csináljak Maggie, egyszerűen nem bírom elnézni, amit ez az ember csinál veled és te hagyod.

– Miért, szerinted van más választásom? Ő a férjem és a gyermekem apja.

– Igen tudom, de például nem is kellett volna annak idején szóba állnod vele és sajnos a testvére is ezen a véleményen van.

– Jó, ezt most hagyjuk és váltsunk témát, holnap délután találkozunk úgy három körül, neked megfelel?

– Igen, bízhatsz bennem, én ott leszek, és már alig várom, hogy viszont lássalak.

– Rendben, köszönöm James, akkor holnap.

– Oké Maggie, szia.

– Szia, James.

Elköszöntek egymástól, de Maggie még nem fejezte be a telefonálást, felhívta Pault.

– Üdv Maggie, mi a helyzet?

– Kedves Paul a képlet a következő a hétvégére nézve. Nekem itt kell lennem, neked pedig Patrickkel. Mivel nem tudok most rátok időt szakítani, így szeretném, ha elvinnéd őt valami tuti helyre, kalandparkba, állatkertbe vagy ahová ő szeretne menni és persze minden bizonnyal a hamburgerezést sem fogja kihagyni – szerintem. Ha végeztetek természetesen eljöhettek hozzám, de ha megoldható, akkor inkább a nap második felében, mert teljesen el leszek havazva.

– Rendben Maggie, de én le vagyok égve.

– Paul te mikor nem vagy leégve? Egy hete kaptál fizetést és nem is te vásárolsz otthonra, hová tudod így elverni a pénzt?

– Tudod, hogy milyen sokba kerül az üzemanyag meg a különböző programok és belépők.

– Hát persze, minden bizonnyal, akkor este találkozunk, és ne felejts el Patrickért menni, ma karate órája lesz, holnap pedig lovaglás.

– Látod Maggie erről beszélek, hogy mindig nekem kell fuvaroznom a gyereket – méltatlankodott Paul.

– Igen Paul, de ha tudsz, egy jobb megoldást a kialakult helyzetre szívesen meghallgatom – válaszolt Maggie, majd folytatta.

– Sajnos kettőnk közül, csak neked van olyan munkahelyed, ahová nem kell bejárnod dolgozni és mégis kapsz fizetést. Bizonyára elkerülte a figyelmedet ez az aprócska tényező, hogy máshol ez nem így működne és tudod jól, hogy amikor bírok, akkor én is a gyerekkel vagyok.

– Tudom, de hát én nem tehetek róla, hogy ez így alakult – mentegetőzött Paul.

– Jó, akkor most ezen ne vitázzunk, majd este megbeszéljük, szervusz.

– Szia Maggie.

A telefonbeszélgetés befejeztével Maggie lázasan kezdett a munkába, elrohant a különböző részlegekhez, és rövid tájékoztatást tartott a kollégáknak és kolléganőknek az elkövetkező három napra vonatkozóan. Paul pedig – mint mindig – elkocsikázott a golfklubba a fiatal szinglikkel hetyegni és a sármos nagyfiút játszani. Ő ebben volt igazán nagy, evvel hódította meg Maggie szívét is évekkel ezelőtt.

A kicsi Maggie keservesen felépítette birodalmát, miközben elveszítette először az édesanyját, majd két évre rá az édesapját is. Már nem tudta nekik megmutatni, hogy milyen gyümölccsé érett az addigi fáradozásuk, és sajnos az unokájukat sem ismerhették. Maggie olyan sérülékeny korszakban volt, amikor megismerte Pault, hogy nem is csoda, mennyire könnyű dolga volt vele. Bár James figyelmeztette Maggiet, Paul természetére, ő annyira elveszettnek érezte magát, hogy a becéző szavak egyből rabul ejtették. Persze valahol a lelke mélyén tudta, hogy Jamesnek igaza van, de mégsem volt képes elfogadni az igazságot és ennek már kilenc éve. Paul éli világát, Maggie pedig csendben szenved mellette, elnézve allűrjeit. Az egyetlen dolog talán, amiért még nem változtatott, mert Patrick igazán odavolt az apjáért, ha ez nem így lett volna, akkor Maggie már valószínűleg rég dobta volna Pault. A szakításból azonban Maggie nem jól jött volna ki, mivel férje bizonyosan részt követelne az üzletből, amihez igazából semmi köze sincs, de mihaszna élete egy csapásra más dimenzióba kerülne. Maggie pedig olyan lelkiismeretes, hogy a fiára való tekintettel, valószínűleg még adna is tulajdonrészt Paulnak. Tehát a helyzet egyáltalán nem volt rózsásnak mondható, de Maggie némán, befelé fordulva tűrt és nem szólt senkinek. Igyekezett ott legbelül elfojtani magában, úgy, hogy senki se tudjon róla, de egyvalaki látta rajta, hogy mi zajlik benne és ez nem más volt, mint James. Őt nem tudta átverni, még akkor sem, amikor küszködött, hogy fenntartsa a látszatot. Az állandó elfoglaltság, a munka és a programok segítették abban, hogy ne gondoljon lelki nyomorára, a kérdés csak az volt, hogy meddig tudja így tartani magát?

A mostani vendégsereg is éppen jókor jött, így újból elterelhette gondolatait. Bár még csak csütörtök volt, de igyekezett mindent alaposan eltervezni és kivitelezni a tökéletes hétvége érdekében. Meggyőződése volt, hogy az elégedett vendégek visszatérnek és a tapasztalatai is ezt igazolták. Szeretett az emberekkel beszélgetni, szerette a gondolatait megosztani és lexikális tudásának köszönhetően tudott is miről csevegni. Maggie mindig is imádott olvasni, egész eddigi életében szinte mióta megismerte a betűket. Óvodás korában édesanyja olvasott neki esténként meséket, aztán később már ő olvasott fel, amikor a vacsorát készítették együtt. A repertoár nagyon széles volt, a receptektől a klasszikus irodalomig és minden napra jutott valami más. Hétvégenként kimentek a közeli erdőbe, és tanulmányozták a gyógynövényeket, megfigyelték az állatokat, gyümölcsöket és gombákat gyűjtögettek, így kerülve közel a természethez. Maggie imádta ezeket a kirándulásokat, és mindig izgatottan várta a szombatot. Ez olyan csajos program volt, mert amíg az édesapja a birtokot járta körbe, addig a lányok csámborogtak, és közben megvitatták az élet nagy dolgait. Megoldást ugyan nem találtak sok megválaszolatlan kérdésre, de a nyitva maradt gondolatokat most Maggie Patrickkel beszéli meg. Hiszen vannak olyan témák, melyek örök érvényűek maradnak, mint a szerelem, a romantika, a csalódás, a család és még megannyi más. Valójában Patrick is nagyon élvezte ezeket az együttléteket, ahol édesanyjával közös kalandokba keveredhetett, csak azt sajnálta, hogy mindezt nem a nagyszülők vidéki farmján tehették, bár Maggie ígéretet tett rá, hogy egyszer elviszi a fiát oda, ahol ő nevelkedett. Egy nyolcéves kisfiú talán jobban értékeli ezeket, mint a golfklubot, a jachtklubot, vagy bármely más felnőtt hobbit. Sajnos Paul nem igazán vitte Patricket a városon kívülre, neki tökéletesen megfeleltek a betonrengeteg által felkínált lehetőségek, sőt, ha tehette volna, talán még a lakásban is autóval közlekedik. A dolog érdekessége, hogy Paul igazából vidéki gyerek volt, de az ikertestvérével – Sammel – ellentétben, ő utálta a farmokat és mindent, ami a várostól távolabb esett. Mintha nem is ikrek lettek volna, tűz és víz, ég és föld, csak külsőre hasonlítottak egymásra, de az öltözködésük már elárulta róluk, hogy mennyiben különböznek. Sam a realista, Paul az álmodozó. Amikor Sam meghívta Maggieéket vendégségbe, Paulnak mindig valami sürgős és halaszthatatlan dolga akadt, vagy ha mégis ellátogatott testvéréhez, a vendégség veszekedésbe torkollott és nem volt ritka, hogy Paul visszarohant a városba, Maggie pedig Patrickkel egy-két napot vidéken töltött. Legutóbb sem történt ez másként, bár a dolgok jelenlegi állása szerint ez a közeljövőben nem fog megismétlődni, mert itt a főszezonban Maggie nem tud a fiával távolabbi látogatást tenni.

Tehát csütörtök van és elméletileg minden készen áll a hétvégi roham fogadására. A személyzet naprakész, a segítség beígérve. Maggie este fél kilenckor gördül az otthoni kocsibejáróra. A ház ablakai, mint tágra nyílt hatalmas sárga szemek meredtek az éjszakába. Látszólag minden helyiségben égtek a lámpák. Vajon mi lehet az oka ennek a végtelen fényárnak? – kérdezte magában Maggie. Remélem, jó indokuk van a kivilágításra és nem az, hogy megint égve hagytak minden lámpát.

A lakásba belépve senkit sem látott, lepakolta a holmiját és elindult felkutatni a családtagjait. Patrick a nappaliban feküdt ruhástól és csendesen szunyókált, a tv-ben mese ment. Paul az emeleti jakuzziban ázott, telefonnal a kezében és fogalma sem volt a világról. Maggie éktelen haragra gerjedt.

– Paul, megvacsoráztattad Patricket?

Paul ekkor érzékelte Maggie jelenlétét és felhúzott szemöldökkel, nagy csodálkozó szemekkel meredt rá, mintha Maggie kínaiul kérdezte volna és a telefon még mindig a kezében volt.

– Még nem volt rá időm – válaszolta.

– Mire nem volt időd, az egész ház kivilágítva, a gyerek ruhában alszik a nappaliban, a kaja a hűtőben érintetlen, te pedig itt áztatod magad és cseverészel?

– Nagyon fontos üzleti ügyben tárgyalok – felelte Paul.

– Valóban? És megosztanád velem azt a nagyon fontos üzleti ügyet, ami fontosabb a gyermekednél? – kelt ki magából Maggie.

– Nem mondhatom meg, mivel ezekhez a dolgokhoz te nem értesz – válaszolt Paul lekezelően.

– Lehet, de sajnos még egyik telefonod sem hozott annyit, hogy legalább a benzinpénzedet fedezze – válaszolt Maggie dühösen.

– Nem értem, mit vagy úgy oda, Patrick már nem csecsemő.

– Tényleg nem, de neki holnap reggel iskolába kell mennie, ellentétben veled, aki nagy valószínűséggel a holnap délelőttöt is elütöd majd valamelyik belvárosi szórakozóhelyen.

– Tévedsz Maggie, én kommunikációs tréningekre járok, nem szórakozni.

– Igen, akkor itt a remek alkalom, szívesen látlak a központban, gyakorolhatod a képességeidet.

– De drágám, nekem kell mennem a gyerekért, tudod, holnap lovaglás.

– Semmi pánik, a lovaglás délutáni elfoglaltság, kilenctől háromig kamatoztathatod tudásodat nálam, telt házunk lesz, bizonyára lesz beszélgető partner is.

– Rendben, de akkor te viszed Patricket az iskolába, mert nekem el kell készülnöm.

– Vajon miért nem lepődök meg ezen a válaszon, nem is vártam mást tőled, de ne aggódj, megoldom.

Ezzel Maggie sarkon fordult és a nappaliba sietett, felnyalábolta Patricket és az ágyába cipelte. Úgy gondolta, hogy nem vetkőzteti le, inkább majd reggel egy picivel előbb ébreszti, nem szeretné most kiűzni az álmot a szeméből. Lefektette Patricket, majd a konyhába sietett. Elpakolta a vásárolt holmikat, majd elindította a mosogatógépet és fürdeni ment.

Maggie egyre nehezebben tolerálta Paul kicsapongó életvitelét, már nem csak a saját munkája, de a férjével való állandó küzdelem is kezdte felemészteni az energiáját. Maggienek meggyőződése és mottója volt, hogy minden kihívás erősíti a jellemet, de ezt a terhet – úgy érezte – már nem tudja sokáig elviselni.

– Milyen szerencse, hogy a házban több fürdőszoba is van, így nem kell attól rosszul lennem, hogy Paul az imént ebben a kádban páváskodott – gondolta Maggie miközben a kádba lépett. Nyakig engedte meleg vízzel és levendulás fürdősót öntött bele, mennyei érzés volt elnyúlni és megpihenni a fárasztó nap után. Bekapcsolta a hidromasszázst és úgy érezte, hogy számtalan apró, selymes ujjbegy táncol a testén. Szinte tökéletesen ellazult, csak a gondolatai ne cikáztak volna egyfolytában. Annyira jól esett neki ez a kényeztetés, hogy egyszer csak elaludt a kádban. Erre akkor döbbent rá, amikor arra riadt, hogy reszket és tudatosult benne, hogy a víz egy kissé kihűlt. Gyorsan megtörölközött és a hálószobába sietett. Paul már javában horkolt, természetesen hátat fordítva. Maggie csendesen becsusszant mellé, de nem jött álom a szemére. Valószínűleg a kádban végzett előalvás tehetett róla, de nem tudott aludni, egyre-másra az este történtek jutottak az eszébe és még megannyi más a közelmúltból.

Meddig lehet, meddig kell ezt tűrni, azért legyek megalkuvó, mert a fiamnak így a jó, de nekem? Engem kérdez valaki? – ilyen és ehhez hasonló kérdések fogalmazódtak meg benne, majd szép lassan elszenderült.

2.

Reggel hétkor ismét a kávégép hangja ébresztette. Ma is olyan ragyogó napra ébredt, mint tegnap, de valamiért ez a nap nem tűnt olyan csodálatosnak. Pedig semmi sem változott – legalábbis odakint. Nem érezte olyan vidámnak a reggelt, nem érzett késztetést, hogy színes ruhákba bújjon, inkább szürke és egykedvű volt. Nagyon szeretett volna derűs és sugárzó lenni, de nem tudott. Valami ott legbelül súlyos béklyóként csüngött a lelkén, mély nyomot hagyva az érzésein. Sajnos a tapasztalat már bebizonyította, hogy ha egy nap pocsékul indul, akkor ne várjunk tőle sokat. Most ez villant át Maggie agyán: – ha így érzem magam reggel, akkor mi lesz a nap hátralevő részében? – Mindegy mennem kell, lesz, ami lesz, lassan kikászálódott az ágyból és lement a lépcsőn a konyhába. Máskor egy szempillantás alatt lent volt, – szinte repült – most pedig úgy tűnt, hogy hosszú percekbe telik, amíg leér. Elkészítette a kávéját és az ablakból merengve csendesen elkortyolta. Nem vett elő másik csészét és nem készített Paulnak a zamatos feketéből, hiszen úgy is csak a fejére húzza a takarót és nem érdekli, hogy mit tesz neki a szekrényére.

– Hogy nem vettem ezt észre idáig és mióta nem issza meg a kávét, amikor frissen felviszem neki? Nekem ez eddig fel sem tűnt? – tette fel a kérdést magában Maggie.

– Lehet, hogy ez már régóta így van, és tényleg nem vettem észre, vagy nem akartam észrevenni? – és ezzel rögtön választ is adott magának.

Paul valószínűleg most sem érzékeli majd a kávé hiányát – gondolta magában. Ezen morfondírozott miközben Patrick szobájába sietett, kihúzta a sötétítőt és fiához fordult.

– Jó reggelt Patrick, jól aludtál?
– Jó reggelt anya, miért kérdezed?
– Szerinted? Nem vagy éhes?

– De igen, most, hogy mondod, elégé korog a gyomrom.

– Lehet, hogy nem vacsoráztál?

Patrick hosszasan gondolkodik.

– Igen, vagyis nem.

– Tudod, nagyon dühös voltam az este, amikor hazaértem.

– Nem emlékszem rá, anya.

– Nem te tehetsz róla, ezt nekem kell megoldanom. Most viszont menj, fürödj le, mivel az este az is elmaradt és utána a konyhában találkozunk. Mit szeretnél reggelizni?

– Most nem müzlit kérek, inkább valami laktatóbbat.

– Rendben, majd keresek neked valamit – mosolygot rá Maggie.

Maggie az asztal körül szorgoskodott, teát és szendvicset készített Patricknek, aki rögtön felvillanyozódott, amikor meglátta az elébe táruló finomságot.

– Anya, ez a kedvenc szendvicsem – mondta.

– Tudom – felelte Maggie.

– Hogy-hogy ilyet csináltál nekem?

– Nem azt mondtad, hogy valami laktatót kérsz?

– Igen, de nem gondoltam, hogy ilyen finomat készítesz.

– Hát változik a világ, nekünk is néha változtatnunk kell.

– Akkor én is változok?

– Igen, azt hiszem. Idővel mindannyian változunk.

– Ezt most mire mondtad anya?

– Mindegy majd megérted, most egyél és induljunk.

– Nem apa visz a suliba?

– Nem, ma én viszlek, remélem nem baj?

– Dehogyis, szuper, mindjárt hozom a táskámat.

Maggie annyira pipa volt az elmúlt este után, hogy nem csak a kávét nem vitte fel Paulnak, de még csak el sem köszönt tőle. Beültek a fiával az autóba és az iskoláig meg sem álltak.

– Szia Patrick, vigyázz magadra, valószínűleg apa jön érted, de már semmi sem biztos, az is lehet, hogy Sue, majd meglátjuk. Ügyes légy, egy gyors búcsú puszi?

– Puszi? Apa sohasem ad nekem.

– Nem kötelező, de gondoltam a reggeli mellé ez még befér.

– Rendben, de gyorsan, mert mindjárt becsengetnek.

– Oké – és Maggie hamarjában két puszit nyomott Patrick arcára, aki nyújtott léptekkel sietett fel az iskola lépcsőjére, majd az ajtóból visszapillantva még integetett.

Maggie még néhány percig ült némán és azon gondolkodott, hogy mi lenne vele Patrick nélkül, elveszett ember lenne a világban, hiszen már senkije sincs, ő az élete értelme. Mielőtt tovább guríthatta volna gondolatainak fonalát, váratlanul megszólalt a telefonja. Rápillantott, Paul volt az, de nem volt kedve felvenni, így hát beindította az autóját és elindult dolgozni.

Fél kilenc volt, amikor megérkezett a wellnessközpontba, ahol Sue már javában serénykedett. Ő volt az az ember, akiben Maggie teljesen megbízott. Sue sohasem mondta azt, hogy valamit nem csinál meg, legfeljebb, ha elakadt, akkor kért segítséget. Természetesen főnöke is maximálisan kiállt mellette, és segítette is, ha arról volt szó. Szinte együtt dolgoztak a kezdetektől. Maggie vette fel Sue-t, amikor a városba került, mert gyakorlat híján senki sem akarta őt alkalmazni, de itt kapott egy lehetőséget, hogy bizonyíthassa rátermettségét és ő bizonyította is. Az örvendetes hír, hogy sok más korabeli lánnyal ellentétben, Sue nem felejtette el, hogy honnan indult és nem szédítette meg a pompa és a gazdagság sem. Az itt eltöltött idő alatt már jókora összeget megspórolt, de ő sohasem szórta két kézzel a pénzt, mindig mindent alaposan átgondolt, még a nyaralásokat is jó előre megtervezte.

– Jó reggelt, Sue!

– Jó reggelt, Maggie!

– Csak szólni szeretnék neked, hogy ne lepődj meg, kilencre jön a férjem – ha elkészül és szórakoztatni fogja a vendégeket.

– Hogy ki és mit fog csinálni? – kerekedtek el Sue szemei a hallottak után.

– Igen, jól hallottad, azt mondta, hogy ő kommunikációs tréningekre jár, hát mondtam neki, itt a ragyogó alkalom, hogy valami hasznát vegyük.

– Maggie, ezt nem mondhatod komolyan! Paul lejárat minket.

– Rendben, akkor rád bízom, kísérd figyelemmel, ha úgy látod, hogy túlzásokba esik, szólj és „kiiktatom".

17

– Ok, de szerintem ez öngyilkosság, nem hiszem, hogy komolyan gondoltad.

– Pedig de.

– Hát jó, te vagy a főnök.

– Kíváncsi vagyok, mit tud kihozni magából? Jamest nem említettem neki, majd észreveszi, ha délután megérkezik, bár úgy gondolom, hogy Paul addigra elmegy, ha minden a terv szerint halad. A vendégek itt vannak?

– Igen, szinte már mindenki megérkezett. Egy részük már a reggeliző asztalnál van, de igyekezniük kell, mert tízkor lesz az első előadás.

– Reméljük, hogy tudnak róla, ezt nekik kell fejben tartani, nekünk a vendéglátás és a szórakoztatás a feladatunk A következő kötelező programjuk mikor lesz?

– Délután háromkor, így az ebéd is kényelmesen belefér – felelt Sue.

– Bízom benne, hogy mind a három nap ilyen elosztásba szervezték az előadásokat, így talán nálunk sem lesz fennakadás. Sue mikor is lesz a vacsorával egybekötött zenés est?

– Ma.

– Ma? Hűha, ezt majdnem elfelejtettem. Rendben, neked van mit felvenned?

– Hát persze Maggie, nem ez az első ilyen estem.

– Tudom Sue, hogy rád mindig számíthatok.

– Én pedig köszönöm, hogy megbízol bennem.

– Jó, akkor, ha megkérhetlek, – mivel mindjárt kilenc – ha Paul ideér, megmutatnád neki, hogy hol kellene trécselnie a vendégekkel, én most valahogy nem szeretnék vele találkozni.

– Valami baj van?

– Nem, nincs semmi.

– Maggie, régóta ismerlek már, látom, hogy valami nincs rendben.

Maggie arca hirtelen komorrá vált, majd így szólt.

– Nem szeretnék róla beszélni – egyelőre.

– Oké, ha majd úgy érzed, elmondod. Most megyek és megnézem, hogy Paul megérkezett-e?

Ezután Maggie az irodájába sietett a napi teendőit ellátni, és akkor pillantotta meg a papírt, amire Sue felírta, hogy a következő két hétre szeretne szabadságot kivenni. Maggienek ez teljesen kiment a fejéből, pedig Sue ezt már egy hónappal ezelőtt jelezte. Természetesen elmehet, nem is kérdés, biztosan hazautazik a szüleihez, de voltaképpen mindegy is, hova megy, megérdemli a pihenést. Biztosan nehezebb lesz nélküle, de majd csak kibírjuk valahogy – nyugtázta Maggie. A következő pillanatban már az járt a fejében, hogy Paul vajon elárulja-e a vendégeknek, hogy ő a tulajdonos férje, talán jobb lenne, ha nem tenné, de hogyan kellene ezt finoman beadagolni neki? Bizonyára nem lesz ínyére ez a kikötés, sőt amilyen makacs és dacos tud lenni, még az is lehet, hogy rájátszik egy kicsit – kicsit nagyon. Ám az is megtörténhet, hogy teljesen normálisan fog viselkedni – bár az ő esetében nincs esély metamorfózisra, és ha elkezd inni, akkor még a kommunikációs készsége is veszélybe kerülhet.

A következő pillanatban kopognak.

– Tessék! – szólt Maggie.

– Csak én vagyok Maggie – lépett be Sue. – Megérkezett Paul.

– Igen és hol van?

– A bárban szürcsöli a kávéját és méltatlankodik, hogy otthon nem kapott.

– Micsoda véletlen, én sem kaptam otthon, nekem is mindig magamnak kell elkészíteni, mennyivel kényelmesebb lenne, ha reggelente itt innám, el lenne vetve a gondja. Nem is értem, hogy ez idáig miért nem jutott eszembe?

– Bocsánat Maggie, láttad a papírt, amire felírtam a szabadságot?

– Igen, igen és persze, hogy elmehetsz, de ezt már beszéltük a múltkor és azóta sem változott. Érezd jól magad, feltöltődsz és én, visszavárlak. Mikor indulsz?

– Hétfőn szeretnék, ha nem gond.

– Aranyos vagy, hogy nem előbb, így legalább addigra elmegy a tömeg és én is nyugodtabb leszek.

– Igen, pont ezért gondoltam így.

19

– Na, jó, akkor én most megyek és üdvözlöm a látogatókat, ha gondolod, tarts velem.

– Találkozhatok velük a három nap alatt eleget, inkább megyek ügyet intézni, ha nem haragszol.

– Rendben, menj csak, én megnézem a vendégeket.

Ezzel elváltak egymástól, Sue az irodába, Maggie a tárgyalóba tartott. Mivel az intézmény elég nagy, így volt rá lehetősége, hogy amíg elért a tárgyalóig, addig is sok emberrel találkozzon. Örömteli mosollyal és jó szóval illetett mindenkit, pedig a tegnapi este és a mai reggel után nehezére esett minden kimondott szó. Legszívesebben elbújt volna valahol a világ végén és némán sikongatott volna magában, mert úgy érezte, a szíve száz sebből vérzik. Ez volt az a momentum, amit nem akart sohasem a világ tudtára adni. Ő, aki egy komoly céget vezet, nem engedheti meg magának az elérzékenyülés, a gyengeséget. Az ügyfelek keménykezű tárgyaló partnerre éheznek és mivel az üzleti életben farkastörvények uralkodnak, ahhoz hogy talpon tudjon maradni, ezeket a szempontokat kellett szem előtt tartania. Pedig igazából ő is vágyott már arra, hogy egy kicsit a gyengébb nem felülkerekedhessen benne, mert valójában nagyon sérülékeny volt. Szeretett volna egy megbízható, odaadó férfi ölelő karjaiban ébredni és nem állandóan rohanni, vagy inkább menekülni otthonról. Nem véletlen, hogy James jól látta ezt, de Maggie nem akarta elismerni és nem csak a barátjának, de önmagának sem, nehogy sebezhető legyen. Egyszer már hagyta magát könnyű préda módjára, de akkor az életének abban a fázisában ez teljesen érthető volt. Most pedig nem tudni, hogy a sok stressz, a fáradság, a gondok, Paul lehetetlen magatartása, vagy James piszkálódása teszi-e, de az a bizonyos pohár tele lett. Az is lehet, hogy minden együtt és minden bizonnyal záros határidőn belül ki is csordul.

A nap következő részében a dolgok nagyjából jól mentek, eltekintve attól, hogy Paul hozta a formáját, és délután háromra már teljesen kiütötte magát, így természetesen nem ő ment Patrickért.

– Sue, ha nem túl nagy kérés, elmennél a fiamért a suliba, utána pedig el kellene vinned, lovagolni és meg is kellene várnod, körülbelül egy óra az egész. James bármelyik pillanatban megérkezhet, remélem, tudjuk majd tartani a frontot, és ha végeztetek, akkor légy szíves hozd el Patricket, mivel – ahogy az apját a jelenlegi állapotában elnézem –, lehet, hogy velem jön haza.

– Természetesen Maggie, nem gond, mindjárt indulok.

– Köszönöm.

Sue elviharzott az iskolához, Paul pedig totál kiütve feküdt az egyik vendégszobában, mit sem érzékelve a körülötte zajló eseményekből. Maggie a hallban várakozott, amikor James megérkezett.

– Szervusz, James, örülök, hogy megjöttél – majd két puszival üdvözölte.

– Szia Maggie, tudod, hogy rám mindig számíthatsz, ha meg közbe jönne valami, akkor úgy is szólnék.

– Tudom és köszönöm, hogy vagy nekem, nálad jobb barátot nem is kívánhatna magának az ember.

– Hát ez az, barátot... – ismételte meg a szavakat James és közben Maggie tekintetét fürkészte kíváncsian.

Maggie rezzenéstelen arccal hallgatott, mintha nem is értené, amit James mond. A következő pillanatban gyorsan témát váltott.

– Milyen volt a napod? – kérdezte.

– Átlagosnak mondhatnám mostanáig, de már nagyon vártam a délutáni találkozást – felelte James.

– Én nagyon remélem, hogy ez nap jobban végződik, mint ahogy kezdődött, de hiú ábrándokat nem kergetek ezzel kapcsolatban, bár legalább Te itt vagy, hogy bearanyozd nekem.

– Köszönöm Maggie, hogy így felértékeled a személyemet, ez hízelgő rám nézve.

– Na, jó hagyjuk a tiszteletköröket James, téged várnak a bárban a vendégek, én is megyek és teszem a dolgom, apropó hoztál valami vacsorához illő öltözéket?

– Igen, bár tegnap nem említetted a vacsorát én azért nem bízok semmit a véletlenre és készültem megfelelő ruhával.

– Látod, James ezt szeretem benned, hogy ilyen előrelátó vagy. Éjszakára természetesen itt leszel elszállásolva, a megszokott szobádat készítettük elő neked és nyugodtan használd a szolgáltatásokat is a ház vendégeként.

– Rendben, akkor dologra, és Maggie a vacsoránál ülhetnék melléd?

– Majd meglátjuk – felelte Maggie, és elváltak egymástól.

Az állandó nyüzsgés miatt, az órák is csak perceknek tűntek, ezért Maggie teljesen meglepődött, amikor Sue Patrickkel váratlanul betoppant.

– Jézusom, már ennyi az idő, hiszen még csak most mentél el!

– Igen Maggie, mi már végeztünk és ti, hogy álltok?

– Minden a terv szerint halad, kivételt ez alól talán csak Paul képez.

– Igen, itt van apa is? – kérdezte Patrick lelkendezve.

– Igen, mindannyiunk örömére. – felelte Maggie hangját némi iróniával fűszerezve.

– Akkor vele megyek haza, anya?

– Majd valakivel, de ne aggódj! Nincs kedved esetleg lubickolni egyet, Sue majd elkísér.

Sue Maggiere emelte a tekintetét, és az arca mindent elárult. Valószínűleg Maggie nem érzékelteti Patrickkel, hogy az apja milyen, meghagyja azt a képet, amit kialakított róla.

Nem lehet könnyű így gyereket nevelni – gondolta Sue magában és nagyon sajnálta Maggiet, mivel ő is tudta, hogy viselkedik Paul.

Ezután Patrick és Sue a medencéhez mentek. Maggie a terítést és a konyhát ellenőrizte, közben belebotlott Jamesbe, aki egy hölgykoszorú közepén sziporkázott. Nem volt nehéz dolga, hiszen páratlan volt a beszélő készsége és a humora is. Talán csak az a nő tudott neki ellenállni, aki nem beszélt vele. Mindig nagy sikert aratott, amikor Maggie elhívta, és a vendégeket szórakoztatta, a szinglik kimondottan az ő társaságát keresték. A furcsa az volt, hogy James bármelyik nőt megkaphatta volna, csak azt az egyet nem, akit valójában szeretett. Maggie szinte nesztelenül suhant el a társaság mellett és az arcára halvány mosoly ült, majd az ajtóból visszafordulva hosszú percekig nézte Jamest és arra gondolt – az élet sokszor nem úgy alakul, ahogy eltervezzük, és nem mindig hallgatunk a szívünkre, mintha attól félnénk, hogy nem hihetünk neki, vagy talán a csalódás lehetőségét próbáljuk kizárni? Az viszont biztos, hogy az élet egy nagy utazás, amelyre a fogantatás pillanatában jegyet váltunk, a kérdés csak az, hogy kinek, meddig és hova szól a jegye? A megállókat pedig idővel magunk választjuk – bár van –, amikor a sors egy kissé besegít.

Maggie is nagyon vágyott már egy kis segítségre a sorstól, de úgy tűnt, hogy neki mindenért keményen meg kell küzdenie. Nem is nyavalygott sohasem, bár sokszor megtehette volna. Számtalanszor megfogadta, hogy változtatni fog azokon a dolgokon, amelyek megkeserítik az életét, de mivel ezek a módosítások mások életét is befolyásolták, így nem tehette meg.

Lassan a vacsoraidőhöz értek, de Patrick még mindig a wellness-központban volt, az apjával együtt, Maggie pedig nem hagyhatta magára a vendégeket és megint Suehoz fordult.

– Sue, ha megkérlek, hazaviszed a fiamat és Pault, én is igyekszem majd haza, de most még nem tudok menni. Patrick evett kint a lányokkal, csak le kell fürdenie és utána irány az ágy. Paul szerintem csak bedől az ágyba és alszik reggelig, úgy látom tökéletes a filmszakadás nála.

– Rendben Maggie, mindjárt összeszedem őket.

– Lehet, hogy ha hátul mentek ki, kevésbé lesz feltűnő.

– Oké.

– Gyere Patrick megkeressük apukádat és indulunk haza – szólt Sue.

– Anya, te mikor jössz? – kérdezte Patrick.

– Mihelyt a helyzetem engedi, de az is lehet, hogy Jamest megkérem és már egy óra múlva otthon leszek, de addigra Suenak vissza kell érnie.

– Sue mesélhet nekem?

– Hát persze, majd választotok egy mesét. Egy jó éjt puszi? – kérdezte Maggie.

23

– Na, jó nem bánom, hátha alszom, mire hazaérsz.

Maggie Patrick arcára nyomott két puszit és útjára engedte őket, majd visszatért a vendégekhez.

Sue, Paul és Patrick kiegyensúlyozott tempóban haladtak hazafelé. Paul ájultan hevert az anyósülésen, fia kissé megszunynyadva hátul. A városban már lement az esti csúcs, viszonylag jól lehetett haladni és hamarosan megérkeztek. Sue először Patricket ébresztette és kísérte fel. Gyorsan megnyitotta neki a vizet és bekapcsolt egy mesét, amíg megtelik a kád. Utána lement és Pault navigálta felfelé, majd a hálóba vezette. Pont jókor ért viszsza, mire a kád megtelt vízzel és Patricket a fürdőbe tessékelte.

– Sue, nekem nem is kellene tisztálkodnom, hiszen nálatok már minden leázott rólam.

– Az azért nem olyan, úgyhogy nyugodtan fürödj le, addig megkeresem a pizsidet.

– Rendben, de a mesét én választom.

– Oké, mindjárt visszajövök – mondta Sue, majd elment Patrick ágyát előkészíteni és megkeresni a pizsamáját. Nem is kellett sokáig kutatnia, mivel otthonosan mozgott Maggie lakásában, ugyanis nem ez volt az első alkalom, hogy ő gondoskodott Patrickről, de ez egyáltalán nem esett nehezére. Főleg azért, mert Patrick is kedvelte Suet legalább annyira, mint az anyukája. Sue pedig Maggiet tekintette a példaképének, azért, amit kemény munkával elért és felépített, bár a házasságának mintáját nem kívánta követni, úgy gondolta, hogy abból a szempontból ő talán óvatosabb lesz.

Patrick a kádból kimászva törölközőjébe burkolózott és fáradtan csoszogott a szobájába, közben azon töprengett, hogy minél hosszabb mesét fog választani, hogy Sue sokáig tudjon mellette ülni.

Az ágyhoz érve gyorsan magára öltötte a pizsamáját és bebújt a paplan alá, de ekkor hasított belé a felismerés, hogy még nem választott könyvet és villámsebességgel szökkent a polchoz, majd levett egyet. Igazából nem is mese volt, hanem egy gyereknyelvre lefordított történelemkönyv a dínók életéről. Sue meg is lepődött.

– Hát nem mesét kell olvasni? – kérdezte.

– Én már nyolcéves vagyok, mit kezdenék a mesékkel? – mondta kissé lekezelően Pat.

– Ne bolondozz Pat, én nyolcéves koromban még hittem a mesékben.

– Akkor ideje Csipkerózsika álmodból felébredned és üdvözöllek a valóságban ez itt a huszonegyedik század. Szerintem a mai nyolcévesek már nem olvasnak meséket.

– Hát ez gáz, azt hiszem egy kicsit lemaradtam valahol – felelte Sue.

– Semmi baj, majd én segítek neked, hogy mi kell a mai gyerekeknek.

– Köszönöm Pat, de most már kérem azt a könyvet, mert itt fogok ülni reggelig.

– Oké, mindjárt kinyitom ott, ahonnan kezdheted.

– Rendben – majd Sue átvette a könyvet és olvasni kezdett.

Patrick kényelembe helyezte magát, majd húsz perc elteltével elszenderedett. Sue óvatosan betakargatta, felkapcsolta az éjszakai fényt a szobában, majd halkan távozott. Nem jutott messzire, mert bepillantott a hálóba, ahol Paul még mindig ruhában és cipőben feküdt az ágyon. Óvatosan beosont és lehúzta a lábáról a cipőket, de ekkor Paul megrezzent. Résnyire nyitotta a szemét és megpillantotta Suet, majd megszólalt.

– Te vagy az drága Sue? Te egy angyal vagy és a jó Isten küldött – majd kinyújtotta karját Sue irányába, mint aki segítséget kér a felkeléshez. Sue naivan odaadta a kezét, majd Paul egy hirtelen mozdulattal elkapta és egy pillanat alatt maga alá gyűrte a lányt. Sue szinte fel sem fogta, hogy mi történt, amikor Paul már javában a blúzát gombolgatta. A férfi az alkoholtól és az izzadságtól bűzlött és mindezt fűszerezte a reggel magára borított karakteres bódító szagú kölni. Suet a hányinger kerülgette, sikoltani nem mert Patrick miatt és Paul szorítása oly erősnek bizonyult, hogy nem tudott szabadulni. Másodperceken belül lepergett szeme előtt az élete, és azonnal valami megoldást próbált keresni, fejét az ajtó felé fordította és hirtelen csak annyit mondott.

– Szia Maggie, már meg is jöttél?

Ekkor Paul hirtelen elengedte a lányt és hátrafordult az ajtó irányába. Nem állt ott senki, de ez pár másodperc elegendő volt Suenak, hogy időt nyerjen és kirohanjon a szobából egyenesen az autóig. Feltépte az ajtót, beült és már indított is. Egész testében reszketett, alig tudott kormányozni, szinte úgy érezte, hogy képtelen lesz visszavezetni a központig. Aztán vetett magára egy pillantást és rájött, hogy így nem szállhat ki az autóból. Egy útjába eső – kevésbé forgalmas – parkolónál megállt, kiszállt és rendbe szedte magát. Folyamatosan az járt a fejében, hogy Maggie nem láthatja meg ilyen állapotban. Várakozott úgy tizenöt percet és újból elindult. Mikor megérkezett, Maggie már kint várta a bejáratnál.

– Szia, azt hittem valami baj történt Paul már telefonált, hogy minden rendben, Patrick alszik és már te is eljöttél. De mitől vagy ilyen feldúlt?

– Semmi különös, csak egy gyalogos kilépett elém és én majdnem elütöttem.

– Biztosan Sue ettől remegsz ennyire?

– Igen, nem vagyok hozzászokva az ilyen szituációkhoz, de ha nem haragszol, most megyek és lepihenek.

– Persze menj csak, majd reggel találkozunk.

Sue elvonult, Maggie és James tovább maradt a vendégekkel. Az idő múlásával az emberek is lassan nyugovóra tértek, tizenegy órára kiürült a nagyterem, már csak Maggie és James voltak talpon. Nem lehetett okuk panaszra, mivel úgy tűnt, mindenki elégedetten távozott. Ekkor James váratlanul egy CD–t helyezett a lejátszóba és felkérte Maggiet, aki meglepődött, de igent mondott. Lassan táncolni kezdtek egy andalító, romantikus zenére és James halkan suttogta Maggie fülébe.

– Te miért nem táncolsz sohasem a vendégekkel?

– Mert nem akarok, és azt mondom nekik, hogy nem tanultam meg táncolni.

– Igen, és ezt el is hiszik?

– Bizonyára, mert senki sem vitatja. – válaszolt Maggie.

– Pedig nagyon jól táncolsz, bárcsak reggelig így lehetnénk.

– De nem lehetünk, holnap is nehéz napunk lesz és nekem még haza is kell mennem.

– Hát ne menj, maradj itt velem. – kérlelte James.

– Tudod, hogy nem lehet, Patrick vár odahaza.

– Ha Patrickre hivatkozol, akkor elfogadom, de ha mást mondanál, nem értenék veled egyet.

– James túl késő van ahhoz, hogy most ezen vitázzunk.

– Ez nem vita kérdése Maggie, ezek tények, te meg homokba dugod a fejed és engem ez borzasztóan dühít.

– Nem a te harcod James és köszönöm a táncot.

– Szóval megfutamodsz?

– Nem, csak le szeretnék pihenni és ezt ajánlom neked is, ha holnap is a maximumot szeretnéd kihozni magadból. A hölgy vendégek teljesen oda vannak érted, remélem, élvezed a népszerűséget.

– Ezek a nők nem jelentenek számomra semmit sem, csak azért vagyok itt, mert te megkértél. Nekem elég volna egyetlen nő társasága is, ha érted kire gondolok?

– Igen értem, mondd meg a paramétereit, és megkeressük neked a megfelelőt.

– Köszönöm, már megvan, csak nem akar komolyan venni.

Majd James szorosan magához ölelte Maggiet.

– Az élet már csak ilyen, biztosan jó oka van rá, ha nem vesz komolyan. – válaszolt Maggie.

– Igazad lehet, majd alkalom adtán megkérdezem.

James próbálta még szorosabbra vonni karját Maggie körül, de ő ellenállt és szabadulni próbált.

– Rendben, de én most már tényleg megyek és még egyszer köszönöm a táncot. Jó éjszakát James, és viszlát, reggel.

– Neked is jó éjt Maggie.

James kikapcsolta a zenét és elvonult a szobájába, Maggie pedig hazament. Különös, hogy a fáradság ellenére egyikük sem tudott nyugodtan aludni. James tudta az okát, de Maggie számára nem volt teljesen egyértelmű. Vajon miért nem tud pihenni, Paul miatt, Sue viselkedése, ami idegesíti vagy netán a sok vendég, de érdekes módon, amiket James mondott, most nem is tűnt annyira zavaró tényezőnek.

3.

Amilyen nehéz volt az éjszaka elaludni, legalább olyan nehéz volt reggel felkelni. A probléma egyik fő forrása, hogy Maggie az éjszaka folyamán nem programozta be a kávégépet és így az nem is ébresztette a reggeli sípolással. Valamikor fél nyolc tájban riadt fel, a kukásautó zörgésére. Nem is pattant ki oly hirtelen az ágyból, főleg, hogy otthon a vendégszobában aludt és nem a megszokott helyén. A kávézást is kihagyta, pedig a reggeli kávé számára olyan volt, mint a szentírás. Patrick reggelijét azonban elkészítette, mert biztosan örül, ha nem mindig müzlit kap. Ma sonkás tojás lesz a menü, lehet, hogy Maggie is csatlakozik az étkezéshez, tízóraira pedig vesznek útközben fánkot – persze csak ha Patrick is úgy akarja.

Reggeli készítés közben Maggie újból meditálni kezdett: – Az ember folyamatosan változik, ahogyan a világ is, és ideje a változás szelét követni. Nem lehet és nem is kell mindig úgy élni, ahogy mások elvárják, néha élhetünk önmagunkért is. – gondolta. Biztosan nem lenne egyszerű Paul nélkül, de most már úgy érezte, hogy könnyebb lenne nélküle, mint vele.

Az utóbbit már próbálta és benne van már kilenc éve, lehet, hogy most eredményre vezetne az előbbi verzió. Patrick bármennyire is szereti az apját, az nem hajlandó változtatni életvitelén. Sokszor várja el Maggietől, hogy ő gondoskodjon a gyerekről, pedig ő nincs munkahelyhez és időhöz kötve. Mintha Paul azt akarná, hogy minden terhet Maggie cipeljen. Az utóbbi időben egyre gyakrabban hanyagolja el Patricket és folyamatosan keresztbe tesz Maggienek. Úgy tűnik, hogy a pénzen osztozni szeretne, de a munkán nem, pedig Maggie csak annyit kért, hogy segítsen a bevásárlásban és a gyereknevelésben, de úgy tűnik, hogy Paul kudarcot vallott. Hiába gondolta Maggie közel tíz évvel ezelőtt, hogy Paul lesz az, akivel leéli az életét, mégis a látszat arra enged következtetni, hogy be kell fejezni ezt a kapcsolatot.

A nagy reggeli készülődés közepette Maggie teljesen megfeledkezett, arról, hogy ma szombat van. Erre akkor döbbent rá, amikor Patricket ment ébreszteni, aki megkérdezte, hogy miért kell ilyen korán felkelni, hiszen hétvége van.

– Tényleg Pat, igazad van, de sajnos mivel édesapád tegnap – hát finoman szólva is – kiütötte magát, ezért valószínű, hogy ma velem töltöd a napot.

– Jaj, anya, az tök unalmas lesz.

– Ne haragudj Patrick, nekem ez a munkám és mi ebből élünk. Szeretnélek megkérni, hogy gondolj erre és próbálj egy kicsit megértőbb lenni. Maradjunk annyiban, hogy eljössz velem, és ha apukád jobban lesz, akkor eljön érted, rendben?

– Igen anya, így jó lesz.

– Ha meg nem, akkor majd Sue vagy James kitalálnak neked valami jót, hogy ne unatkozz.

– Oké.

– Jó, akkor most menjünk, és reggelizzünk, mert kihűl.

– Ha kihűl, akkor biztosan valami nagyon finomat készítettél megint.

– Hát igyekeztem.

Pat kipattant az ágyból és anyukájával a konyhába sietett. Már a lépcsőn lefelé érezte, az ínycsiklandó illatokat és összecsordult a szájában a nyál. Amikor pedig meglátta a tányéron a sonkát és a tojást végtelenül boldog volt.

– Anya, mikor is csináltál utoljára ilyet nekem?

– Hm... van annak már..., nem tudom, hogy mikor, pedig én is szeretem.

– Na, akkor együnk gyorsan!

– Rendben Pat, válassz!

– Anya, hagyjak benne, mert én olyan éhes vagyok, hogy mindet fel tudnám falni?

– Szerintem egyszerre keveset szedj, és majd meglátod, ha bírsz még utána is enni, akkor még vehetsz magadnak.

- Úgy lesz, jó étvágyat anya!
- Jó étvágyat neked is.

Majd nekifogtak édes kettesben, anya és fia közösen reggelizni és már majdnem befejezték, amikor Pat megkérdezte.

- Apának nem kellett volna szólni, hogy reggeli?
- Nem, apád már elég nagyfiú, annyi minden mást is megold nélkülünk, nem hiszem, hogy egy reggeli gondot jelentene neki.
- Jó anya, csak gondoltam megkérdezem.
- Semmi baj, nem haragszom, ez így normális.

Azzal felkeltek az asztaltól, Patrick a szobájába ment játékokért, Maggie pedig a mosogatógépet pakolta meg és utána ő is elkezdett készülődni.

Már majdnem kilenc volt, amikor beértek, Sue és James már várták őket.

- Hát ti, hogyhogy ketten? - kérdezte Sue.
- Így alakult - mondta Maggie.
- Igen, anya mondta, hogy sok a munka és kell még egy erős férfikéz - szólt Patrick.
- Nem is mondtam ilyet Patrick - szólt csodálkozva Maggie.
- De gondoltad.
- Hát ez a gyerek tiszta apja - jegyezte meg epésen James.
- James, mi volt ez? - kérdezte Maggie.
- Semmi komoly, viccnek szántam, nehogy már komolyan vegyétek, hát már ugratni sem lehet?
- Lehet viccelődni, de csak bizonyos keretek között, ha érted mire gondolok, és nem személyeskedünk.
- Jól van Maggie, nem akartalak megbántani, amúgy is sok a gondod, inkább megnevettetni szerettelek volna.
- Akkor ez most nem jött be, majd talán legközelebb. A mai napra megbeszélt feladatok közé, be kell iktatnunk Patricket is, mivel nem mertem otthon hagyni az apja felügyeletére. Arra is kíváncsi vagyok, mikor eszmél fel, hogy üres a ház. A lényeg, hogy Pat jól érezze magát és szeretném, ha ebben a segítségemre lennétek. Főleg rád számítok James, hiszen te is férfi vagy, így gondolom, könnyebben találtok közös programot. Ha gondoljátok el is mehettek valamerre, ezt rátok bízom, beszéljétek

meg, de ha lehet, akkor majd csak ebéd után, mert délelőtt még szükségem van rátok.

– Rendben Maggie, majd egyeztetünk Patrickkel, igaz Pat?

– Hát persze James bácsi – válaszolt Pat.

– Tessék, mi az, hogy bácsi? – rémült meg James. – Engem még sohasem bácsiztak le.

– Ez ilyen James az idő előre haladtával, jobb, ha hozzászoksz – szólt Maggie.

– Kösz Maggie, nagyon rendes vagy, már nem is tudom, hogy legközelebb akarok-e jönni?

– Persze, miért is ne? A hölgyek minden bizonnyal nem szoktak „lebácsizni", ezt az egyszeri alkalmat most ne éld meg traumaként.

– Jó, majd igyekszem túltenni magam rajta.

– Oké, akkor dologra! Pat te kivel tartasz, bár nem is tudom hirtelen, hogy ki hova megy. Sue, neked merre visz az utad?

– Én most a konditerembe megyek, csatlakozom a vendégekhez, nem tudom, hogy Patrick szeretne-e edzeni egy kicsit?

– Te James? – kérdezte Maggie

– Én speciel a golfpályára megyek.

– Na, Pat, kivel mégy?

– Hát én inkább Jamessel indulok golfozni, lehet?

– Hogyne lehetne, majd keresünk neked valami jó ütőt, hogy te is kipróbálhasd, a golfozást nem lehet, elég időben kezdeni – szólt James.

– Nem jelent neked problémát James, hogy Patricket magaddal kell vinned?

– Nem Maggie, a hölgyek még úgy is alszanak ilyenkor, nekik még nagyon reggel van, mire ők felébrednek, addigra mi már meg is unjuk.

– Köszönöm James.

– Szia, anya, drukkolj nekem.

– Rendben, szorítok, aztán nehogy nagyon elverd a vendégeinket.

– Igyekezni fogok anya, bár a golfot még sohasem próbáltam, szerintem kicsi vagyok még hozzá.

– Majd James segít neked, neki úgy is jól megy, gyakorolja már egy pár éve.

– Igen Maggie, mondjuk úgy tizenöt éve, az már megfelel pár évnek.

– Jól van, elég a beszédből induljuk a tettek mezejére, sziasztok.

– Szia Maggie.

– Szia, anya.

– Sziasztok.

Így mindenki elment a maga dolgára. Maggie a részlegeket ellenőrizte, valamint a múlt éjszaka romjainak eltakarítását vette szemügyre, de szerencsére már semmi sem volt látható belőle. A személyzet egy része, már reggel hattól szorgalmasan ténykedett, hogy mire a vendégek felébrednek a kiszolgálás zavartalan legyen. Nyolc órára már a svédasztal is elkészült, így akár már reggelizhettek is, a korábban kelők. A frissen főtt kávé illata felkeltette Maggie érdeklődését, hiszen az otthoni kávézás elmaradt. Magához „szólított" egy csészét és a forró fekete kíséretében az irodájába ment.

A következő órákat papírmunkával, telefonokkal és e–mailekkel töltötte. Hiába a hétvége, az élet nem állt meg. A szabad szobák már tegnap mind lefoglalásra kerültek, így telt ház volt, de hétfőtől már fogadhatják az új vendégeket. Mivel Sue a konditeremben volt, így a beérkező foglalásokat Maggie rögzítette, de talán ez most még szerencsés is, hiszen Sue hétfőtől szabadságon lesz, legalább két hétig. Biztosan nem lesz egy sétagalopp – gondolta Maggie –, de ennyi Suenak is jár. Valószínűleg Pat is kevesebbet látja majd az édesanyját, mivel hét közben James nem tud segíteni. Esetleg áthidaló megoldásként Maggie megy Patért a suliba és elviszi a munkahelyére, bár ennek az a veszélye, hogy este későn érkeznek haza és Pat másnap fáradt lesz az iskolában. Mindenesetre ez a két hét tanulságos lesz mindenki részére, főleg Maggienek. Nagyon kíváncsi, hogy Paul mit fog produkálni az elkövetkezendőkben, úgy érzi, hogy ez egy mérföldkő lesz a kapcsolatukban. A rengeteg munkába temetkezve Maggie észre sem vette, hogy már mindjárt tizenkettőt üt az óra. Csak akkor tudatosult benne, hogy már ennyi az idő, amikor James visszatér Pattel és bekopogtak.

– Szia, anya megjöttünk.

– Sziasztok, ennyi ideig a golfpályán voltatok és akkor az epekedő női szíveket ki vigasztalta?

– Ne izgulj Maggie elintéztük, Pat nagyon okosan átengedett a hölgyeknek és beállt a bárpult mögé mixelni a fiúkkal, vagy éppen a lányoknak segített teríteni. Semmiben sem akadályozott és igazi férfiként viselkedett, tisztelettudóan köszönt mindenkinek, le a kalappal előtte.

– Ó, ezt örömmel hallom James, akkor lehet, hogy egy-két év múlva átveszi a szereped és ő áll majd a hölgykoszorú közepén?

– Hát azért remélem, hogy még egy pár évig én is gyakorolhatom ezt a szerepkört.

– Csak ugrattalak, bízom benne, hogy még sok éven keresztül segítségemre leszel.

– Ezt bizton állíthatom.

– Rendben, akkor ebben megegyeztünk, de szerintem most már nyugodtan mehetnénk ebédelni, James velünk tartasz?

– Ha nem bánjátok, én majd később csatlakozom hozzátok, most elmennék és letusolnék, mert a nagy golfmeccs után még nem volt rá időm.

– Jól van James, akkor majd jössz, ha végeztél, mi az étteremben várunk.

– Igyekszem, de nyugodtan kezdjetek hozzá.

– Oké, szia.

– Sziasztok.

Maggie nagyon boldog volt, hogy Pat jól érzi magát, és nem nyavalyog, mint a korabeli srácok. Büszke volt arra – amit James mondott –, hogy milyen illemtudó és megértő a fia. Persze szegénynek volt már ideje begyakorolnia az édesanyja mellett az elmúlt évek során. Pat is nagyon örült, hogy végre az anyukájával töltheti az egész napot, még akkor is, ha nem vele foglalkozik egyfolytában. Megértette, hogy neki ez a munkája, de ha ideje engedi, akkor közös programokat szervez neki. Valójában nagyon kevés volt az olyan esemény, ahová az egész család együtt ment. Pat vagy az apjával volt, vagy Maggie vitte el valahová. Sajnos Paul nem mindig az észszerűség elvét követve csinált programot Patricknek, mivel a felnőtt szórakozás inkább őt boldogította. Nem sok érzéke volt a gyermeki lélek rejtelmeihez, inkább saját fejével gondolkodott és számtalanszor megsértődött Maggiere, aki igyekezett Paulnak irányt mutatni, hogy milyen szórakozásra van a gyereknek szüksége. Mindenesetre a mai nap boldogsággal töltötte el Maggiet, mert mindig úgy hitte, ha Pat vele van, akkor van igazán biztonságban. Lehet ugyan, hogy Paul kicsapongó életvitele az, amitől féltette Patricket, de nem merte bevallani magának. Most mindenesetre együtt ültek az asztalnál, majszolták a finom ebédet, és jókat beszélgettek, nevetgéltek. Pat szinte sugárzott a boldogságtól és Maggie is repesett az örömtől, már csak azt kellene kitalálnia, mi legyen a fia délutáni programja. Ha szerencséje van, akkor James előáll valami meglepetéssel, persze nem szól neki, de titkon remélte, hogy így lesz. Már majdnem az ebéd végéhez értek, amikor James betoppant. Maggie elnézést kért, amiért nem várták meg, de James nem esett kétségbe. Leült Maggie és Pat mellé, egy szabad helyre és megvárta a pincért.

– Mit hozhatok önnek?

– Egy bécsi szeletet, salátával.

– Köretet?

– Nem, köretet nem kérek, csak a salátát.

– Rendben máris hozom.

– Köszönöm.

– Ó James, és az ő egészséges étkezési szokásai – mosolygott Maggie.

– Ne viccelj Maggie, igen is fontos, hogy mit eszel, te nem figyelsz az étkezéseidre?

– De igen James, csak ez egy férfitől olyan furcsának tűnik. Mi nők sokkal hamarább megvonjuk magunktól a finom falatokat, mint ti férfiak.

– Az lehet, de ne általánosítsunk. Én igen is figyelek magamra, mivel nem szeretnék időnap előtt valamilyen érrendszeri betegségben elpatkolni. Nem eszem túl zsíros és túl fűszeres ételeket, sőt az alkoholt is csak nagyon módjával fogyasztom.

– És ez mire jó James? – kérdezte Pat.

– Tudod Patrick, nekem van egy kedvenc időtöltésem, ami nem más, mint a hegymászás. Ahhoz, hogy ezt a hobbit űzni tudjam, mindig jó kondiban kell, hogy legyek és mivel ez nálam nem valami múló szeszély, így igyekszem mindig fitt és naprakész lenni.

– Tényleg és én mikor mehetek el veled?

– Hát Pat te még elég kicsi vagy ahhoz, hogy megmássz egy komoly hegyet, de majd keresünk egy neked valót, persze, ha anya is beleegyezik.

– Én ezt most meg sem hallottam – szólt közbe Maggie – Ugye nem gondoljátok komolyan?

– Miért anya én már nagyfiú vagyok, a bárban is segítettem a mixerfiúnak és már golfoztam is.

– Igen, és biztonságos talajon voltál, nem függeszkedve lógtál egy sziklafalon.

– Nyugi Maggie, először úgyis csak valami kisebb hegyet másznánk meg.

– Hát ezen még gondolkodom.

– Anya, ne már, hiszen karatéra és lovagolni is járok.

– Na, látod, ez neked pont elég, minek még egy hegy is?

– Ugyan Maggie, hát nem te mondod mindig azt, hogy minden kihívás erősíti a jellemet? – szólt közbe James.

– Igen James, egy bizonyos koron túl.

– Hát, ahogy elnézem, Pat beleért abba a korba.

– Szerintem erről most ne nyissunk vitát, mert elhűl az ebéded.

– Semmi baj, erre a dologra azért tegyünk pontot. Szóval, ha egyszer, amikor az időjárás és az időbeosztás engedi, elvinném Patricket hegyet mászni.

– Tudod James, Pat elég elfoglalt, meg aztán az időjárás is olyan szeszélyes.

– Aha, persze Maggie, biztos, hogy jól vagy? Patrick hallod ezt, itt ülünk anyukád mellett és totál hibbantnak néz mindkettőnket.

– Nem nézlek hibbantnak benneteket, csak féltem a fiam.

– Hidd el Maggie, úgy fogok vigyázni rá, mintha a saját fiam lenne.

– Hiszek neked James, de várjunk még evvel.

– Anya, gyere te is! – szólt hirtelen Pat.

– Jól van győztetek, majd elmegyünk – egyszer.

– Igen és mikor anya?

– Pat, ez nem csak rajtunk múlik, hanem Jamesnek is jó kell, hogy legyen az időpont – szólt Maggie.

– Tudod mit Pat, ebéd után elmegyünk és kiválasztunk egy neked való hegyet. Ha nem is mindjárt indulunk a meghódítására, de legalább tudni fogjuk, hogy ha minden feltétel teljesül, akkor hová kell tartanunk és nem akkor kell gondolkodnunk rajta.

– Hurrá, megyünk hegyet mászni! – ujjongott Pat.

– Nahát, James, hogy te mindig tudsz nekem meglepetést okozni, pedig én már azt hittem elég öreg vagyok ahhoz, hogy valami meglepjen.

– Látod Maggie, ilyen az élet, mindig hoz valami újat, valami mást.

– Milyen jó, hogy te ilyen pozitívan látod a dolgokat.

– Ugyan, hiszen gondold csak végig. Mindig lesz valami más, amiért érdemes felkelni. A reggeli napsugár, a friss kávé, az ismerősök, akik üdvözölnek az utcán vagy a boltban. A finom ebéd, a fiad élményei az iskolában, az elégedett vendégek viszszajelzései, egy frissítő fürdő egy fárasztó nap után, a hajnali szellő, ami korán reggel besurran az ablakon. Egy baráti csevej velem és még sorolhatnám, hát nem örülsz neki?

– Nem is tudom.

– Látod, ez itt a baj, engedd meg nekem, hogy visszavezesselek az útra – amelyről letértél, – a saját érdekedben.

– Tudod mit James, most inkább edd meg az ebéded és utána majd találkozunk, az irodámban leszünk.

– Rendben, sziasztok.

– Szia, és jó étvágyat!

Maggie és Patrick az irodába mentek és hosszasan beszélgettek, arról, hogy Pat milyen programokat szeretne, ha anyukájának lesz egy kis ideje. Furcsa volt, hogy egyetlen egyszer sem említette, az édesapja is tartson velük és amikor Maggie kilátásba helyezte a nyári cserkésztábort, Pat megkérdezte.

– Anya, apa miért nem tanít nekem ilyen túlélős dolgokat? Miért nem megyünk horgászni, csapdát állítani, nyomokat olvasni?

– Hát kisfiam én ezt nem tudhatom, ezt tőle kellene megkérdezned.

– Á, szerintem akkor sem vinne el, ő csak mindig olyan helyekre visz, ahol ő jól érzi magát.

– Szerintem erre a feladatra Sam bácsi lenne a megfelelő ember. A farm elég nagy és van hozzá erdő is. Minden bizonnyal állatok is laknak benne és Sam ismeri is őket, talán inkább vele kellene beszélnünk.

– Jó anya, akkor hívjuk fel.

– Rendben, de majd akkor, amikor el tudunk menni, sajnos az elkövetkezendő két hétben biztosan nem, addig legyél szíves türelemmel lenni, jó?

– Mit is tehetnék mást? – sóhajtott gondterhelten Pat.

– Patrick ígérem neked, ha Sue visszajön a szabadságról, kirúgunk a hámból és elmegyünk a városból, valahova a természet lágy ölére.

– Oké anya, megígérted, és ha nem tartod be, elárullak James bácsinak.

– Szépen vagyunk, összefogtok ellenem?

– Nem, csak betartatjuk veled az ígéreted.

– Igen, igazad van és figyelmeztess rá, ha megfeledkeznék róla.

– Jó anya, így lesz.

A beszélgetést James kopogása zavarta meg.

– Bejöhetek?

– Persze, gyere csak.

– Na, Pat indulhatunk hegyet keresni neked?

– Igen, már is mehetünk.

– Elmegyünk Maggie, ha valami fontosat akarsz, elérsz a mobilon, ha nem akkor majd jövünk.

– Jól van, vigyázzatok magatokra, nem kell túl sok fagyit enni és fogadj szót Pat James bácsinak!

– Hát, ha sokáig neveztek James bácsinak, akkor lehet, hogy nem fogunk megfelelő hegyet találni.

– Akkor fogadj szót Jamesnek, így megfelel?

- Így már egy fokkal jobb és szeretném, ha Patrick is csak simán Jamesnek szólítana a jövőben. A bácsit inkább hagyjuk el, ha megoldható?
- Megbeszéltük, hallod Pat?
- Igen anya.
- Sziasztok és jó szórakozást!
- Szia Maggie, reméljük, meglesz.
- Szia, anya.

A fiúk elhúztak a város felé, Maggie pedig a vendégekkel foglalkozott, nem csak azokkal, akik a konferenciára jöttek, hanem azokkal is, akik magánszemélyként, vagy családdal érkeztek. Számára nem volt elhanyagolható vendég, mindenki fontos volt neki. Amikor a masszázsszalonhoz ért, ellenállhatatlan vágyat érzett, hogy lefeküdjön valamelyik ágyra, de sajnos nem tehette meg, pedig nagyon vágyott rá, de sebaj, gondolta, majd legközelebb. Biztosan lesz olyan nap, amikor nem lesz teltház és a masszőröknek adódik egy üres órájuk, na, majd akkor kihasználja. Amint így gondolataiba merülve rótta a folyosókat, egyszer csak váratlanul Paul toppant elé.
- Szia Maggie, elfelejtetted felhozni reggel a kávémat, és elaludtam.
- Szia, Paul, tényleg?
- Igen.
- Te eddig hányszor hoztad fel a reggeli kávémat?
- De hát te mégy el előbb otthonról.
- Valóban és hétvégén, amikor nem kell bejönnöm?
- Én nem tudom, hogy te mikor nem jössz.
- Igazán nem tűnt még fel soha, amikor még fél kilenckor ott fekszem melletted?
- Nem, mert akkor még biztosan alszom.

Maggie nem válaszolt csak nyelt egy nagyot, pedig tudott volna olyat mondani, hogy kettő lesz belőle. Maggienek megvolt az a képessége, hogy olyan iróniával és cinizmussal fűszerezve tudott fogalmazni, de semmi esetre sem bántóan, hogy akit így küldött melegebb éghajlatra az alig várta, hogy indulhasson. Ez azért nem volt rá jellemző, ezt az énjét csak „különleges" alkalmakra tartogatta.
- Szóval Maggie, Patrick itt van?

38

– Igen Paul, Patrick itt van, mivel te tegnap este teljesen eláztál és nem tudtál magadról, így bizonytalan volt a reggeli ébredésed, hát elhoztam magammal.

– Én meg eljöttem érte és mehetünk haza.

– Nem kell elvinned, majd velem jön haza estére.

– És mit csinál itt addig?

– Nézd Paul, most délután három óra van, szerinted eddig mit csinált? – vonta férjét mérgesen kérdőre Maggie.

– Nem tudom, de most itt vagyok.

– Nem kell elvinned, mivel szerveztem neki programot.

– Igen és mit?

– Jamesszel mentek el.

– Tessék, mit keres az én fiam annál a selyemfiúnál? – tört ki magából sértődötten Paul.

– Mit beszélsz Paul, ki a selyemfiú?

– Hát az a mitugrász James.

– Pont te mondasz másra ilyet, néztél te már tükörbe?

– Nem tudom, mit vagy úgy oda azért a kreténért, még egy normális feleséget sem talált magának, pedig válogathat a nőkben kedvére. Én tudnék neki segíteni a választásban.

– Afelől semmi kétségem, de valószínűnek tartom, hogy te lennél az utolsó, akit megkérne arra, hogy segítsen neki feleséget választani.

– Miért? Nekem sikerült.

– Igen, kettőnk közül te tudtál jól választani. Szerintem most menj nyugodtan haza, vagy ahová akarsz.

– Hívd fel azt a bohócot és mond, hogy jöjjenek vissza! – utasította Paul Maggiet.

– Nem hívok fel senkit, majd, ha végeztek megjönnek.

– Látod Maggie, még ennyit sem tudsz elintézni – jegyezte meg Paul, gúnyosan, lekezelően.

– Paul akkor most fogd a sátorfádat és indulj, amíg szépen mondom, mert kihozol a béketűrésből.

– Rendben, de ezzel még nem végeztünk.

– De hamarosan mindennel végzünk Paul, de ezt nem itt beszéljük meg.

Paul erre válaszul sarkon fordult és lendületből bevágta maga mögött az ajtót úgy, hogy beleremegett az egész iroda. Maggie a székére rogyott és meglepődött saját magán, hogy kimondta, amit már réges-régen szeretett volna. Azt gondolta, ha közli azt, ami a szívét nyomja, könnyebb lesz, de semmivel sem érezte könnyebbnek a lelkét, sőt most felvetődött a probléma olyan formában, hogy már nincs visszaút és pontot kell tenni a végére. Amilyen jól érezte magát a nap első felében, most olyan pocsékul volt és elszállt minden életkedve. Magában tipródott és elveszetten remegett a vágytól, hogy valakihez odabújjon, hogy valaki magához ölelje. Felhúzott lábakkal kuporgott a fotelben, egy pohár cherryvel a kezében, amikor Sue belépett. Rögtön észrevette, hogy valami nincs rendben, hiszen a nap eddigi részében Maggie nem volt ilyen állapotban. Látszott, hogy csak egy halvány pillanat választja el attól, hogy elsírja magát, pedig Sue pont most akart beszámolni Paul előző napi akciójáról, de mégis úgy döntött – miután meglátta Maggiet –, hogy nem tetézi a bajt.

– Szia Maggie, mi történt?

– Semmi különös, csak az, aminek már régen meg kellett volna történnie.

– Segíthetek valamit?

– Egyelőre azt hiszem nem, az én csatám, az én harcom, nem adhatom másnak, nekem kell megvívnom.

– De ha bármiben tudok segíteni, nyugodtan szólj.

– Köszönöm, de majd csak összeszedem magam, semmi baj.

– Jól van, ahogy érzed, megyek, előkészülök a vacsorához.

– Mit is mondtál, mi a ma esti program?

– Először egy bűvész, majd egy tánccsoport szórakoztatja a vendégeket és az est végén wellness csomagokat sorsolunk ki.

– Nagyon jó, szerinted meg tudod oldani Jamesszel, vagy én is kellek hozzá, mert arra gondoltam, hogy Patrickkel hazamennék, ha visszaértek.

– Persze menjetek csak, de biztosan haza akarsz menni?

– Semmi sem biztos, főleg az nem, hogy haza akarok menni, de Patnek ott az otthona és biztosan fáradt lesz.

- Igazad van, minden bizonnyal kimerítő volt neki a mai nap és még nem jöttek vissza?

- Nem és már kezdek aggódni miattuk.

- Szerintem feleslegesen aggódsz, Jamessel nem érheti baj, efelől semmi kétségem.

- Hát persze, legalább ő tudja, mit akar, nem úgy, mint én.

- Te is tudod Maggie, csak nem mered meglépni, de hidd el, az élet majd segít. Lehet, hogy lesznek olyan események, amelyek fényében könnyebb lesz döntést hoznod.

- Mire gondolsz pontosan?

- Nem tudom, csak úgy általánosítok, így szokott lenni.

- Sue, te nem szoktál engem ilyen népi bölcsességekkel ellátni, te talán tudsz valamit, amit én nem?

- Nem, nincs semmi ilyesmi.

- Akkor én felhívom a fiúkat, hogy merre járnak, mert lassan vacsoraidő van.

Maggie éppen tárcsázni készült, amikor kürtszó hallatszott a parkoló irányából és kitekintett az ablakon. Ők voltak azok, pont jókor. Patrick hatalmas lendülettel rontott édesanyja irodájába és rögvest belekezdett a mondandójába.

- Láttad anya, én vezettem, láttad?

- Hogy mit csináltál?

- Vezettem.

- Ti tényleg megőrültetek? – szólt Maggie.

- Nem Maggie, ne aggódj, csak a bejárótól engedtem meg neki, nem a közúti forgalomban.

- Még szép, nincs is jogosítványa és ezzel a hozzáállással könnyen elintézhettétek volna, hogy később se legyen.

- Anya, hidd el nagyon jól ment, mond csak meg neki James.

- Tényleg nagyon jó érzéke van hozzá.

- James, te teljesen elrontod a gyereket, mit engedtél még meg neki?

Pat és James egymásra néztek, elmosolyodtak, de nem szóltak semmit.

- Tehát, mit kell még tudnom?

- Semmit – felelték egyszerre.

– Fiúk ne akarjatok átejteni, láttam ezt a cinkos pillantást.

– Rosszul láttad Maggie, csak képzelődsz!

– Most valahogy nincs kedvem a meglepetésekhez, és szerintem indulnunk kellene haza.

– Anya, nem itt vacsorázunk? – kérdezte Patrick.

– Hát, ha nagyon akarod, ehetünk itt is, mert szerintem otthon csak hideg kaja van.

– Oké, akkor együnk itt, biztosan James is velünk tart, ugye James?

– Igen Pat, ha anyukád is beleegyezik.

– Természetesen, bár téged már nagyon hiányolnak a hölgy vendégek.

– Beszélgethetek velük még eleget az est folyamán.

– Jó, akkor menjünk vacsorázni, Sue te is velünk jössz?

– Nem, én inkább a vendégekkel leszek.

– Köszönöm – felelte Maggie, és mindenki elvonult vacsorázni.

Már az asztalnál ültek, de Patrick még mindig áradozott a délután eseményiről. Szinte folyton folyvást csak csacsogott. Maggie viszont borzasztóan szótlan volt, mélyen hallgatott és nagyon nehezére esett összpontosítani Pat mondandójára és ezt James is kiszúrta.

– Mi baj van Maggie?

– Nincsen semmi, csak egy kicsit fárasztó volt ez a nap.

– Maggie, pont nekem akarsz valótlant mondani, hiszen ismerlek.

– Nem értem mire gondolsz?

– Arra, hogy nem ilyen állapotban hagytunk itt, valami biztosan történt, amíg távol voltunk.

– Nem történt semmi lényeges.

– Maggie?

– Szerintem menjünk és válasszunk a svédasztalról, esetleg rendeljetek valamit, ha nem találtok a kedvetekre valót – próbálta terelni a szót Maggie.

Roskadozott az asztal a rengeteg finomságtól, az lett volna az érdekes, ha nem találnak rajta megfelelő fogást. Pat és James gazdagon megrakták a tányérjukat Maggie csak csipegetett. Ha

Patrick nem beszélt volna folyamatosan, akkor lehet, hogy a vacsora teljes némaságban zajlott volna, mert Maggie szinte egy szót sem szólt. Már Patrick is kezdte anyukáját kérdőre vonni, hogy ő nem örül a sok élménynek, amiről beszámolt neki? Maggie próbált mosolyt erőltetni az arcára, több-kevesebb sikerrel, de látta, hogy Jamest nem tudja becsapni.

– Vacsora után mit terveztél Maggie? – kérdezte James.

– Úgy gondolom, hogy hazamegyünk Patrickkel, a vendégeket rád és Suera bízom, ha nem gond?

– Természetesen, igyekezni fogok, hogy ne legyen rám panasz, de remélem, reggel találkozunk.

– Biztosan.

– Akkor megyek és átöltözőm, hogy lenyűgözzem a vendégeid.

– Gyere, Pat indulunk haza, szia, James – köszönt el Maggie.

– Szia, James, köszönöm a szép napot.

– Szia, Pat, szia Maggie.

Anya és fia együtt indultak haza, James még hosszasan nézte őket, amint az autóba ülnek és elhajtanak. Mélázását az egyik hölgy zavarta meg, aki számon kérte, hogy miért nem csatlakozik a társasághoz. James gyorsan hárított és elsietett öltözni. Negyedóra múlva újból megjelent csinosan, sármosan és üdén, a női vendégek örömére. Az est folyamán többször váltottak szemkontaktust Sueval, de sajnos távol voltak egymástól. Tizenegy körül végre sikerült egymás közelébe férkőzniük, amikor már kissé oszlott a tömeg.

– Sue, mi történt Maggievel, nem ilyen volt, amikor elmentünk.

– Tudom, én is észrevettem, hogy valami nincs rendjén, rá is kérdeztem, de nem mondta meg az okát.

– Nem szeretem, amikor ilyen, akkor mindig valami baj történik.

– Igen én is tudom, de mit lehet tenni? Sajnos én is pont most fogok elutazni két hétre nem is tudom, hogy merjem itt hagyni.

– De miért viselkedik így, valamelyik vendég az oka, vagy rossz hírt kapott?

– Nem hiszem, inkább Paul lehet a dolog hátterében, láttam a kocsiját a délután folyamán a parkolóban.

– Találkoztál is vele?

– Istenem csak azt ne, akkor lássam, amikor a hátam közepét – válaszolt Sue.

– Látom, te sem szimpatizálsz vele.

– Nagyon finoman fogalmaztál James.

– Szeretnék segíteni Maggienek, de nem engedi, mert annyira erősnek akar látszani.

– Erős is, hidd el James, nagyon erős. Más már régen öszszeroppant volna az ő helyében, de ő vasakarattal rendelkezik.

– Igen tudom, de látom rajta, hogy már nem sokáig bírja cipelni a felvállalt terhet.

– Szerinted, hogy tudnánk neki segíteni?

– Fogalmam sincs, de valamit sürgősen ki kell találnunk.

– Az a baj, hogy te holnap elutazol és hétfőtől én sem leszek, csak telefonon vagy e-mailben tudunk értekezni vele, abból meg nem sok fog kiderülni.

– Ebben tökéletesen igazad van, de majd megpróbálok átjönni.

– Remélem, rendbe jönnek a dolgok, mire visszaérek.

– Bízzunk benne Sue, most megyek és lepihenek, mert mindjárt reggel lesz. Jó éjszakát.

– Jó éjt James.

Mindketten nyugovóra tértek.

Jamest nem hagyta nyugodni Maggie viselkedése és még másfél óra múlva is csak forgolódott az ágyban. Nagyon zavarta, hogy miért nem mondta el neki Maggie, mi bántja. Arra gondolt, ha nem ment volna el Patrickkel, akkor ez nem történik meg.

Amikor Pat és Maggie hazaértek, a lakás üresen állt, Paulnak nyoma sem volt. Ennek Maggie örült igazán, így nem kell veszekedéssel lefeküdnie. Patrick egy villámfürdést csapott és öt perc múlva, fáradtan nyúlt el az ágyban. Félkómásan még érezte, amint anyukája puszit ad a homlokára, de utána már semmire sem emlékezett, mély álomba zuhant. Maggie egy forró fürdőt engedett magának, majd nyakig merült a habokban és barátkozott a válás gondolatával. Furcsa, hogy semmilyen késztetést nem érzett, hogy felhívja Pault, merre jár? Azon tűnődött, miként jutott idáig a kapcsolatuk és miért érzi most úgy magát, mint egy kiállhatatlan fúria. Ő sohasem beszélt olyan stílusban a férjével, mint az elmúlt napokban, vajon mi történt vele? Mi készteti arra, hogy így viselkedjen, és miért nem érez semmilyen megbánást a történtek után. Ilyen és ehhez hasonló gondolatok kavarogtak a fejében. Vagy egy órát meditált a kádban, mire végre aludni tért.

4.

Maggie meglepően jól aludt, az előző éjszakához képest. Nem tudni, hogy a délutáni cherrynek, a kellemes fürdőnek, vagy a kimondott szónak – amely oly rég óta fojtogatta – lett meg a hatása, de igazán kipihentnek érezte magát reggel. Szétnézett a lakásban és a jelek szerint Paul nem ment haza az éjszaka folyamán, de talán nem is baj – gondolta Maggie. A lényeg, hogy Pat itt van mellette, hiszen ő a legfontosabb. Be is kukkantott hozzá, de Pat még szétcsúszva szendergett az ágyban. Maggie az órára tekintett, már kilenc volt. Sebaj, nem rohanunk, a dolgok olajozottan mennek a munkahelyen, semmi aggodalom, ha valami gond lenne, Sue úgyis telefonálna és James is ott van. Igen ekkor még úgy tűnt, hogy minden rendben van. Maggie lassan lesétált a konyhába és feltett egy teát, majd benézett a hűtőbe, hogy elkészítse a reggelit. A mai menü hot dog és mustár, Patnek ketchup, mivel ő azzal szerette. Mire a tea és a hot dog elkészült, Patrick is előkerült. Éhesen, kócosan, gyűrötten, de boldogan.

– Jó reggelt Pat.

– Jó reggelt anya.

– Remélem, elégedett leszel a mai reggelivel is.

– Úgy látom, hogy igen.

– Sajnos van egy rossz hírem.

– Igen, mi az.

– Ma is velem kell jönnöd.

– Anya, hiszen ez pompás hír.

– Valóban, akkor jó, attól féltem, talán ma már nem akarsz jönni?

– Dehogyis nem, de ha véletlenül a terhedre vagyok, akkor itthon maradhatok apával.

– Hát ez nem fog menni, ő ugyanis nincs itthon.

– Biztosan korán el kellett mennie, de nem baj itt vagy nekem te és a te szuper barátaid.

- Köszönöm Pat, ez hízelgő rám nézve.

- Ez nem hízelgés anya, tényleg szuper barátaid vannak.

- Igen én is így látom, és nagyon örülök, hogy ezekkel az emberekkel dolgozhatom és ezt még te is észreveszed, pedig még csak nyolcéves vagy.

- Ma is ott lesz Sue és James?

- Igen, legalábbis nem tudok róla, hogy másként lenne.

- Hú, akkor siessünk anya, hátha James kitalált megint valamit nekem.

- Rendben, reggeli után indulhatunk.

Húsz perc múlva, már mindketten az autóban ültek és szelték a kilométereket a munkahely felé. Mikor a hosszú kocsibejáróra értek, Maggienek feltűnt, hogy egy rendőrautó áll az épület előtt.

- Anya miért vannak itt a rendőrök?

- Nem tudom, bizonyára valami rutinellenőrzés.

- Akkor jó, már kezdtem aggódni.

- Nyugi, semmi baj - nyugtatta Maggie Patricket.

Amint megálltak a főbejáratnál, Sue sietett eléjük rápillantott Maggiere, aki rögtön megértette Sue jelzését.

- Pat menjetek be Sueval és keressétek meg Jamest, ha már felkelt, ha nem, akkor vigyetek neki egy kávét.

- Oké, megyünk.

Maggie a rendőrökhöz fordult.

- Jó napot Uraim, segíthetek önöknek?

- Igen, az ön férje Mr. Paul Turner?

- Igen, valami baj történt?

- Az éjszaka folyamán telefonhívást kaptunk, hogy valaki bedobálja a hotel ablakait. Ez az ön intézménye?

- Igen.

- És tud valami információt, hogy a férjének mi oka volt arra, hogy a vendégek nyugalmát megzavarva randalírozzon?

- Csak sejteni vélem, de biztosan nem tudom, hol van most a férjem?

- Kénytelenek voltunk bevinni a fogdába, ugyanis beszámíthatatlan állapotban volt. A véralkohol szintje a megengedett érték többszöröse. Kíván feljelentést tenni?

– Nem, majd megoldom.

– Biztos benne?

– Igen, köszönöm, hogy kifáradtak.

– Viszontlátásra.

– Viszlát.

Maggie feldúltan indult az épületbe és rögtön az irodába vette az irányt. Odabent Sue, James és Pat beszélgettek. Maggie Suehoz fordul.

– Hánykor történt a dolog?

– Majd James elmondja, mi elmegyünk Patrickkel jégkrémezni, ha megengeded?

– Természetesen menjetek csak.

Sue és Patrick kimentek a szobából.

– Szóval James te mit tudsz a történtekről?

– Csak annyit, hogy a férjed idejött az éjszaka folyamán valamikor, talán úgy fél egy lehetett, mindenfélét ordítozott rád és a vendégekre, aztán elkezdte betörni az ablakokat.

– Lehet, tudni, hogy hányan ébredtek fel rá?

– Igazából senki sem jött le hozzánk, de csak az nem hallotta, aki nagyon mélyen aludt.

– Hát azt hiszem, hogy ez elég rossz fényt vet az intézmény hírnevére.

– Ezt nagyon jól látod, ideje lenne tiszta vizet önteni a pohárba.

– Igen, James, ehhez már tegnap hozzá kezdtem, valószínűleg ez volt rá a válasz.

– Szerintem nem ez volna a megfelelő reakció.

– Valóban nem.

– Most mit fogsz tenni, elmégy érte?

– Gondolkodnom kell a helyes megoldáson, nem szeretnék még egy ilyen malőrt.

– Paul tudja, hogy jövő héttől magadra maradsz?

– Nem, és nem is szándékozom elárulni neki.

– Biztos, hogy bírni fogod? – kérdezte James aggódva.

– Majd igyekszem. Hétközben azért nincsenek annyian, a hétvégére pedig el tudom hívni az egyik barátomat.

– És Patricknek mit fogsz mondani?

- Ez a dolog nehezebb része. Meg kell majd indokolnom, hogy miért hagy el az apja minket, a fogdáról és a balhéról nem szólok neki.

- Jól teszed, legfeljebb majd, ha nagyobb lesz.

- James megkérdezhetem, hogy ma meddig tudsz maradni?

- Sajnos délután négykor már el kell mennem.

- Az tökéletes lesz, a vendégek folyamatosan jelentkeznek ki a nap folyamán, és délutánra már szinte kiürülnek a szobák. Sue is elmegy szerintem akkortájt, neki is készülődnie kell.

- Nagyon szeretnék neked segíteni Maggie, és félek itt hagyni téged.

- Felnőtt nő vagyok már James, majd csak túlélem valahogy.

- Tudom, hogy képes vagy rá, csak nehogy belerokkanj.

- Ha nagyon magam alatt leszek, akkor majd felhívlak.

- Reméltem is, hogy ezt a választ adod.

Ekkor Maggie gyorsan témát váltott.

- Ne haragudj James, de nekem még előbb rendbe kell tetetnem az ablakokat és még meg kell találnom rá a megfelelő embert.

- Oké, hagylak kibontakozni, megyek, megkeresem Suet és Patricket.

Maggie egyedül maradt az irodában, hát erre nem számított, hogy Paul ilyesmire vetemedjen, ennyire merész legyen, valószínűleg az ital bátorította fel. Mindenesetre ez volt az utolsó csepp abban a bizonyos pohárban, itt most elszakadt a cérna. Paul annyira elvettette a sulykot, hogy innen már nincs visszaút.

Maggienek volt a városban egy nyolcadik emeleti lakása, amit akkor vettek a szülei, amikor iskolába járt és nem tudott volna vidékről bejárni. Elhatározta, hogy oda költözteti Pault. Az ő igényeinek tökéletesen megfelel, nem kell sokat takarítani és mindenhez közel van. Beadja a válópert és csak remélni tudja, hogy meg tudnak egyezni. Bizonyára Paulnak nem lesz ínyére a költözés, de ez nem mehet így tovább. Maggie fejében kavarogtak gondolatok, hogy milyen fontossági sorrendet kellene felállítania a teendők között. Eltökélte magában, hogy nem megy el Paulért a rendőrségre, inkább keres valakit, aki másnap reggel beüvegezi az ablakokat. Paul magának kereste a bajt, hát másszon is ki belőle. Azzal nekilátott és elkezdett lázasan keresgélni a neten. Már vagy két órája ült a gép előtt néma csendben és furcsa előérzete támadt. Mint a vihar előtti csend, sehol egy kopogás, sehol egy telefon, semmi zaj. Hm..., milyen szokatlan, nem is emlékszem ilyenre, mikor volt ekkora némaság, semmi nesz. Csak remélni tudom, hogy ez nem valami rossznak az előjele – gondolta. Éppen befejezte a papírmunkát, amikor váratlanul megcsörrent a telefonja, Paul volt az. Maggie rápillantott a kijelzőre, majd lenémította a készüléket, valahogy nem volt abban a hangulatban, hogy a történtek után beszéljen a férjével. Hátat fordítva a problémának, felállt és az ablakon kinézve merengett a messzeségbe, mintha onnan várná a megoldást. Látta az égen szálló madarakat, a szélben hajladozó fákat, a napsugarakat, ahogy átvilágítanak a lombokon. Csodálta, hogy a természet milyen tökéletes összhangot teremtett az állatok és a növények között. Vajon ez az emberek közt miért nem működik, miért nem tudunk ilyen harmóniában élni? – tűnődött magában. Sajnos a választ nem tudta megadni, bármennyire is szerette volna és ábrándozásának a fia belépése vetett véget.

– Szia, anya, megjöttem.

– Szia, kicsim, merre jártál?

– Sue elvitt felfedezőútra.

– Igen, és mit fedeztetek fel?

– Megmutatta a kertben a halastavat, én is szeretnék egy ilyet otthonra, jó anya?

– Szerintem ez a halastó tökéletesen kielégíti a te igényeidet és itt bármikor megnézheted.

– Igen anya, de ez nem olyan.

– És mit kezdesz otthon egy tóval?

– Hát megetetném a halakat és mindig vennék bele szebbnél szebbeket. Esténként, amikor feljönnek a víz felszínére, akkor kiülünk a tó partjára és horgászunk.

– Pat, ezek díszhalak, ezeket nem esszük meg.

– De anya, kérlek!

– Pat, ha minden állatból lenne otthon, amit az elmúlt évek alatt kértél, akkor már nyithatnánk egy állatkertet.

- Látod anya, akkor lenne egy sajátunk és szedhetnénk belépőt azoktól, akik eljönnek megnézni.

- Tudod mit Patrick, ha akarod, lehet, egy akváriumod, de csak akkor, ha megígéred, hogy gondozni fogod.

- Oké anya, gondozni fogom, akkor indulhatunk is a halakért.

- Pat, ma vasárnap van, ilyenkor nincs nyitva a kisállat-kereskedés, majd a jövő héten valamelyik nap veszünk, de szerintem először az akváriumot kellene megcsinálni. Nézz utána a neten, hogyan kell megfelelően otthonossá tenni, milyen növények és milyen berendezések kellenek bele, csak utána jöhetnek a halak. Nem lehet, csak úgy egy lavór vízbe beledobni őket.

- Rendben anya, akkor máris nekilátok, használhatom a gépedet?

- Hát persze, nyugodtan.

Pat a géphez ült, és már nyomkodta is a billentyűket, látszólag nagyon komolyan gondolta, amit mondott. Közben Sue jókat mosolygott magában, mert Maggie most biztosan nagyon „örül", hogy Patricknek megmutatta a halastavat. Ha tudta volna, hogy ilyen hatással lesz rá, akkor mellőzi ezt a kis kitérőt a kertben. Maggie Suera pillantott – mintha meghallotta volna Sue gondolatait – és ő is elmosolyodott. Nagyon örült, hogy Pat ma sem unatkozik, bár az akvárium ötletét nem favorizálta igazán, mivel tudva, hogy annak a gondozása is rá vár. Ha szülei még élnének, akkor az unokájuk kiköltözhetne hozzájuk a birtokra, mivel Patrick imádta az állatokat és a természetet, de sajnos ezeknek a hobbiknak a város falain belül nem igazán tud hódolni, kivéve talán a lovaglást. Erre a sportra Maggie is áldását adta, mivel valamikor ő is sokat lovagolt. Miközben a csajok Patricket csodálták, James lépett be váratlanul.

- Na, mi van lányok ma már nem is eszünk?

- De igen, csak annyira belemerültünk Pat ténykedésébe, hogy erről teljesen elfeledkeztünk – válaszolt Maggie.

- Hát akkor gyertek, mert holnap már nem tudunk együtt ebédelni.

- Rendben, gyere Pat, megyünk falatozni.

- Egy pillanat anya, még ezt a halat megnézem.

– Pat, az egész délután rendelkezésedre áll.

– Igen, de meg akarom mutatni Suenak és Jamesnek is, hogy milyen halaim lesznek.

– Gyere, Pat menjünk, ketten is várnak ránk, a halakat majd megmutatjuk nekik, ha elkészül az akvárium, abban úgy is jobban mutatnak, mint így a képen.

– Na, jó, ha már annyira kell menni, akkor menjünk.

– Patrick majd utána folytatod, megvárnak a halak a neten.

– Tudom, anya, de olyan izgatott vagyok.

– Elhiszem, de most inkább összpontosítsunk az ebédre.

– Jó anya, mehetünk.

Maggienek olyan jól sikerült a telefonját lehalkítania, hogy az irodában hagyta és fel sem tűnt neki a hiánya. Most utoljára ültek így együtt az asztalnál, mielőtt Sue elutazna és James is hazamenne. Maggie próbálta kiélvezni még az utolsó órákat, melyeket barátaival tölthet. Szinte bele, sem mert gondolni az elkövetkező két hét eseményeibe, főleg, ha eszébe jutott Paul éjszakai akciója. Igyekezett úgy elkönyvelni magában, hogy ez is egy újabb probléma, amelyet meg kell oldania, csak egy kicsit nagyobb, mint úgy általában és talán komolyabb is. A lényeg, hogy ezt a harcot bizony meg kell vívnia és ezt csak ő teheti senki más. Miután megebédeltek, beszélgetni kezdtek.

– Sue, te meddig leszel ma?

– Körülbelül még úgy három órát, de utána indulnom kell, mert nem készülök el a csomagolással.

– Jól van, de ha gondolod, elmehetsz már most is, James itt marad és a vendégek ebéd után szinte mind elmennek, négy órára kiürül az épület.

– Ha tényleg így van Maggie, akkor élek a lehetőséggel és megköszönöm, így biztosan lesz időm bepakolni.

– Akkor megegyeztünk. Vigyázz magadra, pihenj sokat, kerüld a veszélyes helyeket, ha végeztél majd jössz, és feltétlenül hozz magaddal valami pozitív energiát és vidámságot, mert az most nagyon rám férne.

– Rendben Maggie rajta leszek a témán, majd megnézem, hogy azon a vidéken a lélek bajára milyen gyógyírt ajánlanak.

- Oké, jó utat Sue.

- Sziasztok és ti is vigyázzatok magatokra, James te pedig vigyázz rájuk!

- Megígérem Sue.

Ezután megölelték egymást és Sue elindult az első legalább két hétig tartó nyaralására.

- Maggie, Sue hová utazik? - kérdezte James.

- Én nem kérdeztem, ő meg nem mondta. Majd megtudjuk, ha ír nekünk, vagy ha visszajön.

- Remélem, jól fogja érezni magát.

- Igen, legalább ő kapcsolódjon ki, már épp ideje volt, hogy lazítson egy kicsit. Nagyon jó munkaerő, és tökéletesen megbízom benne. Szerencsére az elmúlt évek alatt még sohasem kellett benne csalódnom.

- És valóban nem tudod, hogy hova utazik?

- Tényleg nem tudom, de ez miért fontos?

- Semmi különös, csak kíváncsi lettem volna, hogy az, aki egy ilyen helyen dolgozik egész évben, akkor az hova megy kikapcsolódni?

- Hát minden bizonnyal vannak olyan helyek, amelyeket szívesebben látogat, mint egy wellnessközpontot.

- Neked is el kellene menned valamerre Maggie.

- Lehet, de nem most, amikor összecsapnak a fejem felett a hullámok.

- Akkor majd utána, ha Sue visszajött.

- Igen tervezni szabad, csak a kivitelezéssel van baj.

- Aggodalomra semmi ok, majd én segítek leszervezni.

- Mindjárt gondoltam - válaszolt mosolyt erőltetve arcára Maggie.

- Hát ezért vannak a jó barátok, vagy nem?

- De igen és még egy csomó más okból.

- Maggie nem igaz, hogy nem veszed észre, hogy én bármit megtennék érted?

- Tudod, James nem észrevenni és nem akarni észrevenni az két külön dolog.

- Jó, akkor akard észrevenni!

– Köszönöm, hogy ennyire aggódsz értem, de már nagylány vagyok.

– Tudom, és azt is, hogy képes vagy felelősségteljes döntések meghozatalára.

– Na, látod, akkor egyelőre be is rekeszthetjük ezt a témát.

– Jó, akkor mást kérdezek, Paul előkerült már?

– Igen, már hívott.

– És mi a helyzet?

– Nem vettem fel, sőt még a telefonomat is lehalkítottam.

– Úgy látom nagyon feldühített.

– Valóban jól látod, de ezt majd én lerendezem, és ne folytasd, kérlek azzal, hogy te megmondtad, hogy milyen.

– Miért, nem mondtam meg?

– De igen, most akkor elégedett vagy?

– Akkor lennék elégedett, ha végre kilépne az életedből.

– Nyugodj meg, erre hamarosan sor kerül.

– És Patrick mit fog szólni?

– Igyekszem vele higgadtan és kulturáltan megbeszélni, természetesen tartani fogjuk az apjával a kapcsolatot és el is mehet vele, ha úgy tartja a kedve.

– Nem félsz, hogy Paul ellened hangolja?

– Úgy gondolom, hogy Pat már nem annyira kicsi, elég sok mindent megvitatunk, de majd odafigyelek rá, hogy ne történjen ilyesmi.

Patrick annyira bele van mélyedve a számítógépbe, hogy fel sem fogja, miről beszél Maggie és James, de talán jobb is.

– James, ha megkérlek, itt maradsz Pattel, amíg elbúcsúzom a vendégektől? Ígérem nem tart sokáig.

– Hát persze Maggie, menj csak.

– Köszönöm, nemsokára jövök.

Majd Maggie kilépett az ajtón, és elviharzott. James – látva, hogy Pat milyen jól elvan – magához vett egy újságot és olvasni kezdte. Már vagy fél órája olvasott, amikor Pat felnézett a gépből és rácsodálkozott, hogy az édesanyja nincs jelen az irodában. Nem is kérdezett semmit, csak egy laza pillantást vetett

Jamesre, majd visszatért a virtuális világba. Így lazultak a fiúk még vagy egy órán át, mire Maggie visszaért.

– Sziasztok, mi jót csináltok ennyire elmélyülten?

– Semmi különöset, én olvasok, Pat pedig a hálón lóg – válaszolt James.

– Nem keresett senki? – kérdezte Maggie.

– Itt nálunk nem és a telefon sem csörgött, de jó is, hogy jöttél, nekem hamarosan indulnom kell.

– Jó, rendben. Köszönöm, hogy ennyit segítettél.

– Szívesen máskor is, most megyek és csomagolok, de majd még jövök és elbúcsúzom.

– Oké, várunk.

James a szobájába igyekezett összepakolni. Maggie az asztalához ment és telefonjával kilépett a néma üzemmódból. Ekkor látta meg, hogy Paul már tizenegyszer kereste az elmúlt néhány óra alatt. Az utolsó hívás egy órával a mostani időpont előtt volt, azóta nem próbálkozott. Valószínűleg rádöbbent, hogy hiába hívja Maggiet a történtek után – feltéve, ha emlékszik a történtekre. Maggie pedig elhatározta, hogy nem fogja keresni Pault. Körülbelül harminc perc telhetett el, amikor James belépett az irodába.

– Megjöttem.

– Igen és hol vannak a bőröndjeid?

– Leraktam a hallban őket, hogy ne kelljen még ide is becipelnem.

– Kitűnő gondolat, de nem szerettél volna maradni vacsorára?

– Nem Maggie, sajnos indul a gépem, nem tudok maradni, majd értekezünk, hogy mikor jövök legközelebb.

– Rendben, de feltétlenül hívj fel, ha hazaértél.

– Feltétlenül hívlak, megígérem.

– Akkor jó, kivigyünk a reptérre?

– Nem kell, már hívtam taxit.

– Pedig Pattel szívesen kivittünk volna.

– Ugyan Maggie van neked itt még elég dolgod, nem kell még ezzel is fáradnod.

- Jól van James, akkor nagyon szépen köszönöm a segítségedet és szeretném megkérdezni, hogy mivel tartozom neked.

- Ó, ez semmiség, írd a többihez és majd egyszerre behajtom rajtad kíméletlenül – és elmosolyogta magát.

- Gondolod, hogy lesz egy olyan alkalom, amikor behajthatod?

- Nagyon remélem.

Hirtelen Patrick kapcsolódik a beszélgetésbe.

- James, mikor megyünk el megmászni a hegyet, amit kiválasztottunk?

- Arra is sort kerítünk egyszer, majd amikor anyát is ki tudjuk mozdítani és velünk jöhet.

- Akkor én mostanában biztosan nem mászok hegyet – keseredett el Patrick.

- Dehogyis nem, ha Sue visszajött már indulunk is.

- Figyelmeztetni foglak James.

- Rendben állok elébe, de most tényleg mennem kell.

James megölelte Maggiet és utána Patricket, majd elköszönt. Maggie és Pat a bejárati ajtóig kísérték, majd nézték, ahogy James taxiba száll. Hosszasan integettek neki, szinte egészen addig, amíg az autó a bekötő út kanyarulatánál eltűnt. Ezután visszamentek az irodába.

- Pat, mi is hamarosan indulunk haza, szeretnél még valamit?

- Igen, valami finomat vacsorázni, lehet?

- Tudod mit, lemegyünk a konyhába, összerakjuk, amire szükségünk van és majd otthon kettesben megesszük, rendben?

- És apának is viszünk?

- Apád ezeket a dolgokat megoldja, nem hiszem, hogy a mi vacsoránk kellene neki. Sokszor azt sem issza meg, amit felviszek reggelente.

- Akkor jó, felőlem csinálhatjuk így, és közben beszélgetünk.

- Remek, irány a konyha – és elindultak beszerezni a vacsorát.

Pat úgy pakolta a ételeket, mint aki egy hete nem evett. Lett is belőle jókora adag. Azután felcuccolva elindultak haza. Az út elején még beszélgettek, de az idő múlásával Patrick egyre halkabb lett és végül elszenderedett. Amikor hazaértek, a ház sötétbe burkolózva állt, nem volt otthon senki sem. Maggie próbált csendben és óvatosan bepakolni, de Pat mégis csak felébredt a neszezésre. Ekkor szó nélkül nekiállt és segített édesanyjának becipelni a csomagokat.

– Pat mit szeretnél előbb, vacsorázni vagy fürdeni?

– Nem is tudom, most olyan álmos vagyok, hogy igazából csak aludni.

– Jól van, ha gondolod, a kaját beteszem a hűtőbe, megvár holnap is.

– Elmegyek, megnyitom a fürdővizemet és mindjárt bele is ülök. Nyugodtan pakolj el, most biztosan nem eszem belőle.

Pat elment a fürdőszobába és ma is villámfürdést csapott. Amíg a víz folyt, meg is tisztálkodott és mire gyakorlatilag a kád tele lett, már lehetett is leengedni. Köntösébe bújt és elcsoszogott a szobájába. Nem kapcsolta be a tévéjét, nem vette elő a legóját, egyszerűen felvette a pizsamáját és az ágyba zuhant. Mire Maggie felment puszit adni, Pat már aludt. Utána Maggie is átadta magát a fürdő élvezetének. Imádott a kádban lazulni, a finom, meleg, illatos vízben. Olyan volt ez számára, mint egy nagy adag nyugtató a nap végén. A gyógyfüvekből készült fürdősó jó hatással volt rá, csak elnyúlt a kádban, kikapcsolta a gondolatait. Így pihenhetett vagy egy órán keresztül, mire felriadt, hogy még mindig a kádban van. Félkómásan megtörölközött és az ágyába sietett. Annyira fáradt volt, hogy nem is próbálta felhívni Pault, de mivel a telefonját is lent hagyta, így azt sem vette észre, amikor James hívta, hogy szerencsésen megérkezett. Az ágy melletti szekrényen volt egy régi ébresztőóra, arra pillantott, fél tíz, nyugtázta, még nincs is olyan nagy idő. Nem baj holnap már hétfő, és sem Sue, sem pedig James nem lesz, hogy segítsen, muszáj kipihennie magát. Egy villanásnyira eszébe jutott még Paul, vajon hol lehet, de aztán gyorsan elhessegette a gondolatot magától, majd holnap erre a problémára is pontot tesz. Pat reggel iskolába megy, így napközben lesz ideje nyugodtan az ügyeket intézni, anélkül, hogy Patricknek magyarázkodni kellene. Jobban össze tudja szedni a gondolatait és valószínűleg az ügyvédjével is beszélnie kell. Természetesen mindent úgy kell csinálnia, hogy délutánig végezzen, amikor háromkor Patrickért megy. Még ha el is viszi a munkahelyére, akkor sem akarja a zűrös dolgokat előtte tárgyalni. Ezekkel a gondolatokkal a fejében tért nyugovóra. Az éjszaka nyugodtan és zökkenőmentesen telt, Pat és édesanyja is látszólag tökéletesen kipihente magát.

5.

Maggie reggel óracsörgésre ébredt. Lement a konyhába és furcsa volt neki, hogy egy újabb olyan nap kezdődik, amikor nem kávéval indítja a napot. Feltette a teát és elkészítette a szendvicseket Patricknek és magának. Ekkor eszébe jutott a telefon és gyorsan megkereste. Három nem fogadott hívás volt rajta, mindet James indította, fél-fél órás különbséggel. Biztosan gondolta, hogy Maggie már lepihent, de hogy megnyugodjon Maggie elhatározta, hogy felhívja majd a munkahelyéről. Több hívás nem volt a készüléken, még Paultól sem – amit Maggie úgy igazából nem is bánt. Miután elkészítette a reggelit, felment és szólt Patricknek.

– Jó reggelt, ébresztő hétalvó!

– De hát még csak most feküdtem le.

– Lehet, hogy így érzed, de gondoltam szólok, hogy kész a reggeli, lassan indulunk.

– Minek ez a rohanás, hiszen szinte még fel sem ébredtem.

– Jól van, ne idegeskedj, nem kapkodunk.

– Kész szerencse, már kezdtem aggódni – válaszolt Pat, szemforgatásos vigyorral.

– Rendben, ha gondolod, kikészítem a ruháidat, ha ezzel meggyorsítom a rajtolást.

– Oké anya, nem bánom rakd ki az ágyamra, de ha nem tetszik, változtathatok rajta?

– Természetesen, semmi sem kötelező, ha úgy gondolod, kicseréled a ruhadarabokat.

– Szerintem biztosan jókat raksz ki, most megyek és felfedezem a reggeli ízeket.

– Én is mindjárt ott leszek, de az ágyadat nem fogom öszszerakni.

– Miért nem?

– Mert úgy gondolom, hogy azért neked is kell néha csinálnod valamit.

– Azt hiszem, ezt még be tudom vállalni, de indulás előtt gondoltad?

– Bizony, este, amikor hazaérünk, mi értelme lenne?

– Na, jó megcsinálom.

– Köszönöm.

Ezután mindketten lementek a konyhába, és megreggeliztek. Nem kerítettek nagy feneket a dolognak, huszonöt perc múlva, már az autóban ültek és indultak az iskola felé.

– Anya, ki jön értem ma? – kérdezte Patrick

– Nagy valószínűséggel én megyek. Ha véletlenül késnék, akkor nyugodtan várj a suli előtt, de ígérem sietni, fogok. Háromra kell mennem ugye?

– Igen, és utána hová megyünk?

– Sajnos a dolgok jelenlegi állása szerint az elkövetkező két hétben velem jössz, minden délután és visszamegyünk a munkahelyemre.

– És mi lesz a lovaglással és a karate edzésekkel?

– Mivel sem Sue, sem pedig James nem lesz, így kénytelen vagyok magamhoz vinni suli után, így a lovaglás és a karate is egy kis ideig szünetelni fog.

– De hát akkor miért nem apa jön értem?

– Apáddal kapcsolatban, jelen pillanatban technikai problémák merültek fel, amelyek elhárításán dolgozom. Mihelyt a dolgok a helyükre kerülnek, természetesen ő is megy majd érted az iskolába, de most átmenetileg ez a megoldás tűnik helyénvalónak.

– Nem tudom, hogy mire célzol pontosan anya, de te biztosan elintézel majd mindent.

– Köszönöm Patrick, hogy ilyen megértő vagy, én is igyekezni fogok, hogy mindkettőnknek könnyebb legyen.

Mire mondandójuk végére értek, megérkeztek az iskolához. Pat és Maggie puszit váltottak és elköszöntek egymástól. Maggie várt, amíg Pat felért a lépcsőn és még intett neki egy utolsót, majd gázt adott és a munkahelyére vette az irányt. Mikor megérkezett furcsa módon senki sem sietett elébe és nem kezdte el mondani a napi eseményeket és teendőket. Tudatában volt annak, hogy nincs jelen a segítsége, de mégis hiányolta őt.

Mintha hiányzott volna az egyik karja, pedig csak Sue ment el két hétre. Maggie elhatározta, ha törik, ha szakad, de akkor is megmutatja a világnak, hogy végig tudja csinálni. Amilyen határozott volt, kifelé, olyan bizonytalan volt legbelül, még szerencse, hogy a külvilág ebből semmit nem vett észre. Elméleti síkon mindenki tudta a dolgát, hiszen minden csak szervezés kérdése és valószínűleg Sue sem ment volna el két hét szabadságra dolga végezetlenül, így Maggie igazándiból nem félt attól, hogy valami nagy baj lehet. Sokkal inkább az emésztette, hogy Pault miként tegye helyre. Miután üdvözölte az újonnan érkező vendégeket, előkereste ügyvédjének telefonszámát és némi tétovázás után felhívta. Amíg a telefon hosszasan búgott, a gondolatok villámokként cikáztak a fejében, csak, amikor az ügyvéd beleszólt akkor tért magához.

– Szia Maggie!

– Szia, Bob!

– Milyen régen hallottalak, mi újság van veled talán nincs valami baj?

– Hát nem állíthatom azt, hogy nincs, el akarok válni Paultól.

– Ez roppant gyors és egyenes válasz volt tőled, de azt hiszem Maggie, ez nem lesz egy egyszerű menet.

– Tudom, de ez nem mehet így tovább, valamit lépnem kell.

– És Paul beleegyezett?

– Még nem tudja, tegnap a rendőrségen vendégeskedett pár óra erejéig.

– De hát mi történt?

– Túl sok minden és azt hiszem annyi időd most nincs is, hogy felsoroljam. Megbeszélhetnénk egy időpontot, amikor neked is jó, és elmennék az irodádba, vagy esetleg meghívnálak egy ebédre.

– Rendben Maggie, nekem a mai nap megfelel. Ha neked is jó, akkor találkozzunk fél egykor a kedvenc éttermünkben.

– Oké, és köszönöm Bob, akkor fél egykor.

Mikor Maggie letette a készüléket ismét bizonytalankodni kezdett, azután eszébe jutottak az elmúlt évek során elszenvedett sérelmek, amelyek felett mindig szemet hunyt, amik miatt James is folyton leszúrta – és persze még ott van Patrick is, de ő már nagyfiú, vele meg tudják beszélni a dolgaikat. Maggie mielőtt teljesen belekeveredett volna saját gondolataiba, papírt vett elő és jegyzetelni kezdett. Annyi minden van, amiről beszélni szeretne Bobbal, hogy valószínűleg majd az adott helyzetben nem fog minden eszébe jutni. Így hát megpróbálta összeszedni magát és elkezdte listázni a megvitatásra váró kérdéseket. Már vagy másfél órája merengett, de a papíron még alig volt pár sor. Talán azért lehetett ez a bizonytalanság, mert egyik fele válni akart, a másik nem, de ahányszor mérlegelni kezdte a kialakult helyzetet, mindig a válás felé mozdult a mérleg. Úgy tűnt, semmilyen észérv nem szól Paul mellett és igazából nem is akarta megbeszélni vele, döntött és kész. Bizonyára nem lesz egyszerű, de az eddigi élete sem volt az.

Maggie erős asszony túl fogja élni, de szerette volna, ha Patrick ezt nem sínyli meg, főként azért, mert annyira szerette az apját. Valamilyen köztes megoldást kell keresni Pat részére, hogy az apjával is lehessen, de az állandó felügyeletet Maggie szerette volna gyakorolni. Mivel Paul elég laza életet élt, így Maggie reális esélyt látott arra, hogy ezt megkapja. Lassan a lista végére ért, bár korántsem volt biztos, hogy minden aktuális kérdés helyt kapott, de hát valószínűleg Bob is hozzáfűz még egy-két dolgot.

Milyen szerencse, hogy senki sem zavar – gondolta Maggie –, így nyugodtan töprenghetek, de korai volt az öröme, sajnos az egyik vendég panaszt tett, hogy a szobája ablakán – amelyet a múlt héten lefoglalt –, nincs üveg. Ekkor villámként csapott Maggiebe a felismerés, hogy nem szólt az üvegesnek, csak a számát kereste ki. Felkínált a vendégnek egy másik szobát, vagy esetleg annak a lehetőségét, hogy amíg kijavítják a hibát, addig legyen a szálló vendége és kedvére használja díjmentesen a szolgáltatásokat.

A panaszos elfogadta a felkínált lehetőséget, így Maggie egy kissé megkönnyebbült, de ismét bevillant neki, hogy ezt a problémát is Paulnak „köszönheti". Mivel az idő lassan már dél felé járt, így magához vette a listát és elindult a városba. Nem sietett túlságosan, hiszen volt még ideje bőven, de nem mert késni a megbeszélt találkozóról, mivel Bob a pontosság rabja, akár szobrot is lehetett volna mintázni róla. Maggie odaért az étteremhez, majd leparkolt és elrendezte ruháját. Még egy utolsó pillantás a tükörbe és indulhat befelé. A teremben nem volt nagy tömeg, így hála az égnek könnyen kapott egy szabad asztalt. Bob még nem volt sehol, de Maggie így is akarta.

– Hölgyem, hozhatok Önnek valamit? – kérdezte a pincér.

– Köszönöm igen, egy tonikot jéggel és kérnék még két étlapot, hamarosan vendégem érkezik.

– Rendben máris hozom.

A pincér tovább állt és Maggie előhúzta táskája rejtekéből a feljegyzést tartalmazó papírost. Hosszasan nézegette, amikor Bob az asztalhoz lépett.

– Szia Maggie!

– Szia, Bob!

Maggie felállt és két puszit nyomott Bob arcára.

– Igen, már ezért megérte eljönnöm – mosolyodott el Bob.

– Jaj, Bob, ne bolondozz, elég baj ez nekem, hogy ilyen ügyből kifolyólag kell veled találkoznom.

– Olyan titokzatos voltál a telefonba, hogy alig várom már a beszámolódat.

– Nem szeretném bő lére ereszteni, inkább átadom neked ezt a listát, ha elolvasod, akkor nagyjából átlátod majd, hogy mit is szeretnék, és miért.

Bob leült és maga elé vette a papírt, amelyet Maggie nyomott a kezébe és csendesen olvasni kezdte. Mikor a végére ért megkérdezte Maggiet.

– Biztosan ezt akarod?

– Igen.

– És Paul is beleegyezett?

– Nem, vele még nem tudtam beszélni. Azok után, amit tegnapelőtt éjszaka művelt, látni sem bírom és szeretném, ha megszűnne végre ez a nyomás rajtam.

– Persze-persze megértelek, de gondolod, hogy bele fog menni?

– Mindenkinek megvan a maga ára, az övé is, hidd el bele fog menni.

– Ha te mondod, reméljük így lesz, és mikor szeretnéd, hogy beadjuk a válási papírokat?

– Egyelőre szeretném, ha felszólítanád, hogy hagyja el a lakást és felajánlanád neki azt, amit leírtam. Amennyiben elköltözik, akkor folytatjuk a többi szempont érvényesítését is.

– És Patrickkel mi lesz?

– Ahogy írtam, kéthetente elviheti magához, két napra hétvégére, egyébként pedig bármelyik nap érte mehet az iskolába, de haza kell hoznia.

– Én megértem, de Paul nem biztos, hogy meg fogja érteni.

– Biztos lehetsz benne, hogy megérti, úgyis állandóan arra panaszkodik, hogy neki kell mindig a gyerekkel lenni délutánonként, így most nem méltatlankodhat.

– Hát jó Maggie, akkor én hozzálátok és elkészítem papírokat, de mi lesz, ha mégsem megy ilyen gördülékenyen?

– Akkor marad a bíróság, bár én jobban szeretnék peren kívül megegyezni.

– Természetesen megértelek, az lenne a legészszerűbb.

– Én is így gondolom, bár Paul esetében nem mindig a józan ész a tanácsadó.

– Igen, őt ismerve minden bizonnyal nem fogja ennyivel beérni, valószínűleg a vagyon felére is igényt tart majd.

– Tarthat, csak ennek a vagyonnak a tizedéért sem dolgozott meg.

– Én tudom Maggie és te is tudod, de a bíróságnak ez nem elég.

– Na, látod Bob, ezért vagyunk most itt, hogy kamatoztasd a tudásod, elvégre te vagy az ügyvéd.

– Igen Maggie, igyekszem helytállni, remélem, nem fogsz bennem csalódni.

– Úgy gondolom, ha apámat tudtad évtizedekig segíteni, akkor nekem is tudsz.

– Kedves uram, hozhatok Önnek valami italt? – lépett az asztalhoz a pincér.

– Igen, egy száraz martinit jéggel, köszönöm.

– Szóval Maggie, akkor én még ma megírom a levelet Paulnak, de hova is címezzem?

– Nyugodtan küld egyelőre az én címemre, hiszen még ott lakik, ott van minden holmija, annak ellenére, hogy tegnap már nem láttuk.

Feltételezem valamelyik golf vagy teniszpartnere ápolgatja, de ha elfogy, a pénze előkerül, efelől semmi kétségem.

– Ó Maggie, hogy történhetett ez, hiszen olyan jól megvoltatok?

– Igen Bob, a látszat néha csal, azt láttad, amit látni akartál. Nem lett volna szabad hagynom, hogy a dolgok idáig fajuljanak, már sokkal korábban lépnem kellett volna, és nem tűrni évekig.

– És miért nem?

– Azt hiszem Pat volt az oka, nem akartam neki sérülést okozni.

– Megértelek.

– Jól van Bob, akkor az én problémámat sínre tettük, és akkor mi a helyzet veled?

– Hát mi Lorennel – hogy is mondjam –, megvagyunk. Építjük a karrierünket és rengeteget utazgatunk.

– Mi a helyzet a gyerek kérdéssel?

– Loren hallani sem akar róla, pedig már elmúlt harminc és attól retteg, hogy a szülés után kövér fog maradni.

– Ha undok lennék veled, akkor most azt mondanám, kész szerencse, hogy az első feleséged nem volt ennyire hiú és ő szült neked két gyermeket.

– Igen, ő más volt, de az már a múlt. Neked bemerem vallani, hogy nagy hibát követtem el, amikor elváltam Loren miatt, de most már késő.

– Sohasem késő. A gyerekekkel tartod a kapcsolatot?

– Igen, nagyon jó fejek, a múltkor meghívtak egy kerti sütögetésre. Eszméletlen jó buli volt, ott voltak a srácok barátai is, mintha a saját kamaszkoromat éltem volna újra.

– És Loren mit szólt hozzá?

– Ő úgy tudta, hogy egy vidéki tárgyalásra kellett mennem.

– Hűha, elég merész, ha megtudja neked véged.

– De nem fogja, a család is érzi, hogy milyen jó, amikor együtt vagyunk és nem fognak kiadni neki, főleg, hogy mindenki utálja.

– Igen, és a volt nejednek van már új párja?

– Miért lenne, hát mit szólnának a gyerekek, az apjukat nem helyettesítheti senki.

– Bob, nem túlzás ez egy kicsit? Neked lehet új életed, a volt feleségednek meg nem?

– Á, neki erre nincs igénye.

– Tényleg? Hát én azért megkérdezném.

– Tudod mit Maggie, szerintem most már ne firtassuk a családi dolgokat, elég volt. Megírom a Paulnak szánt levelet és postázom. Ha feladtam, majd hívlak, vagy szeretnéd, ha beolvasnám neked a telefonba?

– Semmi szükség rá, megbízom benned, elég, ha jelzed, hogy mikor adtad fel, akkor én már tudom, hogy körülbelül mikor kapja meg.

Időközben a pincér is visszatért a martinival és felvette az ebédrendelést. A továbbiakban már nem esett szó a családról, megebédeltek, nosztalgiáztak és sztorizgattak, majd elbúcsúztak egymástól. Maggie az órájára pillantott, két óra volt. Azon töprengett, hogy most mitévő legyen. Ha visszamegy a munkahelyére, szinte rögtön jöhet vissza Patrickért, vagy inkább császkáljon a városban, nem mintha olyan nagyon ráért volna. A következő pillanatban egészen új ötlet született meg a fejében és gyorsan irányt változtatott. Meg sem állt Pat iskolájáig. Még útközben felhívta az osztályfőnökét, hogy most jár a városban, de sajnos csak későn jön újból errefelé, így szeretné Patricket hazavinni egy kicsivel előbb. Mivel Maggie lelkes támogatója az iskolának, így nem is volt semmi kétség afelől, hogy elengedik-e Patricket. Mire anyukája odaért, Pat már az ajtóban várta kétségbeesetten, hogy mi történt, miért kell neki ma előbb elmenni a suliból.

– Szia, anya, mi történt, miért jöttél ilyen korán értem?

– Hát mert ezt gondoltam.

– De remélem nincs valami baj?

– Ne aggódj, nincsen semmi.

– Akkor jó, megnyugodtam.

– Elmegyünk ma valahova mi ketten együtt.

– Hát nem azt mondtad anya, hogy a héten nem érsz rá?

– Na, jó, ennyit azért beiktathatok.

– És hova megyünk?

– Az legyen meglepetés.

Beültek az autóba és elindultak. Maggie szándékosan megautóztatta Patricket, hogy ne is tudja, merre járnak, a valódi úticélt túlságosan könnyű lett volna kitalálni, de így most egy kicsit megtréfálta.

Tettek pár kört mire eljutottak az állatkertig. Pat nagyon megörült, hát még amikor Maggie elmondta, hogy ma fóka–show van és akár még a vízbe is be lehet menni az animátorokkal. Természetesen Patricknek úszónadrágot kellett vásárolni és már indult is a vízbe. Maggie a parton ülve figyelte fiát, miként élvezi a fókákkal való úszkálást, szinte sugárzott az örömtől, és alig akart kijönni a vízből. Már attól tartott, hogy megfázik, de Pat hallani sem akart arról, hogy kimásszon. Még szerencse, hogy az állatgondozók jobb belátásra bírták és így sikerült kitességkelni a vízből, de megígértette anyukájával, hogy legközelebb is eljönnek. Hogy tökéletes legyen az állatkerti kaland, a végén még két nagy adag fagylaltot is ettek, feltéve evvel a mai napra a koronát. Amikor elindultak, Pat folyamatosan csak a fókákról beszélt, a karate és a lovaglás eszébe sem jutott, Maggie pedig azon meditált, hogy oké, ez volt az első nap és milyen jól sikerült, de miket eszeljen ki az elkövetkező tizenháromra. Mindegy gondolta, hátha majd holnap is ilyen hirtelen tud improvizálni.

Olyan remek volt ez a kis kiruccanás, hogy Pat nem is agonizált azon, miért anyukája munkahelyére mennek. Rögtön bepattant Maggie íróasztala mögé és elkezdett fókákat rajzolni.

– Pat, itt maradsz, amíg szétnézek a hotelben, hogy minden rendben van-e?

– Hát persze anya, menj csak nyugodtan, addig én majd rajzolok.

– Rendben, tíz, maximum tizenöt perc és jövök. A mobil nálam lesz, ha valamit szeretnél, az asztali készülékről fel tudsz hívni. Az egyes számra van a telefonom beprogramozva.

– Oké.

Ezzel Maggie gyorsan sarkon fordult és már robogott is, mivel nem szerette volna túl sokáig magára hagyni Patricket. A helyzet persze sokkal könnyebb volt, amikor Sue kézben tartotta a dolgokat, mert csak őt kellett megkérdezni és már felelt is minden felmerülő kérdésre, de mivel Sue most nincs itt, így Maggie veszi kezébe az irányítást, mint valamikor a Sue előtti időkben. Egyáltalán nem esett nehezére, de még bele kellett rázódnia, hogy ő legyen az, aki számon kér mindenkit. Igazából nem volt nagy kihívás, sőt, az alkalmazottak is naprakészek voltak és igyekeznek minden kérdésére kielégítő választ adni. Így aztán Maggie hatékonyan, gyorsan és nem utolsósorban eredményesen tudott dolgozni. Meggyőződése volt, hogy a jó munkaerő nem csak szakképzett, de irányítás nélkül is tud önállóan cselekedni. A mai világban ez nélkülözhetetlen, hiszen nem ülhet minden percben a felettese a dolgozó mellett. Ha valamit nem tud a kedves munkatárs, akkor mindig kérdezzen, ha kell, akár kétszer is, mint egyszer rosszul csinálja. Maggienél ez a taktika bevált már évek óta és nem is kívánt rajta változtatni. Csak annyit kért az emberektől, hogy a rájuk bízott munkát a legjobb tudásuk szerint végezzék és lehetőség szerint a vendégek sérelem nélkül távozzanak, majd térjenek vissza. Sajnos ez a momentum most megdőlni látszik, Paul botrányos viselkedése miatt, de azért Maggie bízott abban, hogy nem megy híre férje cselekedetének. Miután végzett az ellenőrző körúttal, visszatért Patrickhez és megkérdezte, szeretne-e még az asztalánál ténykedni?

– Miért kérdezed anya, szeretnél ide ülni?

– Az igazat megvallva igen, de ha maradni akarsz, maradj nyugodtan, én majd beülök Sue gépéhez, mert ellenőriznem kell az új foglalásokat. A szomszéd irodában leszek, ha keresnél.

– Rendben anya, és megkérdezhetem, hogy ma mi lesz otthon a vacsora?

Ó, már megint itt tartunk? Tette fel magában Maggie a kérdést. A feleségek és anyák örök mumusa. Mi legyen az az étel, ami változatos, finom, egészséges és gyorsan elkészíthető?

– Mit szeretnél, hogy mi legyen? – kérdezett vissza Maggie.

– Valami nem mindennapit, valami igazán finomat, lepjél meg anya.

– Hát nem lesz egyszerű, főleg, hogy még itt is rengeteg dolgom van, nem tudnál valami támpontot adni?

– Még én sem tudom.

– Jó, akkor gondolkodj, én is majd töprengek rajta, de nehogy valami olyat kérj, amit fél napig kell főzni, vagy legalább annyi ideig tart előkészíteni.

– Miért?

– Szerinted, ha innen hazamegyünk, mennyi időnk marad a vacsorát elkészíteni?

– Jól van, igazad van, akkor majd olyat keresek, ami nem túl bonyolult.

– És ne felejtsd el azt, hogy milyen alapanyag kell hozzá, mert lehet, hogy be kell ugrani a boltba is.

– Rendben, majd kieszelem a jó megoldást.

– Akkor én a szomszédban leszek – és Maggie Patrickre bízta a vacsora kigondolását.

Átérve Sue irodájába, Maggie rádöbbent, hogy ő igazán ebben a helyiségben nem is szokott tartózkodni, hiszen mindig Sue megy át hozzá, vagy a közlekedőben tárgyalják a dolgokat menet közben. Helyet foglalt Sue gépénél és elindította. Amíg a gép betöltötte a programokat, Maggie elmerengett a berendezésen és a tárgyakon, amelyekkel Sue teszi teljessé a napjait. Minden bizonnyal valamilyen kötődése van a képekhez a vázákhoz és az aprócska szuvenírekhez, amelyek az iroda helyiségét díszítették. Volt olyan, amelyet Maggie hozott neki, ha valamerre elutazott, hiszen Sue olyan volt neki, mintha a lánya lett volna. A gép elindult és Maggie munkához látott. Az e-maileket elnézve nem lesz egyszerű ez a hét sem. A foglalások legjava hétvégére szólt, pontosabban péntek estétől, vasárnap délutánig. Akadt azért olyan is, aki már másnap érkezett, de ez nem jelentett problémát. Vannak, akik az egész szabadságukat itt töltötték. Maggie igyekezett precízen dolgozni és mindenkinek elküldte a visszaigazolást a foglalásról, valamint kinyomtatta az adatokat, ha véletlenül nincs gép a közelben, akkor se jelentsen problémát az adatszolgáltatás. Eltöltött legalább másfél órát Sue irodájában és csodálkozott, hogy Pat nem jelentkezett, de biztosan feltalálta magát. Még egyszer utoljára átnézte a postát és az e-maileket, nehogy kimaradjon akár egyetlen levél is. Iktatás után a pénzügyek következtek, majd a beszerzés összeállítása. Maggie a falon lógó órára pillantott, hat órát mutatott. Te jó ég, már ennyi az idő, mit csinálhat Pat? – gondolta magában és villámgyorsan összepakolt Sue asztalán, majd átsietett Patrickhez.

– Pat ne haragudj, teljesen elmélyedtem a munkába.

– Semmi baj anya, amikor meguntam a rajzoltást, bekapcsoltam a gépedet és azon játszottam.

– Nagyon ügyes vagy, én befejeztem a mai munkámat, akkor talán indulhatnánk haza.

– Igen, már csak a boltot kell útba ejtenünk.

– Valóban, talán csak nem kitaláltad a mai menüt?

– De igen anya, méghozzá spagettire gondoltam.

– Szuper srác vagy, ahhoz nem kell sok idő és sokféle alapanyag sem, de azért be kell mennünk egy üzletbe, mert nincs otthon semmi hozzávaló.

– Oké anya, akkor indulhatunk.

Maggie és Pat elindultak hazafelé. Patricken látszott, hogy kimerítette a mai nap, de ki volt éhezve az áhított spagettire, így egész úton beszélgetett anyukájával.

– Anya, apa is velünk eszik?

– Nem tudom Pat, ma még nem láttam, és nem is beszéltem vele.

– Miért, hol van apa?

– Nem tudom, de majd előkerül.

– Honnan tudod anya, apa nem olyan, mint te, neki mindig meg kellett mondanod azt is, hogy hová vigyen, ő nem olyan talpraesett.

– Köszönöm Pat, de neki is meg kell állni a maga lábán, hiszen felnőtt ember.

– Az lehet, de ő más, te sokkal erősebb vagy és úgy érzem, valami nincs rendben veletek.

– Ne foglalkozz vele Pat, majd megoldódnak a dolgok, bízz bennem!

– Én bízok anya, de nem akarlak benneteket elveszíteni.

– Nem fogsz Patrick, csak egy kicsit másként élünk majd, és másként szervezzük az életünket.

– Akkor mégis baj van?

– Figyelj Pat, majd vacsora közben megbeszéljük, de most menjünk be az üzletbe és vegyük meg a hozzávalókat, de választhatnál valamit a reggelihez is.

– Rendben menjünk.

A vásárlás kissé nyomott hangulatban zajlott, Pat nem nagyon szólt édesanyjához, olyan volt, mint aki haragszik. Mikor végeztek, beültek az autóba és hazáig szinte nem is beszélgettek. Maggie azon tűnődött, miként mondja el Patricknek döntésének okait. Vajon megérti-e nyolcéves fejjel, hogy mi miért történik körülötte? Nem szerette volna lerombolni Patrickben az apjáról kialakított képet, de valahogy meg kell vele értetni, hogy így sajnos nem mehet tovább. Mikor a kocsifelhajtóra kanyarodtak, Patrick megpillantotta, hogy szobája ablakában fény dereng, majd kitörő lelkesedéssel kiáltotta, hogy apa itthon van. A következő percben kipattant az autóból és mindent hátrahagyva rohant fel a lépcsőn. Maggie nem szólt semmit, csak csendben karjára pakolta a szatyrokat, bezárta a kocsit, majd ő is elindult felfelé. Mikor Pat felért, első útja a szobájába vezetett, és közben hangosan szólogatta Pault.

– Apa, apa hol vagy? Megjöttünk.

De semmi válasz. Végig járta az egész házat és senkit sem talált. De hát, hogy lehet, hogy a szobájában világít az ágy melletti lámpa és sehol senki?

– Anya, ez hogy lehet, a lámpa ég a szobámban, de apa sehol?

– Ha engem kérdezel, szerintem reggel úgy felejtetted, és most azt hitted, hogy apukád kapcsolta fel.

– Pedig, hogy beleéltem már magam, azt hittem, hogy itthon van.

– Semmi baj, biztosan te is hiányzol neki, és hamarosan jelentkezni fog – remélem.

– Akkor most mi lesz anya?

– Most megyünk és elkészítjük a spagettit, amit kértél és együtt megvacsizunk, oké?

– Oké anya, mit segítsek?

– Mondjuk, engedj vizet a fazékba és tegyük fel főni a tésztát.

Pat kezet mosott és nekilátott a „főzésnek". Maggie a mártást készítette és a tészta tördeléséhez fogott volna, ha fia le nem állítja, mert szerinte az igazi spagetti tészta végtelen hosszú, és nem szabad eltörni. Mire a mártás elkészült, a tészta is megfőtt, és lehetett is hozzá fogni a vacsorának. Pat nagyon élvezte, hogy a tésztának szinte nem volt vége, és már nem fért a villájára. Maggie is próbálkozott, több-kevesebb sikerrel, ezen aztán Pat nagyon jókat kacagott. Maggie szerint vagy túl kevés, vagy túl sok került a villára, arról nem is beszélve, hogy rendszerint leszórta a ruháját. Pillanatnyilag úgy tűnt, hogy a nyolcéves Pat ügyesebben eszik spagettit, mint anyukája. Ezt felismerve a vacsora végére mindketten gurultak a nevetéstől.

– Anya, lehet, hogy spagettievő tanfolyamot fogok indítani neked, de azt hiszem, hogy az osztálytársaim is mind lehagynának.

– Nem baj, majd csak megeszem valahogy.

– Holnap pedig makarónit készíts! – nevetett Pat.

– Na azt már nem, holnap kínai lesz, mert pálcikával tudok enni – felelte Maggie.

– Biztos anya, nehogy másként legyen, maradjunk inkább a késnél és villánál.

– Pat, nem szemtelenkedünk anyukánkkal!

– Bocsi anya, nem tudtam kihagyni.

– Jól van, semmi baj. Bepakolom a mosogatógépet, te pedig menj fürdeni.

– Rendben, már megyek is.

Pat elment fürdeni, Maggie pedig elrámolt a konyhában. Mire elkészült, Pat is végzett.

– Anya mesélsz nekem?

– Patrick nagyon fárasztó volt a mai napom, de azt hiszem, hogy neked is. Kapcsold be a tévéd és programozd be az időzítőt, majd holnap jobban igyekszünk haza, hogy maradjon idő a mesélésre, rendben?

– Oké anya, akkor majd holnap. Kaphatok egy jóéjt-puszit?

– Hát persze, ez nem is kérdés, mikor nem kaptál?

– Mindig kapok, biztosan attól alszom olyan jól.

– Szerintem is, de most már nyomás aludni.

– Jó éjt anya.

– Szép álmokat Pat!

Maggie leoltotta fia szobájában a lámpát és ő is eltette magát másnapra.

Az éjszaka nyugodtan telt, és Maggiet még mindig nem idegesítette, hogy Paul merre tölti az éjszakát. Már biztosan nem lesz sokáig távol, mivel elfogy a pénz a számlájáról, csak idő kérdése és előkerül.

6.

Az elkövetkező négy nap tartalmasan telt, Maggie mindig Patért ment az iskolába, és igyekezett izgalmas programokat szervezni neki. Nem volt túl egyszerű, de megoldotta, igaz, némi segítséget nyújtott az internet, azon kereste ki a látogatni kívánt helyeket. Minden bizonnyal Sue is valahogy így csinálhatta, a lényeg, hogy Pat nagyon jól érezte magát. A hét utolsó munkanapján azonban Paul is megjelent.

– Szia Mag!

– Szia, Paul!

– Vártalak a rendőrségen, reméltem, hogy értem jössz.

– Igen, és ki juttatott oda? Szerintem nem én – tette fel a kérdést Maggie haraggal a hangjában. Látszott rajta, hogy szinte kifordul önmagából, fortyogott a dühtől, Paul nemhogy bocsánatot nem kért a tettéért, de még követelőzik is.

– Mindegy, nekem pénz kell – szólt Paul.

– Valóban, hol van a fizetésed? – vonta kérdőre Maggie.

– Már elfogyott.

– Tényleg, mások ennyi pénzből három hónapig élnek és két gyereket nevelnek.

– Nem a példabeszédedre vagyok kíváncsi – válaszolt arrogánsan Paul.

– Pedig kíváncsi lehetnél, mivel beadtam a válási papírokat, hamarosan te is megkapod.

– Nem fogok elválni.

– Ebben szinte száz százalékig biztos voltam.

– Majd, ha kifizeted a részemet az üzletből.

– Milyen részedet, nem zavar, hogy neked semmilyen üzletrészed nincs.

– De igen is van, minden a házasságunk után szerzett vagyon közösnek számít.

– Majd az ügyvédem vázolja a lehetőségeket.

- Ja persze Bob, az a beképzelt, nagyképű majom.
- Igen, az a beképzelt, nagyképű majom segített annak idején a szüleimnek és most nekem is.
- Tudom, egy-két mámoros éjszaka, és Bob mindent elintéz.
- Hogy te mekkora egy görény vagy Paul. Tudod, mindenki magából indul ki, és ez a jellemrajz rád tökéletesen illik. Te minden bizonnyal így szerzed a kétes erkölcsű barátnőidet, de Bobban azért van némi tartás.
- Igen, elég nagyra tartja magát.
- Miért, mert nem fekszik össze minden útszéli nőcskével, azért, mert tanult és vitte valamire? Nézd meg magad, nem vagy más, mint egy piperkőc. Egész nap nem csinálsz semmit, csak egyik klubból a másikba mégy. Flörtölsz a fiatal lányokkal, asszonyokkal és két marékkal szórod a pénzt.
- Ez nem igaz, nagyon keményen dolgozom.
- Igen, és hol van az eredménye?
- Még nem érett be a gyümölcse.
- Hahaha, kacagnom kell! Az a baj Paul, hogy nem csak a gyümölcse nem érett be, de sajnos, még a magot sem vetették el, amiből kikel a fa, amelyről szüretelni akarsz.
- Te ezt nem értheted!
- Igazad van, én ezt nem érthetem, de azt tudom, hogy ezt nem csinálom így tovább. Ha tetszik, ha nem, ennek véget vetünk.
- Nem gondolod, hogy majd elveszed tőlem a fiamat.
- Nem veszem el, de megváltozik a felállás.
- Persze, és majd pont te változtatod meg?
- Nem Paul, te változtattad meg azzal, hogy bevittek a rendőrségre, ezek után miként bízhatnám rád a gyereket?
- Nem is volt velem a gyerek.
- Tudom, még szerencse, és egyelőre nem is mondtam el Patnek a kis kalandodat, mivel egy világ omlana össze benne, de ha gondolod, elmondhatom neki mit csináltál.
- Inkább ne, most még engedek neked, mit akarsz?
- Fogd a holmidat és költözz el a belvárosi lakásba, a te igényeidnek tökéletesen megfelel. Havonta biztosítok számodra egy fix összeget – nem többet –, és ne is gyere hozzám könyörögni.

A fiúnkat kéthetente hétvégén elviheted – ott is alhat –, de hét közben, ha elmégy érte, akkor haza kell hoznod.

– És mennyi az az összeg, amit nekem szándékozol havonta folyósítani?

– Majd kiszámolom, hogy mennyit érdemelsz és mennyi az, amiből valóban meg tudsz élni, de azt már most kijelenthetem, hogy el kell menned dolgozni!

– Hogy mit?

– Jól hallottad, dolgozni.

– Én évek óta téged szolgáltalak, én nem tudok máshol dolgozni.

– Akkor éppen ideje, hogy hozzá fogj. Kapsz egy hónap haladékot, addig járj utána, hogy hol tudnál elhelyezkedni.

– Miért nem maradhatnék itt?

– Nem, keress tisztességes munkát magadnak!

– Nem biztos, hogy be tudom iktatni a golf, a lovaglás, a tenisz és a hajózás közé.

– Figyelj, Paul abból fogsz megélni, amit keresel. A munka mellé kell beiktatnod, amiket mondtál, és nem fordítva. Sajnos a golfból, a teniszből és a hajókázásból, nem tudod fizetni a számláidat és tankolni a kocsidat.

– De te majd segítesz!

– Kilenc évig segítettelek és elnéztem a hülyeségeidet, hát ennek most vége. Megkapod, amit érdemelsz, sőt még többet is, de ha pofátlan leszel, akkor még ennyit sem. A fiadnak meg elmondom, hogy milyen is az apja valójában, ezt szeretnéd?

– Nem, de szeretnék már vele találkozni.

– A hétvégén jó lenne, ha elpakolnád a holmidat, ha gondolod Patrick otthon marad veled, mert ő is nagyon hiányol. Itt vannak a lakás kulcsai, menj el és nézd meg. Teljesen üres, de vihetsz minden bútort, amire szükséged lehet.

– Nem baj, ha otthon nem marad semmi sem?

– Paul nem vagy abban a pozícióban, hogy feszegesd a határaidat. Újból megfogalmazom, nem az összes bútort viheted, hanem amelyikre szükséged van.

– Akkor most adsz nekem pénzt?

– Tessék egyelőre ennyi, a többit, majd a jövő hét elején utalom, addig valahogy próbáld meg beosztani.

– De ebből Patrickre már nem tudok költeni.

– Nem is kell, a héten már elég sok helyen volt. Egy fagylaltot azért biztosan tudsz majd neki venni útközben, amikor megmutatod neki, hogy hova költözöl.

– Talán annyi belefér.

– Oké, akkor egyelőre ennyi és most mennék dolgozni, ha megengeded.

– Rendben, viszlát Maggie.

– Szia, Paul.

Ahogy Paul becsukta maga mögött az ajtót, Maggienek egy nagy kő esett le a szívéről, de nem volt benne biztos, hogy ennyivel megúszta, mivel Paul nagyon könnyen ráállt az egyességre, vagy valóban attól félt, hogy Maggie kitálal Patnek? A lényeg, hogy elmondta mire számíthat. Meg is lepődött a saját határozottságán, hiszen még sohasem beszélt így Paullal.

Másnap – szombat reggel – Paul már fél nyolckor megérkezett, majd közölte Maggievel, hogy nem sikerült szállítókat találnia, így nem tud költözni. Micsoda rafinált megoldás a költségek áthárítására – gondolta Maggie, aki ekkor felhívott néhány számot, és csodák csodájára mindjárt lettek költöztetők és természetesen ezeket is neki kellett fizetni. A nap hátralevő részét Maggie a munkahelyén töltötte és Pat telefonon értekezett vele. Paul egész nap „költözködött", már amennyire annak lehetett nevezni. Legalább két szobára való holmit ott hagyott, mondván nem fér fel az autóra, de leginkább arról lehetett szó, hogy továbbra is vissza akart járni a házba. Mikor ezt Maggie este meglátta, iszonyúan mérges lett. Paul már megint kezdi a szemétkedést, de ő nem lesz rest, és elviteti a holmikat. Még az est folyamán felhívta a szállítókat és lebeszélte velük, hogy pótdíj fejében vasárnap elvisznek mindent. Mivel Maggienek volt kulcsa a lakáshoz, így nem jelentett problémát ennek kivitelezése, az más kérdés, hogy Paulnak nem fog tetszeni, mivel nem szándékozott végleg kipakolni a közös házból. Maggie a vasárnapot igyekezett gyorsan levezényelni, a kora reggeli órákban megérkeztek a költöztetők és elvitték Paul dolgait. Mint utóbb kiderült, Pault nem találták otthon, így kész szerencse, hogy Maggie oda adta nekik a pótkulcsot. Az biztos, hogy Paul meg lesz lepődve, amikor hazaér és látja, hogy nem kell már visszamennie semmiért. Maggie, igyekezett rövid műszakot vállalni és mihelyt lehetett hazaindult Pattel. Hogy elejét vegye a következő veszekedésnek, még a vasárnap folyamán a zárat is kicseréltette, tehát ha Paul mégis úgy döntene, hogy váratlanul megjelenik, akkor sem kell Maggie holmija között keresgélnie, annak távollétében. Patrick egy kissé csalódott volt a történtek miatt, de Maggie igyekezett felvázolni a helyzetet és megígérte neki, hogy a következő héten Paul is megy majd érte a suliba. Estére kelve Maggie nyugtázta, hogy szerencsésen eltelt egy hét mióta Sue elment szabadságra és minden gördülékenyen ment, már csak a következő egy hetet kell kibírni. Megfogadta magának, hogy csak nagyon-nagyon különleges esetben, vagy vészhelyzetben hívja Suet, mivel nem akarja a nyaralása közben zaklatni. Valójában azonban azt sem tudta, merre ment, de mintha Európát emlegette volna, lehet, hogy oda utazott, majd kiderül. Ezután villámként hasított belé a felismerés, hogy James valamikor a héten kereste, de annyira el volt foglalva Pattel, hogy kinyomta a telefont és azóta sem hívta vissza. Mindegy gondolta Maggie, majd holnap délelőtt felhívom.

Furcsa volt a lakás az elvitt bútorok nélkül, némelyik szoba totál üres lett, persze kettőjüknek nem is kell, hogy teljesen be legyen bútorozva. Vacsora után Maggie és Pat, egy tál popcorn kíséretében a nappaliban elnyújtózva meredtek a televízió képernyőjére. Mindketten rajongtak az ismeretterjesztő műsorokért, ezeket órákon keresztül tudták nézni, utána pedig megvitatták az addig látottakat. Már este tíz volt, amikor Maggie arra riadt, hogy mindketten elszunyókáltak a tévé előtt. Felébresztette Patricket és elkísérte az ágyába, majd ő is lefeküdt aludni.

7.

Maggie álmában egész éjszaka bútorokat pakolászott és tologatott a lakásban, ezért reggel fáradtan ébredt, vagy legalábbis úgy gondolta, hogy ebbe fáradt el. Megreggeliztek Pattel, majd egy újabb hét vette kezdetét. Amikor beért, már az asztalán hevert a posta, és gyorsan elkezdte átválogatni. Számlák és egyéb levelek voltak a kupacban, na és egy képeslap, egyenesen Párizsból, Sue küldte.

Bár Maggie azt hitte, hogy Sue a családjával ment nyaralni, igazából a barátjával volt, akiről sohasem beszélt senkinek sem. Úgy gondolta, ha a kapcsolat már elég komollyá válik, akkor majd elárulja Maggienek.

Sue nagyon boldog volt, hogy végre egybefüggően eltölthet két hetet a szerelmével, anélkül, hogy bárki zaklatná. Mivel már régóta ismerte Maggiet, így tökéletesen tisztában volt vele, hogy ígéretéhez híven valóban nem fogja zavarni, csak akkor, ha igazán szükséges. Szinte napról-napra töltődött energiával, mintha újjászületett volna, alig várta, hogy majd visszatérjen dolgozni és elmondja Maggienek, mennyire boldog.

A képeslapot olvasva Maggienek James jutott eszébe és rögtön fel is hívta. Hosszan csengett a telefon, amikor egy álmos női hang szólt bele.

– Igen?

Maggie annyira meglepődött, hogy hirtelen nem is válaszolt a hangra, azt hitte, hogy rossz számot hívott, majd gyorsan öszszeszedte magát.

– Jó reggelt, Maggie vagyok és Jamest keresem.

– Lement újságért és itt hagyta a telefonját, átadhatok neki valami üzenetet.

– Igazából semmi lényegeset nem akartam, majd később újra hívom, köszönöm, minden jót!

– Önnek is!

Ezzel mindketten letették a telefont. Maggie csak ült maga elé meredten és nem jött ki egyetlen hang sem a torkán. Mindig tudta, hogy Jamesnek voltak barátnői, de még sohasem futott bele, hogy más vette volna fel a telefont. Úgy érezte, nem tudja újból felhívni, pedig szerette volna vele megosztani, hogy szakított végre Paullal. Egyszerre furcsa érzés kerítette hatalmába, hirtelen magányosnak érezte magát. Suet nem akarta zaklatni, és most már Paul is kiszállt az életéből. Legalább fél órán keresztül meditált a hogyan tovább kérdés felett, majd elővett egy üveg cherryt és öntött magának. Olyan volt, mint egy aprócska homokszem a szélben, mint magányos fa a pusztában, mint üres ház az erdő közepén. Elárvulva, egyedül, és nem volt mellette senki, aki átölelné és biztonságot nyújtana. Akkor érezte magát utoljára ennyire elveszettnek, amikor szülei elmentek. A szállodában ott voltak a vendégek, a dolgozók, de nem volt kedve elhagyni az irodát, csak ült magába roskadva, némán. Szerette volna megbeszélni valakivel az örömét és a bánatát, de nem tudta, legszívesebben elsírta volna magát, de nem tette. Felhajtott még egy pohár italt, majd úgy döntött munkaterápiával gyógyítja sebeit, és a munkába menekül, legalább addig nem gondolkodik a problémákon. Hozzá fogott a levelek iktatásához és az e-mailek átolvasásához. Miután ezekkel végzett, a foglalásokat kezdte rögzíteni, majd a wellness részlegbe ment terepszemlét tartani és segíteni a lányoknak. Egészen délután fél háromig ott volt, amikor eszébe jutott, hogy indulnia kell Patrickért. Visszatért az irodába, és akkor látta, hogy a telefonján rengeteg nem fogadott hívás volt. Azt hitte, hogy James kereste, de csak Paul volt az, bizonyára ma reggel szembesült azzal, hogy a holmija mégis csak utána „ment".

Maggie nem látta szükségesnek, hogy visszahívja, hiszen úgy is tudta reakcióját a történtekre. Egy hisztériás kisgyermek elbújhatott volna mellette, mert Paul úgy tudott nyavalyogni. Maggie beszállt a kocsijába, és elindult Patrickért. Annyira el volt merülve a gondolataiba, hogy mire észbe kapott, már az iskolánál volt. Pat a kapuban várta.

– Szia, anya!

– Szia, Pat.

– Ma hova megyünk anya?

– Nagyon nagy baj lenne, ha ma időben hazamennénk és főznénk valami finomat közösen?

– Én benne vagyok, de akkor holnap megyünk valahova?

– Hát persze, addigra kieszelek valamit, de ma nagyon fáradtnak érzem magam.

– Igen anya látom rajtad, valami baj van?

– Csak a szokásos, majd elmúlik.

– Akkor jó, és mit készítünk.

– Nekem nincs ötletem és neked?

– Tegnap azt mondtad, hogy ma kínait eszünk.

– Tényleg igazad van, de nem akarok már visszamenni a kínaihoz, mi lenne, ha csak egy szimpla tojásrántotta lenne a vacsora?

– Rendben, én benne vagyok, de remélem utána lesz valami desszert?

– Hogy mi, rántotta után desszert?

– Igen, miért nem jó?

– De igen, határozottan jó, és megfelel desszert gyanánt egy tábla csokoládé?

– Hmm. Talán.

– Hát, ha talán, ha nem, nincs otthon más.

– Oké, akkor kiegyezünk egy csokiban.

– Na, ugye, milyen gyorsan kitaláltuk a megoldást, így repeszthetünk hazafelé.

Ma egy kicsivel előbb értek haza, mint az utóbbi napokban, de lehet, hogy a hét hátralevő részében nem lesz több ilyen alkalom.

Amikor megálltak a ház előtt, Paul járkált le-föl a kapu előtt, és forrongott a dühtől.

– Mit képzelsz Maggie, csak úgy kipakolod a holmimat a megkérdezésem nélkül?

– Patrick menj fel légy szíves, hamarosan én is megyek.

Majd Paulhoz fordult.

– Azt hiszem, hogy a múlt hét végén egyértelműen kifejeztem magam, és az ügyvédem a válási papírokat is megküldte neked. Megegyeztünk valamiben, szeretném, ha ahhoz tartanád magad.

81

– Igen, és hogy gondoltad, hogy elviteted a holmimat és kizársz a házból?

– Azokat a dolgokat küldtem el, amiket összekészítettél és nem vittél el.

Igaz, hogy bőven felfért volna a teherautóra, de így legalább kétszer kellett fuvart fizetnem – tehát –, ha itt valaki háboroghatna, az én vagyok. Szándékosan nem pakoltál el egyszerre, de szeretném tudni, hogy ennek mi volt az oka? – kérdezte számon kérően Maggie.

– Így döntöttem és kész. Talán gondot jelentet? – válaszolt dacosan Paul.

– Képzeld igen, amint említettem is.

– És miért cseréltetted ki a zárat?

– Mert ide többet nem kell bejönnöd, maximum a kapuig jöhetsz, esetleg – ha majd olyan kedvem lesz –, behívlak. Egyébként nem tudom mire lennél kíváncsi, mert a lakás gyakorlatilag félig üres.

– Miért mit képzeltél, majd mindent itt hagyok neked?

– Nem, egyáltalán nem gondoltam erre, nyugodtan elvihetted, amiket kiválogattál, nem is szóltam egy szót sem. Sajnos a te mentalitásoddal úgysem vennél másikat.

– Ezt te nem tudhatod.

– Valóban nem, de már ismerlek.

– Majd meglátod, hogy bebizonyítom az ellenkezőjét.

– Rendben, már alig várom.

– És mi a helyzet Patrickkel, azt mondtad, hogy hét közben is elvihetem?

– Igen, ezt továbbra is így gondolom, csak egyeztessünk, hogy melyik napon akarsz menni érte.

– Neked melyik nap az alkalmasabb? – kérdezte Paul.

– Azt hiszem, jó lenne, ha a csütörtököt vagy a pénteket választanád – felelt Maggie.

– Jó, akkor szerdán délután megyek érte, mondd meg neki – válaszolt kaján mosollyal arcán Paul.

– Nyugodt lehetsz, megmondom – felelte higgadtan Maggie.

– Csak szólok Maggie, hogy ezzel még nincs vége, mert ezt én nem hagyom ennyiben.

– Oké, állok elébe.

– Majd megmutatom neked, hogy rossz emberrel kezdtél.

– Ezt nem kell megmutatnod, mert ezt már megtapasztaltam az elmúlt kilenc év alatt.

– Mondhatsz, amit akarsz, majd a fiúnknak is elmondom, hogy milyen vagy.

– Én sem mondtam neki semmi rosszat rólad, csak annyit, hogy külön fogunk élni. Gondolod, hogy a nyolcéves fiad kíváncsi a zavaros nőügyeidre és az állandó pénzzavarodra?

– Akkor várok vele, amíg nagyobb lesz és majd akkor.

– Paul, szerintem fejezd be.

– Jól van, most elmegyek, de akkor is elérem, hogy visszamenjek a házba.

– Csak rajta.

– A fiamnak mondd meg a szerdát.

– Rendben megmondom.

Majd Paul köszönés nélkül beült az autójába és elhajtott. Maggie felment a lakásba, ahol Pat már nagyon várta.

– Mi történt anya? – kérdezte Pat.

– Semmi különös – válaszolt Maggie.

– De biztosan volt valami, mert apa emelt hangon beszélt veled.

– Igen, szerdán ő megy érted a suliba.

– Szuper, és hova megyünk?

– Azt én nem tudom, de szerintem még ő sem.

Ezután nekifogtak és elkészítették a vacsorát, majd közösen beültek a tévé elé. A reklámok alatt Patrick elmondta, hogy továbbra is szeretne valahol egy farmon cserkészkedni, és jobban megismerni a városon kívüli életet. Maggie megígérte, hogy felkeresik a nagyszülők farmját, és néha egy hosszú hétvégére, esetleg egy-két hétre kimennek oda. Maggie szerint van egy nagy vaskos láda, amelybe még édesanyja kezdett gyűjtögetni sok-sok hasznos holmit, amelyek a vidéki élet nélkülözhetetlen részét képezik. Ettől Patrick nagyon fellelkesült, és már másnap útnak indult volna, de Maggie elmagyarázta neki, hogy erre akkor kerülhet sor, ha már Sue visszajött.

8

A következő nap szinte eseménytelenül telt, de Pat a szerdát várta nagyon, mivel Paul akkor ment érte. Arra gondolt, hogy az apja minden bizonnyal valami extra dologgal fog előállni a történtek után, és biztosan sokkal érdekesebb helyre fogja vinni, mint az anyukája. Maggie a biztonság kedvéért még szerdán fél háromkor rácsörgött Paulra, hogy ne felejtsen elmenni a gyerekért, de ő már ott állt az iskola előtt. Maggie szándékosan nem faggatta a délutáni programról, hiszen Pat majd úgyis elmondja neki, így nyugodtan végezte a dolgát. Paullal megbeszélték, hogy este nyolcra hazaviszi Patricket. Minden rendben zajlott, egészen addig, amíg fél hat körül meg nem jelent az épületnél egy rendőrségi autó. Az iroda ajtaján kopogtak, amikor Maggie felpillantott a papírokból.

– Tessék! – szólt Maggie.

Az ajtó kinyílt, és egy rendőr lépett be rajta.

– Jó napot kívánok, Ön a közeli hozzátartozója Paul Turnernek?

– Igen, a felesége vagyok. Történt vele valami?

– Szeretnénk hölgyem, ha most velünk jönne.

– De hát mi történt?

– Nem mondhatunk semmit, velünk kell jönnie!

– A fiam is vele volt.

– Jöjjön hölgyem, induljunk!

Maggiet elöntötte a víz, szinte verítékezett a tenyere az idegességtől. A rendőrök nem engedték, hogy a saját járművel menjen, az ő autójukba kellett beszállnia. Érezte, hogy nagy a baj, de a rendőrök nem mondtak semmit. Maggienek majdnem kiugrott a szíve a helyéről, úgy kalapált, és amikor megpillantotta a teljesen összetört autót, az ájulás szélére került. Nem mert semmit sem kérdezni, csak kiszállt az autóból és követte a rendőröket, akik az út szélén fekvő testről felemelve a fekete fóliát kérdezték, hogy felismeri-e a férjét? Maggie nem tudott válaszolni, csak bólintott.

– A kisfiát kórházba szállították, az állapota kritikus, azonnal elvisszük hozzá.

Maggie ismét bólintott, mert még mindig nem tudott megszólalni. A mellkasában szorító fájdalmat érzett, és légszomj gyötörte. Mire a kórházhoz értek, annyira rosszul volt, hogy őt kellett először ellátni és mihelyt levegőt kapott, bevezették a fiához. Patrick bekötött fejjel mozdulatlanul feküdt. Maggie az orvoshoz fordult.

– Doktor úr, mi van a fiammal?

– Sajnos nem túl jók a kilátások, annyira súlyos belső sérülései vannak, hogy gyakorlatilag reménytelen az állapota, ha ön hisz a csodákban, akkor az talán segíthet. Nem a fejsérülése aggasztó, hanem a belső vérzés, amit a baleset során elszenvedett. Attól tartok, arra van csak idejük, hogy elbúcsúzzanak egymástól.

– Segítsen rajta doktor úr, nekem csak Ő van, nem veszíthetem el.

– Megtettünk mindent, amit lehetett, sajnos varázsolni és csodát tenni mi sem tudunk. Legyen erős asszonyom, magukra hagyom önöket.

Maggie leült Patrick ágya mellé, és megfogta a kezét. Pat kinyitotta a szemét és elcsukló hangon szólt.

– Anya, én mondtam apának, hogy ne hajtson olyan gyorsan.

– Ne beszélj, most pihenj, itt leszek melletted. Meg kell gyógyulnod, hogy el tudjunk menni cserkészkedni, és még Jameszszel is meg kell másznod a kiválasztott hegyet.

– Nagyon fáradt vagyok anya.

– Tudom kicsim – válaszolt a könnyeit nyelve Maggie.

– Nem kell beszélned, majd én beszélek helyetted. Annyira szeretlek, Te vagy a mindenem, a legjobb dolog az életemben. A hétvégén megjön Sue és utána egész héten együtt leszünk. Elmegyünk túrázni a hegyekbe, ahogy megbeszéltétek Jamesszel és én is megyek veletek, nagyon jó móka lesz. Kint fogunk aludni a szabadban sátorban, és tábortüzet rakunk. Utána elmegyünk a nagyszülők farmjára, és ott töltünk pár napot. Annyi mindent kell még együtt csinálnunk, és még annyi mindent meg kell beszélnünk a világ dolgairól. Sam bácsihoz is kilátogatunk, ő biztosan megtanít egy csomó fortélyra, amit mindig is szerettél volna megtanulni.

Maggie küszködött a könnyeivel, és próbált erősnek lenni. Nem akarta, hogy Pat hallja a hangjából az elkeseredést, de hiába volt minden. Pat érezte, hogy édesanyja remegő kézzel fogja a kezét, érezte a hangja fájdalmas rezdülését, érezte, ahogy gyermeki testét lassan elhagyja az erő. Már nem érzett fájdalmat, csak végtelen gyengeséget és mintha Maggie minden mondata néhány perc alatt teljesült volna. Már nem tudod válaszolni, és nem volt ereje felnyitni szemét. Pat arca megnyugvást és végtelen békét árasztott, mintha minden vágya egycsapásra megvalósult volna. Maggie gyengéden fogta a kezét, de Pat szorítás egyre erőtlenebbé vált, majd egy halvány mosollyal az arcán, – mintha azt akarná sugallani, hogy most már minden rendben lesz – Patrick végleg elment.

Maggie mellé feküdt az ágyra és szorosan magához ölelte kisfiát, még egyszer utoljára. Ott feküdtek ketten, anya és fia, és Maggie azt kívánta, bárcsak ez a pillanat örökké tartana.

Mozdulatlanul, csendben, gyengéden karolta át a fia testét, és feje alatt a párna már könnyektől volt áztatott, amikor az orvos a kórterembe lépett és megkérte, hogy engedje el Patricket. Maggie leült egy székre és nézte, miként viszik el a fiát. Mély gyászt és hatalmas gyűlöletet érzett. Miért hagyta, hogy Paul elvigye Patricket, ha ragaszkodott volna a csütörtökhöz, vagy a péntekhez, talán nem így alakul. Miért csinálta Paul, elvette tőle az egyetlen gyermekét, azt, aki értelmet adott az életének? Csomóban állt a gyomra és gombóc volt a torkában, legszívesebben ordított volna a fájdalomtól. Mardosta a bűntudat, hogy Paul lehet, hogy szándékosan tette mindezt, azért, mert Maggie válni akart. Ez már sohasem tudja meg. Szinte egy csapásra minden értelmét vesztette. Talán, ha nem akart volna elválni, akkor ez nem történik meg. Maggie, mint egy holdkóros bolyongott a kórház folyosóján, és nem is vett tudomást a külvilágról. Nem tudta, hogy hová akar menni, és minek, hiszen már nincs miért haza igyekeznie, legszívesebben elbújt volna valahova, vagy elmenekült volna egy lakatlan szigetre, mert a szíve majd megszakadt. Magába roskadva leült a kórház várótermében, mint aki várja, hogy hazavigye felgyógyult hozzátartozóját, mintha titkon azt remélné, hogy mindjárt jön az orvos és azt mondja, tévedtünk, sikerült a fiát megmenteni. De minden hiába, nem jött senki, aki ilyen híreket hozott volna.

Ahogy Maggie ott ült üveges tekintettel maga elé meredve, James lépett oda hozzá, átkarolta és szorosan ölelte perceken keresztül, egy szót sem szólva. Maggie sem szólt, csak némán hozzá simult, és a könnyei csorogtak.

– Gyere Maggie, hazaviszlek – szólt James.

– Nem szeretnék haza menni – válaszolt elcsukló hangon Maggie.

– Jó, akkor szállodába megyünk.

Beszálltak James autójába, és elindultak. Maggie a negyedórás úton végig hallgatott, és barátja sem szólt egy szót sem. James egy kétágyas szobát vett ki, hogy ne kelljen magára hagynia gyerekkori pajtását. Felérve Maggie ruhástól végig feküdt az ágyon és álomba sírta magát. James Maggie mellé feküdt, betakargatta és ellenállhatatlan vágyat érzett, hogy ajkaival megérintse a nyakát. Nem bírta sokáig, óvatosan, lágyan egy finom csókot lehelt a fülcimpája mögé, de ebből Maggie semmit sem érzett.

– Ó Maggie, ha te tudnád, hogy mit érzek irántad – gondolta magában James, bár szíve szerint kimondta volna hangosan, de ez most nem volt alkalmas pillanat. Mindig is szerette volna, hogy Maggie függetlenné váljon, és akkor megkéri a kezét, de nem ilyen áron. Maggie újra bezárkózik majd a lelkét körülvevő kagylóhéjba, és ki tudja mikor nyitja ki a kapuit. megint nehéz időszak jön rájuk, és Jamesnek kitartónak kell lennie. Valószínűleg senkit sem fog közel engedni magához, úgy, mint amikor megismerkedett Paullal. James elhatározta, hogy most nem fogja elkövetni azt a hibát, hogy eltávolodik Maggietől. Mellette marad, és nem hagyja, hogy bárki elvegye tőle. Mindent el fog követni, hogy viszont szerelemre találjon nála. Segíteni és óvni fogja, és mellette lesz addig, amíg Maggie igent mond neki.

9

Az éjszaka eseménytelenül telt, Maggie reggelig aludt. James a híreket nézte, és amikor a balesetet mutatták a tévében, akkor gyorsan kikapcsolta, nehogy Maggie észrevegye. A szobapincér reggelit hozott és Maggie a friss kávé illatára ébredt, amit James töltött neki. Felült az ágyban és látszott, hogy gondolatban nagyon messze jár, de amikor James a kezébe adta a feketét, így szólt.

– Hát, ha ez az ára annak, hogy én az ágyban kapjam a reggeli kávémat, akkor lehet, hogy soha nem akarnám az ágyban meginni – és a szemei újból könnybe lábadtak.

– Maggie, ne gyötörd magad.

– Mit tudsz te erről?

– Tudom, hogy ezt nem lehet feldolgozni, most még nem.

– Fogalmad sincs az egészről – válaszolt Maggie, és közben eszébe jutott az a tegnapi női hang a telefonban.

– Hogy kerültem ide, nem emlékszem?

– Tegnap a kórházban találtam rád, én a híradóból értesültem a történetekről, és az első géppel jöttem hozzád.

– Köszönöm, de igazán nem kellett volna ezért ide fáradnod, majd megoldom.

– Tudom, képes vagy rá, ismerlek már annyira, hogy efelől semmi kétségem. Azt is tudom, hogy nagyon erős vagy, és a lelked mélyén sebezhető és magányos. Nekem nem kell mást mondanod, ismerlek már gyerekkorunk óta, sajnos engem nem tudsz megtéveszteni.

– Nem is akartalak.

– Akkor engedd meg, hogy segítsek.

– Ezen nem tudsz.

– De legalább hadd próbáljam meg.

– Miért, visszahozod a fiamat? – és elcsuklott a hangja.

James mellé ült, és átkarolta. Maggie már nem volt olyan simulékony, mint előző nap. Hűvös volt és rideg, az járt az eszében, hogy tegnap reggel James még más mellett ébredt. Igyekezett nem túl feltűnően szabadulni James öleléséből, mint aki nagyon siet valahova.

– Hová indulsz Maggie?

– El kell mennem a temetést intézni.

– Elkísérhetlek?

– Ha segíteni szeretnél, akkor inkább légy szíves menj be a wellnesscentrumba, mert most nem tudok odamenni, Sue pedig még távol van.

– Felhívjam őt?

– Nem kell, majd én felhívom. Ha végeztem a városban, akkor én is kimegyek, addig tudsz maradni?

– Addig maradok, amíg szükséged van rám.

Maggie nem is nézett Jamesre, csak fogta magát és kilépett az ajtón.

James meglepődve állt és nem értette Maggie reakcióját, hiszen az este nem mondott neki semmi rosszat és ma reggel sem, akkor mi történhetett?

Maggie lement a szálloda elé, és leintett egy taxit. Haza kérte a fuvart és azon gondolkodott, hogy lehet mégis jobb lett volna, ha James elkíséri. Most már mindegy, hiszen nem csak ma, de másik napokon is be kell mennie a házba. A hazaérve kifizette a taxit és meredten állt, mint akinek inába szállt a bátorsága. Egyszerűen úgy érezte nem tudja átlépni a küszöböt. Ott állt legalább tíz percen keresztül, kavargó gondolatokkal a fejében, de végül erőt vett magán és bement. Odabent néma csend fogadta, most még a ház előtt sem ment egyetlen autó sem, ami megtörte volna ezt a nyomasztó csendet. A konyhában, Pat bögréje árválkodott a mosogatóban, még benne volt az előző napi reggeli kakaójának maradéka. Maggie nem öntötte ki, nem volt hozzá lelki ereje. Az utolsó reggeli része volt, az utolsó reggelié, amit együtt töltöttek. Mintha meg akarta volna őrizni a kakaót és a fia ujjlenyomatát, még csak hozzá sem ért. Nem sietett az emeletre, inkább csak vonszolta magát. Felérve a lépcsőn nem tudta merre menjen, Pat szobájába, vagy a gardróbhoz. Végül a szekrényt választotta, mert úgy érezte, ha Patrick szobájába bemegy, akkor nem tud kijönni. Szinte zombiként válogatta ki a fekete ruhákat, és úgy érezte, hogy teljes üresség uralkodott el rajta. Csak a teste volt jelen, lélekben valahol máshol járt. Hogy némileg felfrissüljön, beállt a zuhany alá, és ott állt fél órán keresztül, de nem csak a víz folyt végig a testén, hanem a könnyek, amik feltörtek belőle. Már sehol sem volt az a kemény Maggie, aki reggel oly elutasító volt Jamesszel. Itt nem hallotta senki, mennyire zokogott, és felnézve kiáltotta el magát.

– Miért? – majd összegörnyedve kuporodott le a zuhanytálca sarkába. Ott ült, sírva, remegve, és úgy érezte, nincs elég ereje, hogy felálljon. Nem teheti ezt vele a sors, a Jó Isten nem tesz ekkora terhet egy emberre, nem vehet el mindenkit tőle, akit szeret. Mit követett el, amiért így kell bűnhődnie, vajon mi az a főben járó bűn, amiért ez a „jutalom". Úgy érezte beleőrül a fájdalomba és ki tudja meddig ült volna ott, ha a telefonja meg nem csörren. Összeszedte magát és kilépett a zuhany alól majd öltözködni kezdett. Még csak meg sem nézte, hogy ki hívta, most valahogy nem érdekelte. Megkereste a másik autó kulcsait, és elindult, hogy a temetést intézze. Útközben elhatározta, Paul és Patrick egymás mellé fog kerülni, bár Paul iránt még mindig iszonyú gyűlöletet érzett. A temetést szombatra időzítette, hogy mindenki, aki a gyászában osztozni szeretne, el tudjon menni. Maggie erős volt és határozottan nem akarta, hogy bárki megtörtnek lássa és sajnálkozzon. Paul testvérét Samet kellett még értesítenie, de úgy döntött, ha majd beér a központba, akkor felhívja.

James kézben tartotta a dolgokat Maggie távollétében, minden gördülékenyen ment, még az e-maileket is átnézte. Mikor Maggie belépett az irodába, James felpattant és elébe sietett, át szerette volna ölelni, de ő kitért előle. James rosszul tolerálta ezt a viselkedést és kérdőre vonta Maggiet, aki azonnal témát váltott és így nem jutott előbb a megoldáshoz.

– Maggie itt minden rendben van, a foglalásokat rögzítettem, te beszéltél Sueval?

– Még nem, de ha kimentél, majd felhívom.

Ezzel a mondattal Maggie egyértelművé tette, hogy James hagyja el az irodát. Mikor kilépett, Maggie felhívta Paul testvérét, Samet.

– Szia, Sam.

– Szia Maggie, de jó, hogy felhívtál, mi újság?

– Azt hiszem, ha elmondom miért hívlak, már nem fogsz nekem ennyire örülni.

– Miért mi történt?

– Paul – és itt elvékonyodott Maggie hangja.

– Mi van Paullal?

– Paul és Patrick tegnap autóbalesetet szenvedett.

– És mi van velük, jól vannak, melyik kórházba vitték őket?

– Nincsenek kórházban Sam, mindketten... – és itt Maggie elhallgatott.

Sam nem szólt a telefonba, percekig csak némán tartotta, majd megkérdezte.

– Tudok neked valamiben segíteni?

– Mindent elrendeztem, szombaton tízkor lesz a temetés.

– Nem lenne baj, ha már péntek délután ott lennék nálad, akkor tudnánk beszélgetni?

– Persze nyugodtan jöhetsz, várni foglak.

– Jól van Maggie, vigyázz magadra – majd letette a telefont.

Maggie a következő percben azon gondolkodott, hogy felhívja-e Suet, hiszen valószínűleg még nem ért haza, lehet, hogy majd csak vasárnap jön, vagy még később. Aztán úgy döntött, hogy nem szól neki, hiszen nem tudja már ezzel visszahozni a szeretteit, és nem akarta Sue nyaralását sem elrontani. – Igen, neki még van kivel elutaznia, nyaralni, ellentétben vele, akinek már senkije sincs – gondolta magában. Egyre inkább az az érzés kezdte hatalmába keríteni, hogy sorsa úgy rendeltetett, az élete hátralevő részét egyedül kell töltenie, és a szeretteinek halálát keresztként kell hordania. Nem tudott szabadulni a gondolattól, hogy Paul szándékosan tette mindezt, azért mert el akart válni tőle, és akkor itt van még James, aki valószínűleg talált partnert maga mellé, és a továbbiakban kevésbé számíthat rá. Tehát, az elkövetkezendő időszakban be kell rendezkednie egy teljesen új életvitelre, és már körvonalazódott is előtte a jövőkép. Ígéretet tett Patricknek, hogy a szülői birtokot felkeresik, és lakhatóvá teszik, mivel hosszú évek óta üresen állt. Nem kevés munkát kíván a rendbetétele, de azt csak a helyszínen lehet eszközölni, tehát Maggienek oda kell utaznia és ott kell töltenie egy-két hetet vagy hónapot. Ki kell dolgoznia egy hatékony stratégiát, amellyel a legtöbbet tudja kihozni az adott helyzetből és a saját képességeiből. Meg kell próbálnia talpra állni, és nagyon erősnek kell lennie, Patrick is ezt akarná. Jamesnek pedig nem szabad megtudnia, hogy mennyire gyötrődik amiatt a női hang miatt, amely felvette a telefont. Ki kell találnia valami dajkamesét, amely elég hitelesnek hat, hogy James elhiggye, azért nem akar vele találkozni. Az biztos, ha Sue visszatér, elkezdi a szülői birtok felújítását, de Jamesnek nem szól róla. Lehet, hogy a jövőben jobban meg kell fontolnia a lépéseit, és alaposabb kidolgozás vár minden elhatározásra. Az elmúlt évek lehetőséget adtak arra, hogy felelősségteljes döntést hozzon, és lehet, hogy akkor is bekövetkezik a tragédia, ha Maggie nem határozza el magát a különválást illetően.

– Egész életünk döntések sorozatából áll, a fogantatástól a halálunkig – meditált magában Maggie. Ki tudná azt előre megmondani, hogy melyik utat válasszuk, melyik lesz a helyes, hiszen mindig két út áll előttünk, sőt olykor még több is. Nem tudunk az időben visszautazni, és kipróbálni, ha a másik úton mennénk, miként alakulna az életünk. Mivel egy adott időben mindig választanunk kell, így saját sorsunkat mindig magunk tereljük egy magunk által választott irányba. De, hogy mi lett volna, ha a másikat választjuk, azt nem tudjuk meg soha, bármennyire is szeretnénk.

Ilyen és ehhez hasonló gondolatok cikáztak Maggie fejében, és úgy érezte, nem is tud rendet tenni az elméjében. Inkább érezte magát zavarodottnak, mint megfontoltnak, mintha minden ki akart volna csúszni a keze közül. Úgy érezte nem tud már bízni senkiben és nem is akart senkit sem magához közel engedni. Ezt a harcot neki egyedül kell megvívnia, hiszen Isten állandóan próbatétel elé állítja. Mennyivel könnyebb lenne úgy a csatába indulni, hogy van, aki szereti és ő viszont. Milyen hihetetlen energiával képes egy érzés feltölteni egy embert, mennyi erőt és kitartást kölcsönöz neki. Sajnos Maggie hátránnyal indul ebben az esetben, az ő érzelmeit elvették. A hátrányt magának kell leküzdenie, most is, mint élete eddigi részében mindig. Megszokhatta volna már, hogy a sors vele már csak ilyen, de mi lenne, ha olykor kegyes lenne hozzá. A látszat is azt mutatta, hogy Maggie kevésbé született szerencsés csillagzat alatt. Neki mindig, mindenért keményen meg kellett dolgoznia, hiszen soha semmi nem hullott csak úgy az ölébe. Most még úgy látta, hogy az elébe táruló jövőképnek semmi értelme, de nem adja fel, hiszen a remény hal meg utoljára, és ő bízik abban, hogy lesznek még szép napjai. Elhatározta, hogy teljes mértékben a munkára helyezi a hangsúlyt, és minden erejével dolgozni fog, hogy lefoglalja gondolatait. Az éjszakák voltak a legborzasztóbbak a számára, mert akkor egyedül maradt a gondolataival, amelyek állandóan Patrick körül forogtak. Reménykedett, hogy az egész csak egy rossz álom, és amikor reggel felébred, Pat nevetve szalad majd felé a szobájából, de sajnos nem így történt. Patrick nem kért több reggelit, és Paul sem hagyta kihűlni a kávéját. Megnyugtató és egyben nyomasztó volt az a csend, ami a házra telepedett. Maggie elalvás előtt és éjszaka is sokat forgolódott, de volt, hogy a zuhany alatt állt fél órát. Ilyenkor mindig jól kisírta magát, mert a munkahelyen nem akarta, hogy meglássák mennyire gyenge és sérülékeny.

Elérkezett a péntek délután, és mivel Sam ekkora ígérkezett, így Maggie előbb ment haza. Bepillantott a hűtőbe és akkor fedezte fel, hogy napok óta nem vásárolt be, és nincs otthon semmi vacsorának való, tehát be kell vásárolnia, vagy étteremben esznek. Úgy gondolta, hogy Samre bízza majd a választás jogát, de minden bizonnyal azt fogja választani, hogy egyenek otthon, mert ott nyugodtabban, kötetlenebbül tudnak beszélgetni a családi dolgokról. Nem is tett ez ügyben lépéseket, inkább kiment Sam elé a reptérre. Mikor meglátta, elszorult a torka, hiszen rögtön Paul jutott az eszébe. Volt köztük némi különbség, de ők is, mint az egypetéjű ikrek általában, teljesen egyformák voltak. Maggie könnyes szemmel ölelte magához Samet, aki szintén a könnyivel küszködött.

– Szia, Sam.

– Szia Maggie. Sajnálom, hogy így kell viszont látnom téged.

– Én is sajnálom Sam, bár ne történt volna meg mindez, bárcsak másként alakultak volna a dolgok.

– Mire gondolsz Maggie?

– Most menjünk haza, majd elmesélem, lesz még rá időnk. Mennyire vagy éhes, megálljunk egy vendéglőnél, vagy inkább otthon készítsünk valamit?

– Szerintem otthon vacsorázzunk, nyugodtabban tudunk beszélgetni.

– Biztos voltam benne, hogy ezt választod, de egyet értek veled, és mit szeretnél enni, mert ahhoz előbb meg kell vennünk a hozzávalókat.

– Bármi megfelel, nem kell nagy feneket keríteni neki, mit szólnál egy spagettihez?

Maggie sóhajtott egy nagyot és így szólt. – Patricknek ez volt az egyik kedvence.

– Bocsánat nem akartalak felzaklatni, ehetünk mást is.

– Nem, nincs semmi baj, persze elkészítem, nem tart sokáig, és közben tudunk beszélgetni.

– Én is pontosan így gondoltam, és segítek neked.

Beültek az autóba, és hazafelé menet betértek egy üzletbe. Mindent megvettek, ami a vacsorához kellett, sőt Maggie még néhány olyan dolgot is, amelyeket nem is akart igazán, csak otthon tudatosult benne, hogy mit is rakott a kosarába. Nem voltak feleslegesek, de nem tudott rá magyarázatot találni, hogy miért is vette meg. Próbálta zavartságát leplezni Sam előtt, aki látta, hogy valami nincs rendbe, bár jelen esetben ezen nem is kellett csodálkozni. Akit ekkora trauma ért, annak elég a ránehezedő életet elviselni. Miután elpakolták a vásárolt holmikat, nekikezdtek a főzésnek. Maggie a mártást készítette, Sam a tészta kifőzését vállalta magára, és közben beszélgettek.

– Maggie, mi történt nálatok, hogy ennyire üres a ház, hova lettek a bútorok?

– Hát igen, erről is szerettem volna beszélni veled. Pár napja külön éltünk már, Paullal, nagyon nehéz döntés volt, de muszáj volt meghoznom.

– Azt hiszem, tudom, miről beszélsz és meg is értem.

– Bíztam benned, hogy neked nem kell magyarázkodnom, miért határoztam így.

– Igen Maggie, megértelek és azon csodálkozom, hogy nem előbb tetted meg ezt a lépést.

– Az az igazság Sam, hogy Patrick érdekeit néztem elsősorban, és a magam érzéseivel mit sem törődtem, de most már a testvéred túllépte a tűréshatárt és kénytelen voltam tenni valamit.

– És ő hol lakott?

– Abban a lakásban, ahol én laktam régen, amikor még iskolába jártam. Felajánlottam neki, mivel az ő igényeinek tökéletesen megfelelt. A város szívében van, mindenhez közel, egy embernek pont ideális és a fenntartása sem költséges.

– És Paul belement?

– Nem volt más választása, azok után, hogy betöltötte az utolsó cseppet abba a bizonyos pohárba, csak az volt a furcsa, hogy nem akarta minden holmiját elpakolni, mintha vissza akart volna jönni.

– Ő mondta, hogy visszajön?

– Nem, de a bútorszállító teherautót csak félig pakolta meg és én nem is értettem.

– Szerinted miért csinálta?

– Gondolom, reménykedett abban, hogy mégis visszafogadom.

– És volt rá reális esély?

– Kizárt, a legutolsó tette volt az i-re a pont.

– Miért, mi történt?

– Egy mámoros éjszakáján alkoholtól túlfűtötten, ordítozva betörte a wellnessközpont ablakait.

– És mi volt utána?

– Mivel először nem látták, hogy ki van odakinn, így kihívták a rendőröket, azok pedig bevitték a rendőrségre, ott töltött néhány órát.

– Ez valóban elég durva volt, hiszen ti ebből éltek, ha ennek híre megy, ki tudja, hányan gondolják meg magukat.

– Hát ez az, még te is belátod.

– Nem is értem Pault, hogy tehetett ilyet?

– Valószínűleg az is hozzájárult, hogy én már céloztam neki a válásra, lehet, hogy ez csapta ki nála a biztosítékot, bár az ivászat eddig sem állt tőle távol.

– Patrick, hogy fogadta?

– Megpróbáltam elmagyarázni neki és látszólag megértette. Nem fosztottam meg az apját, a gyermekének a láthatásától, megegyeztünk, hogy kéthetente nála tölti a hétvégét, és hét közben is bármikor érte mehet az iskolába, a kérésem csak anynyi volt, hogy este hozza haza.

– És Paul ezt is elfogadta?

– Úgy tűnt, hogy igen, bár most lett volna az első alkalom, hogy hét közben ő megy érte, és a történtek után kétségek közt vergődőm, hogy lehet mégsem fogadta olyan megértően, mint ahogy én gondoltam.

– Arra gondolsz, hogy szándékosan okozta a balesetet?

– Nem tudom, de annyi minden kavarog a fejemben és bevallom ez is megfordult benne.

– Ezt azért kizártnak tartom, Paul oda volt Patrickért, nem hinném, hogy ilyet tett volna.

– Én is ezzel próbálom vigasztalni magam, hogy nem volt szándékos, de azt hiszem, ezt már nem fogjuk sohasem megtudni.

– Nézd Maggie, Paul a testvérem volt, és úgy is szerettem annak ellenére, hogy teljesen mások voltunk. Nagyon neheszteltem rá, amiért úgy bánt veled, ahogy és én maximálisan megértem a döntésedet, nem hibáztatlak a történtek miatt, szeretném, ha tudnád. Úgy gondolom, hogy elég nagy terhet rótt rád a sors, nem hiányozna még az is, hogy valaki rád olvassa a történteket.

– Köszönöm Sam.

– Maggie elkészült a tészta, te, hogy állsz a mártással?

– Én is kész vagyok.

– Akkor ehetnénk is.

– Azt hiszem Sam, ha most nem lennél itt, újból egy evésmentes napot tartanék.

– Látom rajtad, annyira emészted magad, az arcod mindent elárul.

– Nem tudom, annyira nem érdekel semmi és senki.

96

– Pedig kellene, vigyázz magadra.

– Az a baj Sam, hogy nincs kedvem semmihez, elhagyott az életkedvem, legszívesebben fel sem kelnék reggelente. Egyik nap olyan határozott vagyok és eltökélt, mint még soha, a következőn pedig teljesen elbizonytalanodok.

– Megértelek, de nem szabad befordulnod, mert annak előbb-utóbb rossz vége lesz.

– Gondolod, érdekel?

– Tudod mit Maggie, ha Sue visszajött, akkor le kell jönnöd hozzám pár napra, hogy kimozdulj innen, egy másik közeg biztosan jót tenne neked.

– Lehet, de egyelőre ebből még nem lesz semmi.

– Mindegy, hogy mikor jössz, én tartom az ajánlatom.

– Köszönöm Sam, hogy így foglalkozol velem.

– Te vagy az egy szem sógornőm, nem gondolod, hogy magadra hagylak ilyen állapotban?

– Sajnos ezen az állapoton nem nagyon lehet változtatni, mivel a fiamat nem adja vissza senki.

– Igen Maggie, de ne feledd, nem csak neked veszett oda mindened, hanem nekem is. Paul az öcsém volt, és Pat pedig olyan, mintha a saját fiam lett volna. Tudod mennyire szeretett nálam a farmon és én is szerettem őt.

– Tudom Sam, és azért is örülök, hogy most itt vagy velem, és szeretném, ha holnap a temetésen is mellettem állnál, persze csak akkor, ha nincs ellene kifogásod.

– Hogy is lehetne Maggie, ne is mondj ilyet, ha te nem kérsz, akkor én ajánlkoztam volna.

– Biztosan sokan rácsodálkoznak majd, mivel nem tudják, hogy Paulnak van egy ikertestvére.

– Hát akkor most majd megtudják.

– Persze semmi gond.

– Ha végeztél Maggie, akkor segítek elmosogatni.

– Nem kell, majd berakom a gépbe.

– Ugyan, ezt a pár tányért és néhány evőeszközt semmi perc és elmosom.

– Na, jó nem bánom.

– Amint látod, otthon érzem magam a konyhában is.

– Látom, és csak ámulok, Pault sohasem láttam így nyüzsögni.

– Igen, mi egymás ellentétei voltunk, már gyerekkorunkban is.

– Irigykedni fogok arra a szerencsés hölgyeményre, akit párodul választasz majd. Tényleg, hogy is állsz ezzel a kérdéssel, sohasem akartál megnősülni vagy valakivel összebútorozni?

– De igen, volt már ilyen szándékom, csak sajnos a mai nők inkább helyezik előbbre a kényelmes városi életet, mint a kemény vidéki munkát.

– És volt már azért jelentkező?

– Igen.

– Valóban, és hogyhogy egyiket sem mutattad be nekünk?

– Mert egyik sem tartott addig, hogy bemutassam a családnak.

– Hát ezt szomorúan hallom, pedig jó lenne, ha belehúznál, ha még családot is szeretnél.

– Hidd el Maggie rajta vagyok, és mihelyt megtalálom az igazit, szólni fogok.

– Remélem is, és bár még korai erről beszélni, mivel még feleség jelölt sincs, de ha meglesz a fiad, vagy lányod, szeretnék a keresztanyja lenni, ha elfogadtok majd keresztszülőnek.

– Nem hiszem, hogy kifogásolni valóm lenne az ötlet ellen, így részemről rendben.

– Akkor ezt megbeszéltük, és lassan lepihenhetnénk, holnap nehéz nap vár ránk.

– Tudom Maggie, tudom.

– A nappaliban készítettem el az ágyad, mivel ezen kívül csak a hálóban és Pat szobájában van ágy.

– Tökéletesen megfelel.

Majd Sam átölelte Maggiet, és egy puszit nyomott a homlokára. – Szép álmokat, pihenj nyugodtan, ha valami baj van én itt leszek.

– Rendben, jó éjt és köszönöm.

Mindketten aludni tértek, de egyikük sem pihent igazán nyugodtan.

10

Reggel Maggie friss kávé illatára ébredt és azon tűnődött az ágyban fekve, mennyivel jobb lett volna, ha annak idején Samet ismeri meg előbb és nem Pault. Egészen más élete lett volna mellette, persze az is lehet, hogy ő sem ment volna ki a farmra, amikor a munkája a városhoz kötötte. Ahogy ezen meditál, az ajtón kopognak, Sam volt az és reggeli kávéval ébresztette Maggiet.

– Bocsánat Maggie, ha nem veszed tolakodásnak, főztem egy forró feketét.

– Ó, nem dehogy, inkább nagyon örülök, már az évet sem tudnám megmondani, hogy mikor hoztak nekem az ágyba utoljára kávét – vagyis itthon nem.

– Na látod, akkor éppen itt volt már az ideje.

– Igen köszönöm, ez most igazán jól esik, főleg, hogy nem is számítottam rá, pedig te vagy a vendég és nekem kellene kényeztetni téged.

– Majd legközelebb te hozol nekem, mondjuk, ha eljössz hozzám.

– Remélem, nem fogok megfeledkezni róla.

– Majd utalok rá.

– Oké, de akkor én most kipattanok és készítek valami reggelit.

– Rendben, én pedig addig letusolok, amíg elkészülsz vele.

– Valami különleges kívánság a reggelivel kapcsolatban?

– Ne müzli legyen!

– Azt hiszem ez megoldható, igyekszem valami finomat készíteni, remélem nem vagy válogatós?

– Nem, szinte mindenevő vagyok.

– Akkor jó, megyek és csinálom.

Maggie lesietett a konyhába és egy hagymás szalonnás rántottával kedveskedett Samnek. Ő, aki vidéken él, minden bizonnyal többre értékeli ezt, mint holmi hamburgert. Mire elkészült vele, Sam is lefürdött és asztalhoz ültek. Csendben falatoztak, nem vitték túlzásba a beszélgetést, mintha az elkövetkező órákra készítették volna fel a lelküket. A némaságot Sam törte meg.

– Sue és James is jönnek a temetésre?

– Sue valószínűleg nem, mert még nyaral és én nem szóltam neki. James a központban van, segít a navigálásban, hiszen én most nem vagyok igazán a helyzet magaslatán.

– Nagyon rendes tőle, remélem, megbecsülöd ezért.

– Igen.

– Hát ez nem volt annyira meggyőző, talán csak nincs valami baj?

– Nem, miért kérdezed?

– Mert máskor mindig olyan lelkesen és áradozva beszélsz róla, most meg csak egy igennel válaszoltál.

– Nincs mit cifráznom rajta.

– Akkor mégis csak valami baj van.

– Nem beszélhetnénk valami másról?

– Miről szeretnél?

– Arról, hogy hamarosan indulnunk kell.

– Tudom Maggie, de olyan nehezemre esik, azt is mondhatnám, hogy nem merek elindulni. Úgy érzem legbelül, ha nem megyek el, akkor ez nem is történik meg.

– Sajnos akár megyünk, akár nem ez már nem változtat rajta. Tudom, hogy nem tudjuk visszahozni őket, de úgy gondolom, hogy ott kell lennünk, amikor az égbe vezető úton elindulnak egymással kéz a kézben.

– Azt hiszem, igazad van, és ettől szebben én sem tudtam volna megfogalmazni. Ha ez a kép lebeg a szemem előtt, akkor már nem is tűnik olyan ijesztőnek.

– Nehogy azt gondold, hogy nekem olyan könnyű megbirkózni ezzel.

– Nem gondolom, sőt neked talán a legnehezebb, de te erős vagy.

– Igen, a látszat ezt mutatja, csak, amikor egyedül maradok, akkor hatalmasodik el felettem a gyengeség, amikor senki sem látja, de azt hiszem ezt másnak nem is kell látnia.

– Miért Maggie, az, hogy a szeretteidet meggyászolod, nem a gyengeség jele.

– Az állandó készenlét, és a folytonos határozottság arra késztet, hogy ne mutassam az érzelgős oldalamat, attól félek, ha erről a felemről megismernek, sokkal könnyebben ki tudnak használni.

– Kár, hogy így érzed.

– Sam a városban vagy nem a farmon, itt más törvények uralkodnak. Persze ez nem azt jelenti, hogy nincs bennem semmi együttérzés és emberség, de igyekszem határozott lenni mindenkivel szemben.

– Én ezt mind megértem, de szerintem te szenvedsz ettől a legjobban.

– Az imént mondtad, hogy erős vagyok.

– De annyira azért nem, hogy így éld le a hátralevő életed.

– Majd a sors eldönti, hogy miként legyen, de azt hiszem indulnunk kellene.

– Igen, mehetünk.

Mikor leértek az autóhoz, Sam megkérdezte.

– Maggie vezethetek én, nem mintha a te stílusoddal baj lenne, de szeretnélek kímélni.

– Részemről rendben, tessék a kulcsok.

Beültek és elindultak a temetésre. Egész úton nem szóltak egymáshoz, csak annyit, amennyi az útbaigazításhoz szükséges volt. Ahogy a ravatalozóhoz közeledtek, úgy kezdett Maggien eluralkodni a félelem. A koporsókat meglátva, léptei bizonytalanná váltak és lábai remegtek, ha Sam nincs ott, talán még el is ájul, de így gyorsan belekarolt. Sam készségesen segített, bár látta, hogy néhányan furcsa tekintettel merednek rá. Maggie telefonja váratlanul rezegni kezdett, megnézte, James volt az, de nem vette fel. Minden bizonnyal arra gondolt, hogy együtt megy Maggievel, de ebből már nem lesz semmi. Kétszer próbálkozott a hívással, utána feladta. Maggie nem akart senkivel és semmivel foglalkozni, csak a férjével, Paullal, és Patrickkel. Most kísérte őket utolsó útjukra, nem akarta, hogy bárki is megzavarja. Pat olyan békésen feküdt a koporsóban, mintha csak aludna, az arcáról végtelen nyugalom áradt. A kápolna hűvös levegője, és a néma csend azt a benyomást keltette, mintha Paul és Pat

101

szelleme, jelen lennének. Maggie szinte libabőrös lett már magától a tudattól is, és úgy érezte, mintha Pat megérintené a kezét és ettől még jobban elszorult a szíve. Nem tudta elfogadni a történteket, mindig abban bízott, hogy ez csak egy rossz álom, holnap felébred és megy minden tovább a megszokott kerékvágásban. De minden hiába, ez volt a szomorú valóság, és nem álomkép. Holnap sem és holnapután sem, és még az után sem és egyáltalán sohasem várja már haza, Patrick és Paul. Nincs több veszekedés és vita, nincs több egyezkedés, egy korszak lezárult, és most egy másik időszámítás kezdődik. Mintha összetörték volna a szívét és hiába rakják össze a darabokat, nem forrnak össze. Mint egy mozaik, összeillenek ugyan, de a törésvonal ott marad és már sohasem lesz a régi. Sam és Maggie szinte az egész szertartást némaságba burkolózva állták végig. Könnyes szemmel vettek végső búcsút szeretteiktől és nem is foglalkoztak a körülöttük zajló eseményekkel. Maggie észre sem vette, hogy James mikor érkezett, és arról sem volt tudomása, hogy Sue is jelen volt. Mivel a részvétnyilvánítás mellőzését kérték, így a temetés végén sem figyelte, hogy kik voltak ott. A búcsúztató pap mindenkinek megköszönte a részvételt, és így Maggie megúszott egy újabb sírás rohamot. James és Sue visszamentek a központba, Sam és Maggie még egy darabig időztek a sírok felett.

– Tudod Sam, nem biztos, hogy ezt a terhet fel tudom dolgozni – szólalt meg Maggie.

– Egyikünknek sem könnyű, de egymást kell erősítenünk, hogy mindketten kibírjuk.

– Ígérem, megteszek minden tőlem telhetőt, de nem tudom mihez lesz erőm – mondta szinte suttogva Maggie.

– Ha ez megnyugtat én sem tudom, de az biztos, hogy Pat nem szeretne téged így látni.

– Ezt most miért mondod?

– Mert így van, ismertem a fiadat, nem szívesen látna téged így.

– Tettem neki egy ígéretet a halálos ágyán, azt hiszem, be kell, hogy tartsam, ahhoz, hogy az én lelkivilágom is a helyére kerüljön.

– Látod Maggie, már van is egy cél, amiért érdemes küzdeni.

- Milyen jó, hogy itt vagy mellettem.

- Segítek neked, amiben csak lehet.

- Köszönöm és meddig tudsz még itt lenni velem?

- Arra gondoltam, hogy holnap délután utazom vissza, és akkor még ma este is beszélgethetünk.

- Ez nagyon jó ötlet, és én sem leszek egyedül a lakásban.

- Akkor ezt megbeszéltük, most pedig meghívlak egy finom ebédre. Hova menjünk, te ismered itt a jó helyeket.

- Elég nehéz a választás, nagyon sok kellemes étterem van, szuper ételekkel és remek kiszolgálással, de biztosan be kell mennünk egy ilyen nyilvános helyre?

- Igen Maggie, nem szabad megtorpannod, mert az élet megy tovább, és neked is tovább kell járni az utadat.

- Csak azt nem tudom, hogy mivel érdemeltem ki ezt a keresztet a jó Istentől?

- Szerintem Maggie mindenkinek megvan a sajátja, és nem hiszem, hogy másnak könnyebb, legfeljebb a kereszt anyaga más, ha érted mire gondolok?

- Értelek Sam, de nekem miért így adta? A szüleimet is korán elvesztettem, még az unokájukat sem ismerhették, és most már senkim sincs. Hát hol itt az igazság?

- Szerintem az egy másik univerzumban leledzik, ne is keresd.

- Mondhattál volna valami vigasztalóbbat is.

- Most ennyire futotta, gyere induljunk.

Beültek az autóba, és ebédelni mentek. Legalább két órát töltöttek a vendéglőben, majd Maggie munkahelyére mentek, mikor odaértek James fogadta őket.

- Sziasztok, már vártalak benneteket.

- Szia, James – szólt Maggie.– Minden rendben?

- Igen, és te jól vagy?

- Fogjuk rá, itt van Sam és segít nekem.

- Én is itt vagyok és én is segítek neked! – hívta fel magára a figyelmet James.

- Tudom James, de Sam mégis csak a volt férjem testvére.

- Én meg az vagyok, aki gyerekkorunk óta melletted van – válaszolt méltatlankodva James.

– Akkor ez most szemrehányás akar lenni? – szólt Maggie némi haraggal a hangjában.

– Nem, csak tudnod kell, hogy nem csak Sam van melletted.

Sam eddig csak hallgatott és figyelte, hogy milyen szócsatát vív Maggie és James, majd így szólt.

– Nektek mi bajotok egymással?

– Azt én is szeretném tudni – válaszolt James, és kérdő tekintetét Maggiere vetette.

– Most miért nézel így rám, nincsen semmi baj.

– Nekem nem úgy tűnik, napok óta valami nincs rendjén, de még csak beszélni sem akarsz róla.

– Mivel nincs miről – válaszolt Maggie hűvösen.

– Figyeljetek, nem lenne jobb, ha én ebből kimaradnék, inkább elmegyek – szólt Sam.

– Nem kell elmenned, mindjárt indulunk haza, csak megnézem az e-maileket és a postát.

– Már mindent iktattam és a foglalásokat is rögzítettem – szól közbe James.

– Köszönöm James, akkor már indulhatunk is Sam.

– Maggie beszélnünk kellene – szólt kérlelő hangon James.

– Lehet, de nem most és nem ma – válaszolt Maggie.

– Akkor mikor?

– Máskor.

– Pontosabban?

– Még nem tudom.

– Én holnap visszautazom.

– Jó, akkor majd holnap bejövök.

– Rendben, várni foglak.

Ezután Maggie és Sam hazamentek. Megegyeztek, hogy a vacsorát ismét otthon készítik, és átbeszélgették a nap hátra levő részét. Már majdnem lepihentek, amikor Sam kérdőre vonta Maggiet.

– Maggie, mi volt az a vita délután Jamesszel?

– Nem volt vita, csak beszélgettünk.

– Nekem ne akard bemesélni, sohasem beszéltél még ilyen nyersen vele, megbántott valamivel?

- Hm... nem.
- Ez nem volt valami meggyőző. Biztos, hogy bánt valami vele kapcsolatban, miért nem mondod el?
- Mert nem akarom.
- Tehát akkor mégis van valami?
- És ha igen?
- Akkor mond el.
- De nem akarom.
- Ugyan Maggie látom, hogy téged is bánt.
- Igen, de még nem kívánkozik ki belőlem.
- Oké, de ha kikívánkozik, elmondod?
- Talán, csak győzd kivárni – vágta rá Maggie arogánsan.
- Hűha, pont ettől a választól tartottam – felelte emelkedett szemöldökkel Sam.
- Akkor nincs benne semmi meglepő.
- Nem szeretlek, amikor ilyen vagy. Egyébként is van elég problémád, akkor minek csinálsz még magadnak másikat.
- Ezt nem én csináltam.
- Jó hagyjuk, látom, nem jutok veled előrébb, menjünk aludni. Jó éjszakát.
- Jó éjt.

11

Másnap reggel Maggie igyekezett időben felkelni, hogy most ő
vigyen a vendégnek kávét, és ne fordítva. Miután megreggeliz-
tek, újból beszélgetni kezdtek.

– Maggie neked még be kell menned a munkahelyedre.

– Miért is?

– Tudod, tegnap megbeszélted Jamesszel, hogy ma találkoztok.

– Tényleg?

– Maggie, ne csináld, menjél el.

– Nem megyek, majd meglesz.

– De ő is visszautazik ma.

– Nekem most te vagy a vendégem, és nem hagylak magadra.

– Igen, de ő segít neked, amíg te nem tudsz bent lenni.

– Hidd el Sam, bármilyen hihetetlen, tudom, hogy mit csinálok.

– Te tudod, de nehogy két szék közül a pad alá ess.

– Miért, nem teljesen mindegy már.

– Hát nem.

– Ezért látjuk teljesen másként a világot.

– Maggie nem ismerek rád, ez nem is te vagy.

Maggie arca hirtelen eltorzult, mintha haragba lenne a min-
denséggel, mintha nem is ő lett volna, szemei szinte szikráztak,
hangjából a düh áradt.

– Pedig de, jobb, ha hozzászoksz.

– Nem, én a másik Maggiet szeretném – válaszolt határo-
zottan Sam.

– Nincs másik, ez van.

– Ez nem igaz.

– De igen, hát nem érted, nincs már senki, akit szeressek, és aki
viszont szeretne, nincs értelme az életemnek, minek küzdeni tovább?

– Szerintem igen is van értelme az életnek. Hiszen te is ve-
zethetted volna azt az autót, de valamiért nem te vezetted. Itt
maradtál, mivel neked még van valami küldetésed, a te életed

még nem érhet véget, neked még élned kell. A miértekre a választ majd ezek után fogod megkapni, hogy mikor, azt senki sem tudja. Lehet, hogy egy hónap, lehet, hogy tíz év, idővel kiderül az is. Légy türelemmel, és mindenre választ kapsz. Én sem tudok mást tenni, mivel nekem sincs már senkim.

És ekkor Maggie hirtelen elhallgatott.

– Bocsánat igazad van, ezt végig sem gondoltam, ne haragudj rám.

– Nem haragszom, de akkor most menj el és beszélj Jamesszel.

– Ezt ne kérd, mert nem megyek.

– De miért nem, mivel bántott meg ennyire?

– Mondtam már, hogy nem akarok róla beszélni.

– Hát jó, csak aztán nehogy megbánd.

– Majd csak megoldom valahogy, mit szólnál, ha elővenném a régi fényképalbumot és megnéznénk.

– Nem biztos, hogy ez annyira jó ötlet, de én benne vagyok.

Maggie előhalászott a nappali szekrény fiókjából három albumot és elkezdték lapozgatni. Még csak az első album felénél tartottak, de megbeszélték, hogy a másik kettőbe bele sem néznek mivel olyan fájó sebeket téptek fel a látott képekkel.

– Igazad volt Sam, egyáltalán nem volt jó ötlet – mondta Maggie a könnyeit nyelve.

– Maggie én csak jót akartam.

– Tudom.

– Azt hiszem a kialakult helyzetre való tekintettel teszed azt, amit teszel, de remélem, idővel tisztán fogsz látni. Bízom benne, hogy együtt megoldjuk a problémáinkat, és nagyon szeretném, ha néha felhívnál.

– Eddig is felhívtalak.

– Rendben, de úgy gondolom, hogy nagyobb szükségünk van egymásra, mint eddig bármikor, ezért szeretném, ha tudnád, mindenben számíthatsz rám. Látom, hogy bánt a lelkiismeret, hogy azért történt mindez, amiért el akartál válni Paultól, de megnyugtatlak, hogy szerintem nem. Ez a véletlenek szerencsétlen összjátéka, nem okolhatod magad életed végéig ezért, hiszen fordítva is lehetett volna. Én nem hibáztatlak, és azt is megértem, hogy a válás mellett döntöttél, én a te helyedben nem vártam volna idáig, az is csoda, hogy eddig bírtad.

– Tudod Sam, az élet nem olyan egyszerű. Mindenki el tudja látni a másikat okos tanácsokkal, de a saját baját senki sem tudja orvosolni. Egy kívülálló egészen más szemszögből alkot véleményt, mint az, aki a problémás helyzetben van, és nem sínyli meg a tanácsinak a következményeit, de az, aki a döntést meghozza igen. A mondás is úgy tartja, hogy mindenki a más gyerekét tudná jól nevelni, de a saját gyermekének a hibáit nem tudja, vagy nem akarja látni, pedig lehet, hogy azon is lenne mit javítani. Az okos tanácsok is pontosan így működnek, persze a végleges döntést mindig nekünk kell meghozni, hogy kire hallgatunk és kire nem az csak rajtunk múlik. A döntésünk következményeit saját bőrünkön tapasztaljuk, és nem okolhatunk mást, amiért az ő tanácsát fogaduk meg.

– Igen ez valóban így van, hogy mit fogadsz meg és mit nem, az csak rajtad áll, de az is lehet, hogy csak meghallgatod valaki véleményét, és egészen más döntést hozol.

– Nem tudom Sam, annyira tanácstalan vagyok. Tényleg ez az élet? A munka, a család, a háztartás, az állandó készenlét és megfelelni akarás? Igyekezni azért, hogy mindig mindenkinek jó legyen? Eddig azt gondoltam, hogy erős vagyok és határozott, de már elfáradtam és nem is látom már értelmét.

– Tudod Maggie, szerintem te rosszul látod a dolgokat. Nem így kellene hozzá állnod, de azt hiszem, tudom mi lehet a baj. Maggie mikor tettél valamit, csak úgy a magad kedvére, valamit, amit te szerettél volna? Amit nem a férjedért, a fiadért vagy az ügyfelekért kellett tenned? Gondoltál már arra, hogy teszel valamit azért, hogy Te boldog legyél?

– Sajnos nem emlékszem ilyenre, de ha volt is, akkor nagyon régen lehetett.

– Hát ez az Maggie, te már nagyon régen voltál igazán boldog, ezen változtatnod kell, mert a múló idő felemészt.

– Ez így van, de olyan jó lenne tudni, hogy melyik döntés a jó, ha lenne valaki, aki megmondaná, hogy mi a helyes, de sajnos nincs már aki ellásson jó tanácsokkal.

– Ez azért nem teljesen igaz, ott van még neked James és Sue, és természetesen én.

– Igen, de Ti nem a családom vagytok.

– De igen Maggie, Jamesszel gyerekkorotok óta ismeritek egymást, Sue pedig szinte a jobb kezed, ők az igaz barátaid, most már ők lesznek a családod.

– Talán költözzek össze velük? – emelte tekintetét Maggie Samre.

– Ne légy cinikus! Nem erről van szó, minden nap találkozol Sueval, olyan vagy számára, mint a nyitott könyv, hát ki segíthetne, ha nem ő? James pedig szintén nagyon segítőkész. Láttam a temetésen is többször hívott, csak nem vetted fel.

– Így láttam jónak.

– Figyelj Maggie, én nem foglak kérdezgetni, hogy mi a bajod Jamesszel, ha majd akarod, megosztod velem.

– Igen, ha majd megemésztettem a történteket, akkor lehet, hogy megosztom veled, de még én sem tudom mitévő legyek.

– Mindenesetre én itt vagyok, és bármi bajod van, nyugodtan felhívhatsz, bármikor, amikor eszedbe jut.

– Köszönöm Sam.

– Én most megyek és elpakolom a holmimat, mert hamarosan indulnom kell.

– Biztosan nem tudsz maradni még egy napot?

– Sajnos nem, így is elég nehéz volt találnom valakit, aki elvállalta a farmot három napra, de remélem, ha legközelebb eljövök hozzád, akkor valami vidámabb esemény miatt fogok.

– Nem tudom, hogy mire gondolsz?

– Mondjuk, férjhez mehetnél egy rendes pasihoz.

– De Sam, hogy mondhatsz ilyet a történtek után?

– Ide figyelj Maggie, ha valaki, hát én mondhatok ilyet neked, tudom mennyit szenvedtél az testvérem mellett, ideje lenne, hogy megtaláld a boldogságot.

– Szerintem olyan nincs.

– Rosszul gondolod, lehet, hogy pont ez a küldetésed, hogy megtaláld az igazit.

– Annyira jó, hogy ilyen pozitív gondolatok magjait próbálod elhinteni bennem, te minden bizonnyal bízol is ezekben, hiszen annyira magabiztosan és meggyőződéssel mondod, hogy azt hiszem, kénytelen leszek hinni neked.

– Majd meglátod nem is olyan nehéz, csak bízz önmagadban!

– Másban nem is tudnék.

– Csak arra gondolj, hogy mennyi mindent elértél már az életben.

– Igen Sam, és gyakorlatilag a magam erejéből küzdöttem fel magam ide, és most semmi értelmét nem találom.

– Már hogyne lenne értelme. Hány embernek adsz munkát, hány embernek teszed szebbé az életét a wellnessközpontodban, szerinted miért térnek mindig vissza hozzád a vendégek? Valószínűleg azért, mert meg vannak elégedve a szolgáltatással, és ezt neked köszönhetik, te hoztad létre és virágoztattad fel az üzleted. Kell ennél több?

– Igen, a család, amit egyik vendég sem pótol.

– Ebben igazad van Maggie, de most koncentrálj az üzletre, valamivel tisztára kell mosni a gondolataidat, nem szabad befelé fordulnod, hiszen az élet megy tovább.

– Bárcsak olyan könnyen menne, mint amilyen könnyen kimondod a szavakat.

– Tudom, hogy nem könnyű, de meg kell próbálnod. A gyászt a szívedben még sokáig érezni fogod, de meg kell próbálnod talpra állni.

– Oké Sam, majd összeszedem magam, és igyekezni fogok, ígérem.

– Szavadon foglak Maggie, és azt szeretném, hogy minden este megírd nekem e-mailben, hogy mi történt veled aznap, jót és rosszat egyaránt.

– Nem vagy te egy kicsit szigorú hozzám?

– Szerintem nekem is jól fog esni, hogy minden nap kapok levelet tőled, mint mondtam nekünk össze kell tartanunk.

– Jó rendben, megígérem.

– Azt hiszem, én készen is vagyok, összeszedtem mindenemet, akár indulhatnánk is.

– Minek ez a rohanás, nem délután indul a géped?

– Igen, de úgy gondoltam, meghívlak egy kávéra és még dumálunk egy kicsit, úton a reptér felé.

– Rendben, benne vagyok.

Ezután elindultak, először egy kávézóba, majd a reptérre. Útközben sok mindenről beszélgettek, majd elváltak egymástól.

– Szia Maggie, vigyázz magadra, és ne felejts el minden este írni, vagy amikor ráérsz.

– Megígértem Sam, hát be is tartom, de azért néha válaszolj is, ne legyen olyan egyoldalú a levelezés.

– Természetesen, ha nem is minden nap, de legalább három naponként majd én is írok.

– Hát reméltem is, hogy néha majd válaszra méltatsz.

Megölelték egymást és elbúcsúztak, Sam még visszaintegetett, mielőtt felszállt volna a gépre, Maggie pedig elindult a munkahelyére. Az úton végig azon gondolkodott, hogy vajon ott van-e még James vagy már elment. Maggie olyan ötven-ötven százalékosnak érezte magát, akarta is, meg nem is ezt a találkozást. Az igazság az, hogy nagyon hiányzott neki James, de nem merte elmondani neki, hogy miért neheztel rá, mert igazán nem is volt miért, csak hát Maggie rosszul reagálta le a dolgokat. Végtére is sohasem adott semmi jelet Jamesnek, hogy érdeklődne iránta, akkor most miért ütötte ennyire szíven, hogy egy nő vette fel a telefonját. Maggienek semmi oka nem volt a sértődésre, de valószínűleg a történtek miatt volt ennyire érzékeny, és most úgy érezte, nincs elég bátorsága, hogy elmondja Jamesnek az igazságot.

Amíg Maggie és Sam távol voltak, Sue és James irányították a céget. A temetésen is mindketten jelen voltak, bár Maggie nem figyelt a résztvevőkre, Sueról pedig nem is volt tudomása, hogy már itthon van.

Mikor a temetés reggelén Sue megérkezett, James kérdőre vonta.

– Nem tudod, hogy Maggienek mi a baja velem, mióta megérkeztem hűvös és távolságtartó.

– Nem tudom James, én még nem találkoztam vele, de bizonyosan a történtek miatt van.

– Szerintem más oka lehet, amikor bementem hozzá a kórházba, még nem mutatta jelét annak, hogy valami baja lenne velem.

– Miért nem kérdezed meg tőle?

- Megtettem.
- És mit mondott?
- Kitérő választ adott, és másról kezdett beszélni, így nem lettem vele előrébb, de azt látom, hogy valamiért kerül engem.

Mikor Maggie a reptérről megérkezett csodálkozva látta, hogy Sue jött elébe.

- Szia Maggie, fogadd részvétemet, szólj nyugodtan, ha bármiben segíthetek.
- Köszönöm de elég, hogy itt vagy nekem, már ez is óriási segítség. James merre van?
- Már elment.
- De hát megbeszéltük, hogy ma bejövök és beszélünk.
- Igen Maggie, délelőtt.
- Nem tudom, miért kellett neki ilyen gyorsan visszamennie?
- Hát tudod, nem tartóztatta senki sem – és Sue kíváncsi pillantást vetett Maggie arcára, reakcióját figyelve.
- Oké, ha menni akart, akkor menjen – felelte Maggie közömbösen.
- Maggie ne vedd tolakodásnak, de mi történt köztetek?
- Nem történt semmi, James nagyon rendes volt, és eljött egy szó nélkül segíteni, amikor látta a hírekben a történteket.
- Akkor miért nem beszéltél vele?
- Beszéltem vele.
- Igen, de a hangnemmel volt a probléma és azt mondta James, hogy a társaságát is kerülöd.
- Ez nem igaz, szimplán csak más vendégem volt.
- Jó, de ez nem indok arra, hogy Jamesszel így bánj.
- Majd megbeszéljük Sue, de erről most igazán nincs kedvem vitázni, inkább azt meséld el milyen volt a nyaralás?
- Nagyon pazar, igazán jól éreztem magam, és neked is el kell menned oda egyszer.
- Persze elmegyek majd valakivel, de azt hiszem az nem mostanában lesz. Egyelőre a szüleim régi farmját szándékozom rendbe tenni, de nem szeretném, hogy ezt James megtudja.
- Pedig biztosan segítene.

– Afelől semmi kétségem, de akkor sem kell tudomást szereznie róla! – felelt Maggie nyomatékosan.

– Rendben megértettem és hogyan gondoltad kivitelezni?

– Azt még nem tudom, csak azt, hogy a fiamnak megígértem, és ahhoz is tartom magam, bármikor készülök is el vele.

– Igen, Pat nagyon jól érezte magát vidéken, Samhez is szívesen járt, ha jól emlékszem?

– Valóban, és már régen eltökélt szándékom volt, hogy felújítjuk a szülői házat és néha kimegyünk, de sajnos ezt már Patrick nem láthatja.

– Milyen figyelmes vagy, hogy a fiad kérését még a halála után is tiszteletben tartod.

– Ez volt az utolsó, amit kért tőlem, sajnos a hegymászást már nem tudta Jamesszel kipróbálni.

– Akkor ezért haragszol Jamesre?

– Eszemben sincs ezért haragudni, nem ő tehet róla.

– Ebben tökéletesen igazad van, főleg, hogy imádta Patricket.

– Patrick is imádta őt.

– James sírt a temetésen, amikor Patricket búcsúztatták.

– Sajnos én nem hallottam és nem is láttam senkit, csak a könnyeim csorogtak, és két koporsó volt a szemem előtt. Még azt sem tudom, kiknek tartozom köszönettel, amiért eljöttek.

– James szinte belebetegedett, és te még tettél rá egy lapáttal, hogy nem beszélsz vele, ezek után nem tudom, hogy mikor fog újból eljönni?

– Ezt ő mondta neked?

– Nem mondta ki így konkrétan, de a szavainak ez volt az értelme, úgy érzem nagyon megbántódott.

– Majd írok neki egy e-mailt.

– Szerintem inkább hívd fel.

– Majd meglátom, estére milyen hangulatban leszek, de most mesélj, milyen volt az elmúlt két hét?

– Teljesen feltöltődtem, ha tudtam volna, hogy milyen egy igazi nyaralás, akkor minden évben elmegyek legalább két hétre. Amikor az ember avval van, akit a legjobban szeret, és napról napra több élménnyel lesz gazdagabb, ez semmihez sem fogható.

– Igen, ezek a pillanatok soha nem jönnek vissza, remélem készítettél fotókat.

– Persze, de nincsenek nálam.

– Nem baj, most nem nagy kedvem lenne megnézni, de majd egy-két hét múlva talán.

– Jó, akkor majd elhozom, egyébként ma mit szeretnél csinálni, vasárnap délután van.

– Tudom, gondoltam átnézem a jövő hétre bejelentkezett vendégek névsorát, mivel már három napja tájára sem néztem az üzletnek.

– Semmi gond, James mindent elintézett. Rögzítette és viszszaigazolta a foglalásokat, ahol nem volt egyértelmű, azoknak írt, vagy felhívta őket telefonon, és minden a legnagyobb rendben van.

– Meg kellene néznem a beszerzéseket, is nehogy hiányt szenvedjenek a vendégek valamiben.

– Ezzel ráérsz foglalkozni holnap, ilyenkor a beszállítók is zárva vannak.

– Igazad van, de akkor mit csináljak?

– Menj haza és pihend ki magad, hátha eltűnnek a karikák a szemed alól.

– Azok még egy darabig biztosan ott lesznek, az üres ház látványa mindig elszomorít, és nem tudok sírás nélkül elaludni. Az elmúlt két éjszaka csak azért nem pityeregtem, mert Sam ott volt elszállásolva és tartotta bennem a lelket.

– Említetted neki, hogy el akartál válni Paultól?

– Igen, és megértette, sőt igazat adott nekem.

– Mennyire mások ők ketten, mint a tűz és a víz, pedig egy az apjuk és egy az anyjuk.

– Valóban, de ez ellen nem tehet senki, és azt hiszem nincs is már jelentősége.

– Milyen furcsa Maggie, hogy Patrick mentalitása inkább hasonlított a nagybátyjáéra, mint a saját apjáéra.

– Még szerencse, hogy inkább Sam modorát örökölte és nem az apjáét, bár nem tudni, hogy felnőtt korára mit hozott volna ki belőle az élet.

- Szerintem ő akkor sem lett volna rossz ember.
- Én is úgy gondolom, ha olyan lett volna, az már megmutatkozik erre az időre. Akkor én most elmegyek haza, és holnap találkozunk.
- Ne felejtsd el felhívni Jamest!
- Igen, igen tudom.
- Ha gondolod később rád telefonálok.
- Nem kell, ennyit talán még észben tudok tartani.
- Akkor holnap találkozunk, szia Maggie.
- Szia Sue.

Ezzel Maggie kiment az autójához és útra kelt. Hazafelé azon tűnődött, hogy mit is írjon, Jamesnek, mivel egyelőre még nem szándékozik felhívni. Annyira elmerült a gondolataiban, hogy észre sem vette, már otthon van. A ház üresen állt, a reggeli utáni romokat Maggie elkezdte összeszedni. Furcsa volt megint egyedül lenni, mikor Sammel olyan elviselhetően telt az elmúlt három nap. Valahol a szíve mélyén Maggiet Paulra emlékeztette, pedig teljesen más volt, de még is ugyanaz. A külső hasonlóság annyira szembetűnő, hogy nem lehet felette elsiklani. A temetésen is látszott, hogy sokan minden bizonnyal nem tudtak Sam létezéséről, mert úgy néztek rá, mint akik szellemet látnak. Mikor Maggie mindennel végzett, leült magába roskadva és azon tűnődött, most hogyan tovább? Miként kezdje el az új életet, amelyet a sors kijelölt számára. Vajon merre tovább, mi legyen az első lépés? Az biztos, hogy a fiának tett ígéretet mindenképpen betartja, az is biztos, hogy ha nem muszáj, akkor Jamest a továbbiakban nem kéri meg semmire. Bár minden bizonnyal Sue nem fogja kiállni, szó nélkül, mert attól fél majd, hogy minden munka az ő nyakába fog szakadni.

Maggie elhatározta, hogy hétfőn reggel az első dolga lesz, megnézi a határidőnaplóját, hogy mikor tud leghamarabb kilátogatni a szülei régi farmjára, amely már évek óta elhagyatottan áll. Fel kell mérnie a helyzetet, hogy mi kell a rendbetételéhez, és milyen szakembereket kell megkeresnie. Biztosan nem lesz egyszerű menet, de meg kell csinálnia. Rengeteg megoldásra váró dolog kavargott a fejében, de megpróbálta őket fontossági sorrendbe rendezni, több-kevesebb sikerrel.

12.

A történtek után három héttel, minden ment a megszokott módján, a kivétel talán az volt, hogy Maggie elkezdte a felújítást, de naponta értekezett Sueval, amikor távol volt. Jamesnek azóta sem írt, és ő sem jelentkezett. Sue és James tartották ugyan a kapcsolatot, de sajnos minden igyekezetük ellenére sem sikerült kideríteniük, hogy Maggiet mi bántja.

Maggie egy darabig tépelődött, hogy miként is fogalmazza meg aktuális mondandóját Jamesnek, de a munka sűrűjében feledésbe merült. Mivel elég sok időt töltött a birtokon, így a munkák is kellő ütemben haladtak. Nagyon várta már azt a pillanatot, amikor a ház a régi fényében fog ragyogni. Napról napra látszott, miként éled újjá az épület. Maggie mindent kicserélt, amit ki kellett, a nyílászárókat, a tetőt, a padlózatot, korszerűsítette a fűtést és a szobákba is új bútort rakatott, de a nappaliban a régi szekrények a múltat idézték. Igyekezett ízlésesen berendezni a házat, amelyet egyre jobban a magáénak érzett. Minden nap eszébe jutott Patrick, hogy milyen jól érezné magát, ha itt lenne. Segítene kiválasztani a falszint, berendeznék a szobáját, néha elhívhatná a barátait, de ez már mind csak álom marad. Maggie megszállottként tette a dolgát. Már-már kezdett egészen megnyugodni, amikor egyik éjjel furcsa zajra ébredt, mintha autó állt volna meg az udvaron. Igen, a gyanúja nem volt alaptalan, nem jó szándék vezérelte az éjszakai látogatókat. Betörték az ajtót, és minden könnyen elvihető értéket elloptak a házból. Talán még Maggiere is rátámadnak, ha nem sikerül neki a hátsó ablakon elmenekülnie a közeli erdőbe. Ott állt a sötétség és a fák sűrűjében, órákon keresztül vacogva, és még azután is, hogy a betolakodók elmentek. Nem mert visszamenni napkelte előtt a házba, nehogy visszatérjenek, de egész éjszaka azt tervezgette, miként fogja elejét venni, annak, hogy még egyszer hasonló eset történjen. Elméjét elborította a düh és a bosszú, amit oly keserves munkával teremtett újjá, most néhány eszement tönkreteszi. Elhatározta, hogy minden áron megvédi azt, ami az övé. Reggel, amikor a házba lépett, elszörnyedve látta, hogy mit műveltek a hívatlan vendégek. Megpróbálta ugyan összerámolni a lakást, de legszívesebben elsírta volna magát. Minden olyan romosnak, és reménytelennek tűnt, mintha értelmetlen lenne az egész harc, amit eddig vívott. Miután elvonultak a sötét gondolatok a fejéből, akkor kezdte tisztán látni a megoldás fényét az alagút végén. Autóba ült és a városba hajtott. Az első dolga volt, hogy sorompókat rendelt a farmnak azon útjaihoz, amelyeken a házhoz lehetett behajtani. Távvezérlést, riasztókat, valamint kamerákat tetetett mindegyikhez. A kivitelezési munkákat a lehető legsürgősebbre kérte. Az épületet szintén óvintézkedés alá vetette. Mozgás- és nyitásérzékelők, kamerák mindenütt. Sajnos a megvalósítás kicsit hosszabbra sikeredett, mint ahogy Maggie elgondolta, de mivel előbb terepszemle következik, és csak azután tervezik meg az egész ingatlan riasztórendszerét, így kénytelen volt várni. Minden egyes éjszaka rettegésben telt számára, nehogy visszatérjenek a látogatók. A biztonság kedvéért azért beszerzett néhány pisztolyt és puskát is, amiket aztán elhelyezett a ház különböző pontjain. Szinte nem maradt olyan helyiség, amiben ne rejtett volna el valamilyen célszerszámot. Egyáltalán nem érdekelte, hogy nincs engedélye semmilyen fegyverre, elhatározta, ha kell, áthágja a szabályokat, és megvédi azt, amiért olyan keményen dolgozott. Annyira alapos munkát végzett, hogy még a ház előtt álló rózsatő alá is jutott egy kisebb pisztoly. Semmit sem akart a véletlenre bízni, ha ez kell ahhoz, hogy megvédje az otthonát, ám legyen. Szemrebbenés nélkül, határozottan cselekedett. Az ominózus éjszaka történései olyan töltést adtak Maggienek, hogy úgy érezte, senki és semmi nem tudja eltántorítani tettétől. Lázasan kezdte tervezgetni a menekülési útvonalat, ki a házból, nehogy be tudják szorítani bárhová. A legoptimálisabbnak az a megoldás tűnt, hogy a háztól kissé távolabb – már majdnem az erdőben –, van egy kiszáradt kút. Arra gondolt, hogy oda kellene a föld alatt egy folyosót ásni és a kút tetejét elrejteni, így senki sem tudna a létezéséről. Elhatározta, hogy a maga erejéből fog kialakítani a pince egyik felében egy rejtett szobát, amelyből a menekülést szolgáló folyosó fog nyílni. Nem akarta, hogy bárki megtudja, hol van a rejtekhely a házban ezért a saját keze munkájára hagyatkozott. Teherautót bérelt, és minden hozzávaló elemet elvitettet a birtokra. Ott aztán hosszú hetek teltek el, amíg elérte célját. Sikerült a titkos szobát kialakítania, ráadásul úgy, hogy senki nem tud a létezéséről. Szerencsére a sorompók és a kamerák visszatartották a betolakodókat és nem kapott újból hívatlan vendégeket.

Maggienek hamarosan vissza kellett térnie a városba, de előtte még be akarta fejezni a munkákat, mert nem akarta a farmot őrizetlenül hagyni. Bízott benne, hogy a létesített eszközök, és a biztonsági csoport tudja a dolgát, és nem lesz semmi gond, amíg ő a városban van.

Mikor Maggie visszatért, Sue már nagyon várta.

– Szia Maggie! – üdvözölte Sue.

– Szia Sue.

– Jézusom Maggie, mi történt veled?

– Miért?

– Az arcod be van esve, a szemed alatt sötét karikák, mint aki napok óta nem aludta ki magát, nem akarlak megbántani Maggie, de borzalmasan nézel ki.

– Az igaz, hogy nem sokat aludtam, de szerinted mennyire érdekel? Egyébként történt valami, amíg távol voltam?

– Semmi különös, ha csak az nem, hogy James elutazott Európába.

Maggie hirtelen felkapta a fejét.

– Európába?

– Igen, miért nem tudtad, azt mondtad levelezel majd vele?

– Bevallom töredelmesen, hogy annyira lekötött a felújítás, hogy teljesen elfeledkeztem róla.

– Valóban említette is James, hogy a temetés óta nem beszéltetek, de szerintem biztosan köze van az elutazásnak hozzád.

– Hozzám? – vonta fel szemöldökét kérdőn Maggie.

– Igen, úgy gondolom, részese vagy annak, hogy így döntött.

– Valóban, és miért pont Európa, és miért pont most?

– Most érett meg benne a gondolat.

– És mikor jön vissza?

– Erről nem nyilatkozott, de ha felhívnád, vagy írnál neki biztosan elárulná.

– Hát persze – nyugtázta Maggie.

– Ez nem volt valami meggyőző.

– Tudom, és veled mi van?

– Minden rendbe, igyekszem helyetted is helyt állni, de már nagyon vártam, hogy vissza gyere.

– Köszönöm neked, hogy a nehéz időkben sem hagytál cserben.

– Ez természetes Maggie.

– Ha megkérlek Sue, velem ebédelnél, az utóbbi időben mindig csak egyedül ettem.

– Nagyon szívesen ebédelnék veled, de sajnos összeszedtem valami nyavalyát, mert már napok óta hányingerem van.

– Akkor inkább messziről elkerüllek, nehogy átadd nekem is.

– Most, hogy már itt vagy elmegyek és megmutatom magam egy orvosnak, hátha tud írni valami gyógyszert nekem.

– Rendben menj csak, nekem már az is jó, ha egy kicsit megint emberek között lehetek.

– Ha majd visszajöttem szeretném, ha elmesélnéd, hol tartasz a szüleid házánál.

– Oké, addig összeszedem a gondolataimat.

– Jó, akkor én megyek, szia Meg.

– Szia Sue.

A rendelőben már várták Suet, mivel már előző nap időpontot kért.

– Jó napot Doktor úr!

– Jó napot, kedves, tessék mondani mi a panasza?

– Az igazság az, hogy már hetek óta kínoz a hányinger, nagyon rossz a közérzetem és állandóan fáradt vagyok. Az is lehet, hogy csak szimplán kimerültem.

– Volt mostanában beteg?

119

- Nem.

- Evett valamit, amit nem szokott, esetleg valami gyorsan romlandót?

- Nem, nincs róla tudomásom.

- Jöjjön, megmérem a vérnyomását, láza van, esetleg hányt, vagy csak a hányinger?

- Lázam nincs, tegnap hánytam, de főleg reggel vagyok roszszul, napközben inkább csak kissé szédülök.

Az orvos megvizsgálja Suet, de nem talál semmi rendellenességet. Megméri a vérnyomását, ami alacsonyabb az átlagosnál. Sue arca erősen sápatag. Ekkor az orvos meglepő kérdést tesz fel Suenak.

- Megkérdezhetem mikor volt az utolsó menstruációja?

- Most egy kicsit késik, de rendben szokott lenni.

- Akkor javaslom, hogy keresse fel a nőgyógyászát, mert szerintem, ez most sokat fog késni, főleg, hogy a tünetei terhességre utalnak.

- Hogy mondta Doktor úr?

- Szerintem anyai örömök elé néz kedves, ha a diagnózisom nem téved.

Sue csak ült, mint akit leöntöttek egy vödör vízzel, meg sem tudott szólalni. Minden más eszébe jutott, csak ez az egy nem.

- Valami baj van hölgyem? - kérdezte az orvos.

- Nem, nincs semmi, csak meglepett a hír.

- De remélem, azért tudja, hogy nem a gólya hozza a gyereket - mosolyodott el az orvos.

- Ne vicceljen Doktor úr, persze, hogy tudom.

- Akkor jó és mint mondottam, szíveskedjék felkeresni a nőgyógyászát a további teendőkről ő tájékoztatja majd.

- Köszönöm, viszontlátásra.

- Viszontlátásra!

Mikor Sue kilépett a rendelő ajtaján, nem is tudta mit csináljon. Aztán hirtelen elővette a telefonját, tárcsázott, a vonal végén egy férfihang szólt bele.

- Szia Sue, mi újság?

- Feltétlenül találkoznunk kell, nagyon fontos mondanivalóm van számodra.

– Remélem, a hétvégéig várhat.

– Nem igazán, de inkább személyesen akarom elmondani, nem így telefonba. Nem tudnánk előbb találkozni, nem biztos, hogy kibírom odáig.

– Jó vagy rossz hír?

– Szerintem nagyon jó.

– Hogy érted azt, hogy szerinted?

– Hát remélem, hogy nem csak az én számomra jó, hanem neked is.

– Na, akkor bökd már ki, hogy mi az.

– Nem, nem, nem lehet, amíg nem találkozunk személyesen addig nem.

– Nagyon el vagyok foglalva és időhiányban szenvedek, nem tudsz te eljönni?

– Sajnos most nem. Lehet, hogy akkor tényleg meg kell várnunk a hétvégét?

– Oké, Sue akkor maradjunk ennyiben, de el ne felejtsd hétvégéig, hogy mit akartál mondani.

– Abban biztos lehetsz, hogy ezt nem fogom elfelejteni.

– Jó rendben, akkor hétvégén, szia.

– Szia, akkor hétvégén.

Sue olyan volt, mint akivel madarat lehet fogatni, de elhatározta, hogy amíg barátjával nem osztja meg a hírt, addig Maggienek sem árulja el. Felvillanyozva, örömtől mámorosan tért vissza a munkahelyére. Kicsattanó jó kedvét Maggie is észrevette, és meg is kérdezte.

– Sue látom hála istennek jobban vagy, de merre jártál, hogy ilyen jó kedved van?

– Á, semmi különös, csak jó híreket kaptam.

– Valóban, és megosztod velem is?

– Majd igen, de most még nem tehetem.

– Semmi baj, igazából nem is tartozik rám, majd eldöntöd, ha el akarod mondani, elmondod, ha nem, úgy is jó, nincs harag.

– De igen, feltétlenül el szeretném mondani, de most még nem.

– Jó tudomásul vettem, én megyek és írok Jamesnek.

– Rendben, én is az irodámban leszek.

Ahogy Sue az irodájába lépett az első dolga az volt, hogy a gépéhez ült, és olyan honlapokat kezdett látogatni, amelyeken a terhesség kilenc hónapját részletezik. A kezdeti rosszullétet, az émelygést, a kedélyállapot ingadozását, a felkészülést az anyaságra. Szinte minden gondolata csak ekörül forgott, és megszűnt létezni a külvilág. Órákat töltött így a gép előtt, észre sem vette, hogy mennyire elszaladt az idő felette. Eközben Maggie a másik irodában erőt próbált gyűjteni, hogy végre rászánja magát a levélírásra. Kicsit megenyhült már James iránt, de valahol a lelke mélyén legbelül furdalta a kíváncsiság, hogy ki lehetett az a titokzatos hölgyemény, aki a múltkor felvette James telefonját. Lehet, hogy együtt utaztak Európába? Mindegy – gondolta Maggie – írok neki pár sort, reméljük, James olvassa majd, és nem más.

Kedves James!

Először is szeretnék tőled bocsánatot kérni, hogy ilyen sok ideig nem adtam életjelet magamról. Sajnálom, hogy a temetés utáni hétvégén ígéretemet nem tartottam be és nem búcsúztam el tőled kellőképpen, mielőtt hazamentél. Így elszalasztottam annak lehetőségét is, hogy köszönetet mondjak neked, amiért feláldoztad a szabadidődet, azért, hogy nekem segíts, amikor a hullámok összecsaptak a fejem felett. Annyira elvakított a düh, és a gyűlölet, hogy nem vettem észre, mennyire megbántalak a nemtörődömségemmel. Nem tudtam elfogadni a kialakult helyzetet, mivel annyi mindent terveztünk Patrickkel. Pont, amikor úgy éreztem, hogy végre sikerül fordítanom sorsom szekerén, az égiek másként döntöttek, és újabb keresztet tettek a vállamra. Úgy érzem eddigi életem értelmét vesztette, most pedig igyekszem betartani Patricknek tett ígéretemet, és ez motivál, de hogy utána mi lesz, még nem tudom. Azért szeretném, ha tudnád, hogy bármikor szívesen látlak, akár egyedül akár úgy, hogy társaságot hozol magaddal. Nálam mindig lesz egy hely fenntartva számodra, és kívánom neked, hogy a Te életed szerencsésebben alakuljon, mint az enyém. Vigyázz magadra ott az óceán túlsó partján, az öreg kontinensen, Európában.
Üdv. Maggie

Egyelőre ennyi elég lesz, gondolta Maggie, hiszen nem akarta túlzásba vinni, főleg, ha esetleg illetéktelenek olvasnák. Viszonylag röviden és tömören vázolta a dolgok mibenlétét, reméljük, James elfogadja az érveket. Egy gyors kattintás, és már el is ment a levél. Most már csak várnia kell, hogy mikor küldi a választ, ha egyáltalán válaszol rá James. Voltaképpen azt is meg lehetne érteni, ha nem is méltatná válaszra Maggiet, vagy csak nagyon sokára.

13.

A következő napok a megszokott kerékvágásban mentek, mindenki tette a dolgát. Maggie egyelőre a városban maradt és a hétvégét bevállalta Sue helyett. Mivel úgy tűnt, hogy a két nap nagyon laza lesz, így Maggie elengedte Suet, és így legalább nyugodt körülmények között tudta megtervezni, hogy mi legyen a következő lépés a szülői farmon. Megcsináltatta a felújítási munkákat, kicserélte azokat a dolgokat, amelyek cserére szorultak. Kiépítette a megfigyelő és riasztórendszert, beszerezte az önvédelmi fegyvereket, amelyeket a megfelelő helyeken elrejtett a házban. Elkészült a titkos szoba, ha netán mégis újból váratlan vendégeket kapna, bár a menekülő folyosó teljes kiásása még váratott magára. Egyelőre ennyire futotta az energiájából, de azért minden erejével azon volt, hogy tökéletesítse a birtok és saját maga biztonságát.

Szombat révén Sue végre felhívhatta barátját a megbeszélt találkozót illetően.

– Szia, drágám, most már találkozhatunk?

– Természetesen, itt vagyok már a városban, hol találkozzunk?

– Ebédhez még korán van, mondjuk a kedvenc kávézónkban?

– Rendben, akkor fél óra múlva ott.

– Oké, addigra én is elkészülök.

Sue gyorsan összekapta magát, az arcán levő sápadtságot egy árnyalatnyi sminkkel próbálta elfedni. Annyira boldog volt, hogy szinte repült a találkozóra, és már alig várta, hogy elújságolja barátjának a nagy hírt. Mikor a kávézóhoz ért, kedvese már várta.

– Szia Sue!

– Szervusz, drágám!

– Mi van veled, olyan furcsa vagy?

– Valóban?

– Igen, szinte sugárzol, mesélj, mi történt?

- Nem is tudom, hol kezdjem.

- Mondjuk, kezd az elején, de kérsz valamit inni, a kedvenc kávédat?

- Nem, kávét nem, mondjuk inkább, egy gyümölcsteát.

- Teát? Hiszen nem is szereted.

- Most már megszerettem.

- Igen, és ez mikor történt, erről nekem nincs tudomásom.

- Ez akkor történt, amikor azt mondták nekem, hogy a teát jobban szeretem, mint a kávét.

- És ki mondott neked ilyet?

- Az orvosom.

- Miért, baj van a vérnyomásoddal?

- Nem, a vérnyomásomnak semmi baja.

- Hát akkor mi a baj?

- Semmi baj sincs.

- Akkor? - és nagy kerek szemekkel meredt Suera.

Sue megfogta a kezét, majd a hasára tette és csak annyit mondott.

- Drágám, nekem már nem csak magamra kell gondolnom.

Majd néma csend következett, és egy hirtelen felcsattanás.

- Nem azt akarod mondani, hogy gyermeket vársz?

- De igen, miért te nem örülsz neki?

- Örülök, de nem ezt beszéltük meg.

- Tudom, de olyan váratlanul jött.

- Váratlanul, hát nem tudod, hogy védekezel-e vagy sem?

- Ezt most úgy mondod, mintha csak rajtam múlna.

- Tudom, hogy nem csak rajtad múlik, de azért megkérdez-hettél volna engem is, hogy akarok-e apa lenni?

- Jó, akkor szeretnél apa lenni?

- Igen, egyszer majd igen, de nem most.

- Miért, mi a baj a mostani időponttal?

- Az a baj vele Sue, hogy túl korainak tartom.

- Hiszen együtt járunk már egy ideje.

- Igen, de még senkinek sem árultuk el, mindig titokban találkozunk, még a családodnak sem mutattál be.

- És ez akkora nagy probléma?

- Igen, mivel te magad mondtad, hogy a családod milyen hagyománytisztelő és konzervatív, akkor most én, hogy álljak eléjük, bocsi, de teherbe ejtettem a lányukat, és még azt sem tudják ki vagyok.

- Ezt majd megoldjuk menet közben, és nem is muszáj nekik rögtön elárulni, hogy másállapotban vagyok.

- Az lehet, hogy nem kell elárulni, de olyan sápadt vagy, hogy szerintem rögtön kiszúrják, valami nincs rendben veled. Főleg egy anya ezt megérzi.

- Jó, akkor szerinted most mi legyen?

- Nem tudom Sue, én erre nem vagyok felkészülve. Miért nem osztottad meg velem, hogy mire készülsz?

- Hidd, el én sem gondoltam, hogy így lesz, és nem szándékosan csináltam.

- Nekem, ez most túl sok így egyszerre, szerintem egyelőre ne találkozzunk, szeretném átgondolni a dolgokat, hogy hogyan tovább.

- Miért, így már nem kellek neked?

- Nem erről van szó, de ez nekem így nem fekszik, és nem tartom fairnek.

- Akkor én most mit csináljak?

- Gondolkodj a megoldáson.

- Szerintem nem kell ezen olyan sokat gondolkodni, szeretjük egymást, és összeköltözünk.

- Mondod te, de vajon én fel vagyok készülve az apaságra és arra, hogy családot alapítsak, mert én úgy érzem, hogy még nem. Nekem ehhez idő kell, próbáld megérteni.

- Igazából nem tudom, miről beszélsz, de ám legyen, adok időt neked gondolkodni.

- Köszönöm, és ha most nem bánod, akkor megyek, sok még a dolgom, minden jót Sue.

Azzal felállt, két puszit adott Sue arcára, és elment. Sue pedig ott ült összetörten, magatehetetlenül, mint egy összegyűrt papírgombóc, amit a szemetes mellé dobtak, és nem tudta mitévő legyen. A hallottak után a sírás fojtogatta, de nem mert könnyet ejteni. Az asztalra pillantott, amire a barátja letette a pénzt, majd felpattant, kirohant az utcára és leintette az első arra járó taxit, majd hazament. Alig várta, hogy az ajtón belépjen, és kitört belőle a sírás. Hiszen olyan jól ment minden és olyan boldog volt, nem is értette a barátja elutasító magatartását, egy ilyen hírnek mindenki örülne, akkor ő miért nem? Mi rosszat mondott neki, amitől ennyire megrémült? Sue a nap hátralevő részében és még másnap is azon rágódott, hogyan tudna jól kijönni az adott helyzetből. Elhatározta, hogy a babát mindenféleképpen megtartja, akkor is, ha a barátja nem hajlandó az apaságra. Biztosan nem lesz egyszerű egyedül felnevelni, de majd kieszel valami megoldást, nem hagyja, hogy a boldogságát elvegyék. Annyi éven keresztül várt a tökéletes kapcsolatra, és most ez árnyékolná be, hiszen akkor a barátja nem is szereti igazán – ha így viselkedik vele, – ez a gyermek az övé is. Sue a hormonok változásának köszönhetően, érzelmi hullámvasúton töltötte a hétvégét, az egyik pillanatban határozottnak érezte magát, a másikban sírás gyötörte, a hányingerről már nem is beszélve. Hétfőn reggel pedig olyan állapotba ment munkába, hogy Maggie jobbnak látta, ha hazaküldi.

– Jó reggelt Sue, mi van veled, borzalmasan nézel ki.

– Jó reggelt Maggie, úgy is érzem magam.

– Szerintem menj inkább haza, majd én tartom a frontot, te pedig pihend ki magad. Mostanában ritkán voltam itt, úgy látom kimerültél, majd akkor gyere, ha jobban vagy.

– Köszönöm, de semmi szükség erre.

– Sue, néztél te ma már tükörbe? Menj szépen haza!

– Hát jó engedek a rábeszélésnek, tényleg nem vagyok valami jól, de ha nem bírod, akkor feltétlenül szólj és jövök.

– Persze-persze, csak menj már, és pihend ki magad, majd este felhívlak.

– Rendben, és köszönöm.

– Hiszen ez természetes, te is mindig segítesz nekem.

– Szia Maggie.

– Szia Sue, és jobbulást!

Hazafelé menet Sue azon tűnődött, hogy meg kellett volna mondania Maggienek az igazat, de nem merte, nehogy elküldje.

Persze, előbb-utóbb ki fog derülni, de egyelőre nem fedi fel rosz-szullétének okát, abban bízott, hogy idővel kitalálja a megoldást. Miután Sue elment, Maggie az e-mailjeit kezdte el böngészni. Furcsa módon átsiklott mindegyik felett, hiszen abban bízott, hogy James válaszolt a hétvégén a levelére, de minden hiába. A visszaigazolást igen – hogy James olvasta a levelet –, de választ nem kapott. Tudta, hogy James valószínűleg nem fog jelentkezni, de a lelke mélyén reménykedett. Azzal is tisztában volt, hogy tökéletesen igaza van Jamesnek, ha nem válaszol, mivel Maggie sem jelentkezett hetekig, és megérdemli, ha a barátja nem jelez vissza. Az is biztos, hogy ettől aztán Maggie iszonyú lelkiismeret-furdalást érzett, és legszívesebben visszafordította volna az idő kerekét, de már nem volt mit tenni. Nem tudta meg nem történté tenni a dolgokat, legfeljebb megpróbálhatja visszanyerni James barátságát és bizalmát.

Eközben James Európában elolvasta Maggie levelét, de nem volt ereje válaszolni. Annyira megbántva érezte magát, miért viselkedett vele Maggie úgy ahogy, hiszen nem sértette meg semmivel, vagy legalábbis nem volt róla tudomása. A barátságuk sem érhet így véget, valami szörnyű félreértés lehet az oka, és ezt tisztázniuk kell, de semmi esetre sem egy levélben, ezt csak személyesen lehet korrigálni. Ezért aztán James úgy döntött, nem is válaszol a levélre, majd, amikor visszatér Európából, felkeresi Maggiet, de ennek az időpontját viszont még nem tudta, és csak remélte, hogy lesz ereje odáig kitartani.

Sajnos jelenleg úgy tűnt, hogy mindenki gondokkal küszködik. Sue a váratlan terhességével nem tudott mit kezdeni, Maggie borzasztóan aggódott James barátsága miatt, James viszont nem értette Maggie viselkedését. A legjobb az lenne mindenki számára, ha dolgok végre megfelelő mederbe kerülnének, ám a mostani helyzet nem teszi lehetővé, hogy az események zökkenőmentesen alakuljanak. Mindhárman úgy vélekednek egymástól függetlenül, hogy talán az idő segít megoldani a problémákat. A legnehezebb helyzetben talán Sue volt, akinek két ember sorsáról kellett döntenie, és ezért egy különös megoldást választott.

Pár nap elteltével bement dolgozni, és látszólag jól volt, aminek Maggie igazán örült.

– Szia Sue!

– Szia Maggie!

– Hogy érzed magad, jobban vagy már?

– Azt hiszem igen.

– Mintha a színed is visszatért volna.

– Meglehet.

– Voltál már orvosnál, tudod, hogy mi okozza a tüneteidet?

– Igen.

– És mi a diagnózis?

– Ülj le Maggie.

– Miért, olyan nagy a baj?

– Nem is tudom, hogyan mondjam el neked?

– Remélem semmi komoly!

– Komolynak komoly, de nem súlyos.

– Ezt most már végképp nem értem.

– Az igazság az Maggie, hogy nem vagyok egyedül.

– Hogy érted azt, hogy nem vagy egyedül?

– Pontosan úgy, ahogy mondom.

– Vagyis, akkor, hogy vagy?

– Ketten vagyunk Maggie.

– Igen. Te meg a barátod, akivel nyaralni voltál.

– Nem egészen.

– Hát akkor, hogy? Most már akkor semmit sem értek.

– Én vagyok ketten Maggie, tudod 2 in 1.

– Hogy mi van? Na, de mikor és hogy és ki? – kérdezte csodálkozva Maggie.

– A helyzet az, hogy amikor – és ennek nem fogsz örülni – májusban volt az a konferencia itt nálunk és te megkértél, hogy vigyem haza Pault és Patricket, emlékszel?

– Igen emlékszem.

– Arra is emlékszel, hogy milyen feldúltan értem vissza?

– Igen, és még kérdeztem is, hogy mi történt, te azt felelted, hogy majdnem elütöttél valakit.

– Valóban ezt feleltem, de nem ez volt az igazság. Akkor este, miután Patricket lefektettem, és elrámoltam egy kicsit a lakásban, visszamentem a hálóba megnézni Pault, hogy jól van-e?

– És?

– Ő, az italtól túlfűtötten, rám vetette magát, de én nem mertem kiáltani, mivel Pat a másik szobában aludt, és akkor Paul olyat tett, amit sohasem fogok elfelejteni.

Maggie hirtelen sokkot kapott, légszomj kezdte gyötörni és alig talált a szavakat.

– De Sue, miért nem mondtad el?

– Tudtam, hogy válságban van a házasságotok, nem akartam még ezzel is tetézni.

– És akkor azt akarod mondani, hogy a gyermek, ott a szíved alatt, ő Paul gyermeke?

– Igen – válaszolta kimérten Sue.

– Ez nem történhet meg, én elveszítem a gyermekem és a férjem, te pedig azt mondod, hogy a férjemtől vársz gyermeket? – kelt ki magából Maggie. Hangjában egyszerre csengett a düh, az aggodalom, a megvetés, a gyász.

– Igen Maggie, így van – válaszolt Sue higgadtan.

– Nekem ezt fel kell fognom, de nem tudom, hogy képes leszek-e rá? Azt sem tudom, hogy mit tegyek a kialakult helyzettel, hogyan kellene ezt kezelnem, erre én nem vagyok felkészülve.

– Gondoltam, hogy így lesz és ezért is halogattam a bejelentést, feltételezem, elbocsátasz a történtek után.

– Valóban, talán ez volna a leglogikusabb lépés, de egyelőre gondolkodnom kell, ha nem haragszol, most elmegyek.

– Persze Maggie menj csak, én sem tudnám, hogy mit kellene hasonló esetben tennem.

Maggie beült az autóba, és elindult céltalanul. Összevissza csalinkázott a városban és közben kavarogtak a gondolatok a fejében. Vajon mit tett volna, ha Sue előbb bevallja a történteket, kinek hitt volna, a férjének, aki valószínűleg mindent tagadott volna, vagy Suenak? Nem tudta eldönteni és most hogyan tovább, küldje el Sue-t, és akkor miből tarja el a gyermekét, vagy csináltasson apasági tesztet? Paul vagyona nem volt valami tetemes, de valószínűleg a gyermek, mint jogos örökös megkapja a részét.

Mire Maggie észbe kapott, már a parkban üldögélt egy padon és ott elmélkedett, próbált tisztán látni, nem sok sikerrel. Mi jöhet még, hogy ne legyen olyan egyszerű az élete? Aznap már nem ment vissza dolgozni és az éjszaka folyamán meghozta döntését.

14.

Másnap reggel a kávégép időzítője ébresztette, és újból otthon kávézott. Az étkezőbe besütött a reggeli napsugár, Maggie egy pirítóst majszolt lekvárral és a nyitott ablaknál hallgatta a madarak énekét. Olyan hangosan fütyörésztek, hogy nem hallotta a saját gondolatait sem. Talán jobb is így, a csend sokkal nyomasztóbb lett volna. Mikor végzett, egyhangúan válogatta össze ruháit és elindult dolgozni. Sue már az irodában várta.

– Szia Maggie!

– Szia Sue!

– Szeretném megkérdezni, lehet-e szó arról, hogy a munkaviszonyt közös megegyezéssel szüntessük meg? – kérdezte Sue.

– Miért, el akarsz menni? – tette fel viszont kérdését Maggie.

– Gondoltam meghoztad a döntésedet.

– Igen meghoztam, foglalj helyet Sue. Nézd, ami történt megtörtént az ellen tenni már nem tudok. Próbáltam az éjszaka folyamán válaszokat keresni a miértekre. Tudom, hogy évek óta nekem dolgozol, tudom, hogy megbízható, és szinte pótolhatatlan ember vagy számomra. Jóban-rosszban mindig mellettem voltál, pedig voltak nehéz helyzetek és te kitartottál. Hazudnék, ha azt állítanám örültem a tegnapi hírnek, de nincs felhatalmazásom elvenni tőled az anyasághoz való jogodat. A te döntésed, ha gyermeket megtartod. Nem vagy már annyira fiatal, hogy bevállald a terhesség megszakításának kockázatát és utána ne lehessen másik gyermeked. Nem is várom el tőled, hiszen én is anya voltam. Természetesen nem kell elmenned, hiszen arról a kis apróságról gondoskodnod kell, és valószínűleg terhesen egyik munkáltató sem alkalmazna. Ezért, ha te is úgy gondolod, maradhatsz a továbbiakban is. Azt nem mondom, hogy felhőtlen lesz a kapcsolatunk, de próbálom magamat azzal vigasztalni, hogy Paul tette ezt veled, és nem fordítva. A baba pedig nem tehet arról, hogy megfogant. Amiben tudok, segítek neked, bizonyos határokon belül. A terhesgondozásra és mindenféle vizsgálatra elmehetsz, előzetes bejelentés nélkül.

– Köszönöm Maggie.

– Ne köszönd, most menj és egyelőre nem is akarok többet erről beszélni.

Maggie az ablak felé fordult, mert úgy érezte, nyomban elsírja magát. Sue látta, hogy Maggienek nagyon nehezére esnek ezek a szavak és gyorsan távozott az irodából. A nap, sőt a hét hátralevő részében Maggie kerülte Sue társaságát, és csak a legszükségesebbeket beszélte meg vele. Elhatározta, hogy amíg Sue a terhesség hatodik hónapjába ér, addig befejezi a munkálatokat a birtokon. Utána már nagy valószínűséggel hosszabb időre kényszerül majd visszatérni a városba, mivel ő viszi majd újból az üzletet.

Sue egyelőre megnyugodott, bár a lelkiismerete erősen háborgott a történtek miatt. Látta, hogy Maggie mennyire szenved, ugyanakkor örült neki, hogy nem kell elmennie, ezért elhatározta, hogy az elkövetkezendőkben még jobban fog dolgozni, már amennyire majd az erejéből futja. Barátjának nem szólt, és nem is kereste, sőt, ha lehetséges nem is akart vele kapcsolatba kerülni.

Maggien kezdett erőt venni a depresszió, újból magányosnak érezte magát. James nem ad életjelet magáról, és Sue is valamilyen szinten elárulta. Tudta, hogy nem Ő tehet a történtekről, mégis nehéz volt elviselnie a társaságát. Megbeszélték, hogy Maggie minden héten egy napot távol lesz, addig, amíg befejezi a szülői házat. Mire Sue a hetedik hónapba lép, végez a munkákkal és nyugodtan maradhat a városban. Sue napról-napra ragyogóbb lett, kirakatokat nézegetett, babaruhákat, kiságyakat és mindent, ami a babaváráshoz nélkülözhetetlen. Amikor ultrahangos vizsgálatra ment, erős késztetést érzett, hogy megmutassa Maggienek a kapott fényképet, de aztán úgy gondolta, nem mehet ilyen messzire. Az idő múlásával Maggie haragja is oldódni látszott, de azért nem vitte túlzásba a közeledést. Sokszor titokban megleste Suet – amikor nem vette észre –, hogy milyen nehezen veszi fel a cipőjét, vagy próbálja magára feszegetni a kabátját, és jókat mosolygott rajta. Persze ezekből Sue semmit sem érzékelt. Időközben felbukkant Sue barátja is, és folyamatosan hívogatta, de Sue nem reagált rá. A dolog odáig fajult, hogy Sue lecserélte a telefonját, és azt mondta Maggienek, hogy beleejtette a fürdőkádba, pedig csak a barátjával nem akart beszélni. Úgy érezte, nincs szüksége rá, majd megoldja az életét nélküle. Már a hetedik hónapban volt, amikor egyik nap – mikor Maggie éppen üzleti tárgyaláson volt –, váratlanul James toppant be. Mikor meglátta Suet, elkerekedtek a szemei.

– Sue, te kismama vagy? – kérdezte csodálkozva.

– Hát úgy néz ki – mosolygott rá Sue.

– És ez mikor történt?

– Úgy hét hónappal ezelőtt.

– És megtudhatom, ki a boldog apa?

– Erről nem szeretnék beszélni.

– Miért, titok?

– Valami olyasmi.

– Maggie, hogy fogadta?

– Vegyes érzelmekkel.

– De hát miért?

– Majd megbeszéled vele.

– Ő most hol van?

– Üzleti tárgyalása van, majd délután lesz bent.

– Sajnos délután én már nem leszek a városban.

– Figyelj a jövő hét végén úgyis lesz nálunk egy karácsonyi rendezvény, gyere el te is.

– Kisegítőnek vagy vendégnek?

– Tudod mit, én meg sem mondom Maggienek, legyen meglepetés, és természetesen vendégnek.

– Na jó, nem bánom, úgyis kihagytam pár hónapot.

– Tényleg és milyen volt Európában?

– Más.

– Bővebben?

– Az egy más világ, ott egészen másak az emberek.

– Miért milyenek?

– Az öreg kontinensnek van múltja bőven. Voltam Párizsban, Rómában, Bécsben és még nagyon sok helyen.

– Nem hegyet mászni mentél?

– De igen, ám ha már ott voltam, összekötöttem a kellemeset a hasznossal és egy kis világot is láttam. Oda feltétlenül el kell mennie Maggienek is.

– Biztosan elmenne, ha lenne kivel.

– Hát igen, te tudod, hogy miről beszélek, hiszen te a nyár elején már jártál ott. Minden bizonnyal most nem akarsz újból oda menni még Maggievel sem, pedig azt hiszem ő most nagyon magányos.

– Igazad van, nem mondja és nem is mutatja, de én látom rajta, mennyire gyötrődik.

– Nem kellene így lennie.

– Valóban nem.

– Majd meglátom mit tehetek. Mit is mondtál, mikor lesz ez a rendezvény?

– A jövő hét végén, de jó lenne, ha meglepetés vendég lehetnél.

– Rajtam nem fog múlni, ha te sem árulod el.

– Akkor ehhez tartjuk magunkat, szombaton este kezdődik a parti, elég, ha nyolc körül érkezel.

– Oké, és köszönöm a meghívást.

– Igazán nincs mit, akkor várlak.

– Köszönöm és szia Sue.

– Viszontlátásra szombaton.

James kicsit csalódott volt amiért nem találkozott Maggievel, de talán a jövő szombaton sikerül tisztázniuk a félreértést, ami miatt, olyan nyersen bánt vele. Ugyanakkor Sue várandóssága meglepte, mivel még férfival sem látta soha, de hát annyi minden történt amíg távol volt, hát ez is belefér, hiszen attól, hogy ő elutazott, nem állt meg az élet. James máskor otthonosan mozgott a wellness központban, most pedig olyan idegennek tűnt minden, borzasztóan egyedül érezte magát, mintha hiányzott volna az egyik fele. Az vigasztalta, hogy most itt van, és hamarosan találkozik barátjával Maggievel.

A nap végére Maggie előkerült.

– Szia Sue, történt valami említésre méltó, amíg távol voltam?

– Nem, semmi különös.

– A többiek azt mondták, hogy itt volt James.

– Az teljesen kizárt, a minap értekeztem vele és még Európában van, szerintem összetévesztették valakivel, de várj, most, hogy mondod, valóban volt itt egy ügynök, aki hasonlított rá, új termékeket kínált, de én mondtam neki, hogy mi ragaszkodunk a megszokotthoz és a vendégeink is.

– Jól beszéltél, de semmi baj, a lényeg az, hogy nem ő volt.

– Miért mi a baj avval, ha ő lett volna?

– Roppant kínos lett volna találkoznom annyi idő után vele.

– De hát mi történt?

– Hát ez az, hogy semmi. Amikor elküldtem neki az emailt hónapokkal ezelőtt, csak a visszaigazolás érkezett meg arról, hogy elolvasta a levelet, de válaszra sem méltatott azóta sem.

– Biztosan mindennek megvan a miértje, erre is majd magyarázatot ad.

– Nem is tudom, hogy mitévő legyek...

– Az idő majd mindent megold.

– Én is mindig ebben bízok, jut is eszembe, mi a helyzet a jövő heti rendezvénnyel, mindenkinek kiküldtük a meghívót?

– Természetesen minden a legnagyobb rendben.

– Igen, még egy hónapig referálhatsz nekem, de utána elmégy szülési szabadságra, és egy új világ tárul ki előtted.

– Bizony Maggie, és én olyan nagyon régen szeretnék kérdezni vagy inkább kérni tőled valamit.

– Mondjad, mit szeretnél?

– Ha elutasítasz, azt is megértem, de szeretném, ha meghallgatnál.

– Ki vele, ne kertelj tovább.

– Szeretném, ha segítenél nekem bevásárolni a kezdéshez nélkülözhetetlen kellékeket, és ha nem nagy kérés, bevinnél majd engem szülni, ha eljön az idő?

Hát sok mindenre számított Maggie, de erre nem, hirtelen meg sem tudott szólalni.

– Nem kell rögtön felelned, hiszen van még idő, de szeretném, ha igennel válaszolnál – mondta Sue.

– Tudod, valami olyasmit kérsz tőlem, ami szinte teljesíthetetlen – egy pillanatra elcsuklott Maggie hangja, és levegő után kapkodva folytatta – de megteszem.

– Köszönöm, te vagy a legjobb barát a világon – és Sue megölelte Maggiet, akinek az arcán könnyek csorogtak végig és a szíve majd megszakadt. Így álltak összeborulva perceken keresztül, és már nem csak Maggie sírt, de Sue is vele zokogott. Ki tudja meddig álltak volna ott, ha Maggie telefonja nem szólal meg. A birtokról keresték, hogy mihamarabb ki kellene látogatnia, és így egy kis lélegzetvételnyi időt nyert. Tudta ugyan, hogy amit ígért, azt meg kell tennie, hiszen nem hagyhatja cserben Suet, még akkor sem, ha a dolgok így alakultak. Gombóccal a torkában indult haza, és egy újabb gondot vett a nyakába, mintha eddig sem lett volna elég. Mikor a lakásba ért, ismét néma csend fogadta, furcsa volt, hogy most ez a csend különösen jól esett neki. Forró fürdőt engedett magának és lágyan belecsusszant a kádba, a hidromasszázs olyan volt, mintha hintaágyban ringatózna. Percekig csak feküdt és merengett, majd a távirányítóért nyúlt, és halk zenét kapcsolt. Az egész olyan meghittnek és nyugodtnak tűnt, csak a gondok ne gyötörték volna. Annyira fájt a lelke, hogy szinte ordítani tudott volna a fájdalomtól. Nem múlt el úgy nap, hogy ne tegye fel a kérdést magának, miért? Sajnos sohasem tudott elfogadható választ kapni, sem önmagától, sem mástól. A mindennapi munka tartotta benne a lelket, valamint az, hogy a fiának tett ígéretét betartsa. Sue állapota pedig egy újabb nem várt helyzetet teremtett, de hát ki tudja, hogy ilyenkor vajon mi a helyes? Az biztos, hogy a gyermek nem az oka a történteknek, ezt Maggienek el kellett fogadnia, ahogyan ezt meg is tette, bármennyire is fájt neki, és Suet sem akarta elveszíteni. Próbálta magát Sue helyzetébe képzelni, és lehet, hogy ő sem tett volna másként. Nagyon nehéz igazságot tenni, de hát az egész élet erről szól, állandó döntések és kihívások szegélyezik utunkat, és sohasem tudni, hogy boldogság vár-e az út végén? Ma még minden tökéletes és ki tudja lehet, hogy holnap kártyavárként omlik össze minden, ami addig megteremtődött. Egy pillanat alatt semmivé válik az ember élete, ami ma fontosnak tűnik, az holnap már nem számít, vagy akár fordítva. Ilyen gondolatok cikáztak Maggie fejében, és állandóan az lebegett a szeme előtt, hogy a következő nap milyen újabb meglepetést tartogat a számára, mi az, ami még nem volt? Sokáig forgolódott az ágyában és nagyon nehezen jött álom a szemére, de valamikor azért sikerült elaludnia.

15.

Reggel aztán a kávégép sípolása ébresztette, de úgy érezte magát, mintha egész éjszaka szenet pakolt volna. Mindene sajgott, és hihetetlenül fáradt volt. Az első kávé után kezdett felébredni, és biztos, ami biztos ivott még egyet, hátha könnyebben indul a nap. A sok kávé azonban elkezdte a gyomrát piszkálni, és akkor már reggelizni is kellett volna. Benézett a hűtőbe, de nem talált semmi olyat, amire rákívánna, ezért aztán éhesen indult munkába. Majd bent eszik valamit, hátha lesz, ami felkelti az érdeklődését – gondolta. Mikor megérkezett úgy tűnt, hogy Sue is inkább a benti élelmiszerkészletet részesíti előnyben.

– Szia Sue, látom te is itt eszel.

– Igen, mire ide érek rendszeresen megéhezem – újból.

– Újból?

– Igen, én reggel sohasem indulok el otthonról éhesen.

– Azt akarod mondani, hogy te már otthon reggeliztél? – kérdezte Maggie.

– Igen, baj, hogy itt is eszem? – aggodalmaskodott Sue.

– Dehogy baj, egyél csak, de aztán nehogy a vonalaid lássák kárát.

– Maggie nézz már meg jobban szerinted jelenleg milyen vonalaim vannak?

– Szerintem elég határozottak és még nem véglegesek.

– Köszönöm Maggie az együttérzést, tisztában vagyok a paramétereimmel és elég baj, hogy lassan egyetlen ruhámba sem férek bele.

– Miért nem próbálsz meg inkább valami könnyűt enni, ha ilyen gyakran eszel?

– Sajnos a joghurttól meg a salátától csak éhesebb leszek és nem is esik olyan jól, mint mondjuk a sonkás tojás.

– Az biztos, hogy nem olyan ízletes, de tudod mit, oda se neki, majd lemegy utána a felesleges kiló.

– Nagyon remélem, mert nem szeretnék ilyen szép szál maradni.

– Pedig nagyon jól áll – kacsintott rá Maggie.

– Ha ekkora maradok, akkor ki kell cserélni a teljes ruhatáramat, de ahhoz fizetésemelést kell kérnem.

– Akkor inkább menjünk és vegyünk neked egy karton joghurtot – nevette el magát Maggie.

– Tudtam, hogy számíthatok rád – válaszolt Sue, némi grimasszal az arcán.

– Sue mennyi van még hátra? – kérdezte Maggie.

– Még két hónap.

– Hát igen, ilyenkor nő a pocak a legtöbbet.

– Még ettől is nagyobb lesz?

– Bizony ám, most szedi magára a kilókat a kis jövevény.

– Most nevezed először így a babámat.

– Miért szerinted, hogy kellene neveznem? Azt hiszem ez egy nagyon megfelelő és találó szó.

– Valóban, mégis úgy érzem vegyes érzelmekkel viseltetsz iránta.

– Csodálkozol rajta?

– Nem Maggie, azt hiszem én is hasonlóan vélekednék.

– Akkor jó, legalább te is elképzeled a helyzetem.

– Igen, de hidd el majd idővel minden jóra fordul.

– Bárcsak igazad lenne – sóhajtott Maggie.

– Szóval Maggie akkor reggeli után nekivághatnánk a városnak és vásárolhatnánk ezt-azt.

– Jól van Sue, elintézem a papírmunkát, és mehetünk.

Befejezték a reggelit, és fél óra múlva már a város szíve felé robogtak. Sue folyamatosan katalógusokat bújt, és olyan izgatott volt, mint még soha. Maggie higgadtan és nyugodtan vezetett, inkább az utat figyelte és nem gondolt a vásárlásra. Az első útjuk a pláza gyermekosztályára vezetett és Sue mindent megvett volna, ami a kezébe akadt.

– Nézd Maggie, milyen gyönyörű kis body.

– Látom Sue, de rózsaszín, tudod már egyáltalán, hogy fiú lesz vagy lány?

– Sajnos nem, mert mindig olyan helyzetben van, hogy nem látja az orvos.

– Akkor talán semleges színű holmikat kellene venned kezdésnek. Mondjuk fehéret, sárgát esetleg világoszöldet.

– Igazad van Maggie, erre nem is gondoltam. Akkor így választom a plédet és a babakocsit is, valami olyan színt, ami mindkettőnek megfelel.

– Sue, te mindent meg akarsz venni ma, hiszen van még két hónap, nem kell beszerezni mindent egyszerre.

– Igen, de mi van akkor, ha legközelebb nem tudsz eljönni velem?

– Aha értem már, de ez még csak az első üzlet ahová betértünk, a többibe is be akarsz menni, ott is van még rengeteg holmi.

– Hát persze.

– Ja és Sue nem kell egy méretből sokat vásárolni, mivel a babák képesek egy hónap alatt egy méretet is nőni, és ami ma jó, egy hónap múlva már kicsi lesz.

– Látod Maggie, nekem erről fogalmam sem volt, milyen jó, hogy van valaki, akire számíthatok.

Maggie nem szólt az elhangzottakhoz, csak nézelődött tovább. A nagy vásárlásnak délután háromkor vetettek véget és nem csak Sue, de Maggie is kellőképpen elfáradt. Hazavitte Suet, és bepakolta a rengeteg holmit, amit vásároltak. Sue elkezdte kicsomagolni a ruhákat, de Maggie nem akart tovább maradni és hagyta Suet kibontakozni.

– Sue azért ne vidd túlzásba, a ruhák megvárnak a szatyrokban, inkább feküdj le és pihend ki magad – szólt Maggie.

– Köszönöm Maggie, köszönöm, hogy segítettél nekem.

– Jó, jó, de most már mennem kell, majd holnap találkozunk, szia Sue.

– Szia Maggie, nem baj, ha nem kísérlek ki?

– Nem, kitalálok egyedül is, te csak pihenj.

Azzal Maggie elindult hazafelé. Útközben betért egy gyorsétterembe és vacsorát vásárolt, olyan igazi egészségtelen, olajban tocsogó harapnivalót, és mellé desszertet, amibe a cukor a megengedett mennyiségnek legalább a kétszerese. Annak ellenére, hogy nem favorizálta ezeket az ételeket, most úgy érezte erre van szüksége. Nem érdekelték a kalóriák csak a beteg lelkét akarta orvosolni, és ez most kapóra jött. Mikor hazaért tálcára pakolt mindent és a tévé elé ülve majszolni kezdett. Olyan jól sikerült a lakomája, hogy ott helyben el is szenderült. Hajnalban a lecsúszó tálca zajára riadt, és meglepődött, mert azt hitte, hogy a nagy „zabálás" csak egy hihetetlen álom része volt. A zsíros ételes dobozok az ágynál, és a degeszre tömött has viszont igazolták a „falatozás" valódiságát. Eszébe jutott, hogy utoljára Patrickkel csaptak ilyen nagy lakomát, és utána csak pihegtek. Lehet, hogy azért vett erőt rajta ez az érzés, mert a babaruhákról Pat jutott az eszébe. Valószínűleg így történhetett, és még csak nem is tudatosan, hanem úgy spontán a tudatalattija vezérlésével cselekedett. Furcsa, hogy milyen elégedettséggel töltötte el az érzés, ami evés után eluralkodott rajta, mintha ez a pótcselekvés hiányzott volna az életéből. Érdekes, hogy néhány zsíros és cukros falat mire képes. Másnap reggel Maggie hallani sem akart ételről, még a puszta látványától is rosszul érezte magát, az egyetlen, ami szóba jöhetett a kávé. Sue sem volt a helyzet magaslatán, bár ő inkább a lábait fájlalta az előző napi kiadós sétától, amelyet a boltokban tettek. Hiába, a nehezedő teher egyre több kényelmetlenséggel járt.

– Szia Sue, hogy vagy? –kérdezte Maggie üdvözölve Suet.

– Szia Maggie, ne is kérdezd. Olyanok a lábaim, mintha vasból lennének, egyre nehezebbek.

– Ismerős az érzés, de a terhesség végével ez is elmúlik.

– Na végre valami jó hír.

– Figyelj Sue, ha úgy érzed, hogy a mindennapos bejárás már nehéz számodra, akkor nyugodtan szólj.

– Egyelőre szó sincs erről, csak a tegnapi nap volt egy kicsit sok, de remélem holnapra regenerálódok.

– Oké, én nem akarlak elküldeni, de szólj, ha már nem bírod.

– Rendben Maggie, úgy lesz.

– Akkor beszéljünk a jövő heti partiról.

– Melyik részéről?

– Mindegyikről. A promócióról, a modellekről, a meghívott vendégekről.

- Mindenkinek elküldtem a meghívót, és egyelőre senki sem jelezte, hogy nem jönne.

- Szuper, reméljük így is marad. Mi a helyzet a vacsorával?

- Azt is összeállítottam már, bent van az asztalodon a lista, ha változtatni szeretnél rajta, akkor most még nem késő.

- Rendben hozom és megnézem, ha változtatni kell, akkor mindjárt meg is teszem.

Maggie elviharzott az irodájába, és a papírral a kezében tért vissza.

- Tormás sonkatekercs, de hiszen ez James kedvence.

- Lehet Maggie, de úgy gondoltam, hogy nálunk mindig van az asztalon akkor most miért ne lenne, lehet, hogy nem csak James szereti, hanem más is.

- Hát jó, semmi gond, legyen.

Nagy kő esett le Sue szívéről, hogy nem kellett tovább magyarázkodnia, és győzködnie Maggiet. Viszonylag gyorsan beérte a válasszal, és nem kezdett problémázni. A hétvégét megosztották egymással, mivel Maggienek vidékre kellett utaznia, így a szombatot magára vállalta Sue, a vasárnapot pedig Maggie. Így talán Suenak sem olyan megterhelő, és legalább egy napot pihenhet. A következő napok szokványosan teltek, és Sue is nyugodt volt, hogy már nem kell üres szekrénnyel várnia születendő gyermekét, mivel a kezdő csomag összeállt. Ahol tudott Maggie is segített, de elég nehezére esett, ez valahol érthető is. A hétvégére besűrűsödtek a teendők, és már senki sem volt olyan nyugodt. Maggie a vendégek elégedettsége miatt aggódott, Sue pedig azon, hogy a ruhája még egy hónappal ezelőtt ráment, most pedig szűk és kényelmetlen. Már azon gondolkodott, hogy el sem megy a partira, de Maggie szólt neki, hogy ezt nem teheti meg. Menjen és vásároljon egy másik ruhát, mert az nem lehet, hogy ne legyen jelen. Sue sem akart igazán lemaradni az eseményről, hiszen ki tudja, mikor tud ismét ilyen rendezvényen részt venni a szülés után. Természetesen azt is szerette volna látni, hogy Maggie miként fogadja Jamest. Ezért aztán elment és vett magának néhány új darabot, bár erősen kételkedett abban, hogy utána is használni akarná őket. A lényeg, hogy ha meg kell jelenni, akkor se legyen slampos és igénytelen.

16.

A szombatot mindenki kellő lelkesedéssel várta. Ez most nem csak egy szimpla parti volt, hanem egyben új termékbemutató is, és minden meghívott vendég kapott valami apróságot, amelyet a felállított karácsonyfa alatt helyeztek el. Sue nagyon csinos volt, és Maggie is igyekezett összeszedni magát. Próbálta kerülni az olyan szituációkat, ahol a kíváncsi vendégek Sue terhességéről kérdezték volna, nem is nyilatkozott erről semmilyen formában, ennek a lehetőségét meghagyta Suenak. A kényelmetlenségek és a szóbeszéd elkerülése végett Sue annyit mondott, hogy a barátja a születendő gyermeke apja, de nem mondhatja meg a kilétét babonából, csak majd a közelgő esküvő után. Az este nagyon jól kezdődött, és minden kifogástalan volt, a hangulat és a felszolgált ételek is. Maggie igazán elégedett lehetett, csak ne lett volna annyira magányos. Borzasztó nehezére esett mosolyt erőltetni az arcára, amikor pedig megjelent James az oldalán egy jóval, fiatalabb hölggyel, Maggie úgy érezte nyomban megfullad, próbálta palástolni érzelmeit, és nagyon rövidre fogta James üdvözlését.

– Szia James!

– Szia Maggie!

– Nagyon örülök neked és kedves partnerednek, nem is tudtam, hogy Sue meghívott benneteket?

– Az igazság az, hogy csak engem hívott, de nem akartam egyedül jönni.

– Semmi baj, érezzétek magatokat otthon, James neked ez menni fog – mondta mosolyt erőltetve az arcára Maggie.

– Köszönjük Maggie, igyekezni fogunk – válaszolt James.

Maggie villámgyorsan elsietett az irodájába, mintha halaszthatatlan dolga lenne. James nem akarta egyedül hagyni kísérőjét, így bármennyire is szeretett volna Maggie után menni, nem tette. Maggie egyik szeme sírt, a másik nevetett, nagyon örült, hogy újra találkozhatott Jamesszel, de nem így szerette volna viszont látni. Lehet, hogy ez volt az a hölgy, aki a múltkor felvette a telefont? – tette fel magában a kérdést. Mindegy is – gondolta – jobb, ha Jamest most már elfelejtem, nekünk most már külön utakon kell járnunk. Eközben Sue is összefutott Jamesszel és fiatal vendégével, akit be is mutatott neki rögvest.

– Szia Sue!

– Szia James, kit tisztelhetünk a kedves kis hölgyben?

– Ő itt Jessica.

– Örvendek Jessica – nyújtotta kezét Sue.

– Én is örvendek, sok jót hallottam már önről.

– Valóban?

– Igen, James elmondta, hogy milyen régóta dolgoznak együtt Maggievel.

– Hát ez valóban így igaz.

– Gondolom ennek is köszönhető, hogy ilyen sikeresen megy az üzletük.

– Ez sok mindenen múlik, de amit mondott, az is hozzá tartozik.

– Én is szeretnék majd valamikor ilyen sikeres lenni.

– Ez csak magán áll.

– Igyekszem is helyt állni mindenütt, és segítségem is van James személyében.

Majd James felé fordult, aki így válaszolt.

– Igen, mióta, az én cégemnél van gyakorlaton, és napi szinten együtt vagyunk, így sokat tudok neki segíteni és átadni a saját tapasztalataimból, amelyeket Jessica remekül kamatoztat – tette hozzá James.

– És én ezért roppant hálás is vagyok – válaszolt Jessica.

– Reméljük, hogy ezek a dolgok a későbbiek folyamán is a hasznodra lesznek.

– Jó tanárom vagy James – és Jess rápillantott Jamesre.

James visszamosolygott és csak annyit mondott.

– Menjünk vissza, mert elfogy a sonkatekercs, pedig az a kedvencem. Viszlát Sue, majd még találkozunk az est folyamán – reméljük.

– Viszlát nektek is.

James és Jessica elvegyültek a tömegben, Sue pedig Maggie irodájába sietett.

– Itt vagy Maggie?

– Igen, itt vagyok.

– Miért nem jössz ki a vendégekhez?

– Most jöttem be.

– Igen, láttam.

– Pár perc és megyek.

– Tudom, hogy mennyire zavar James jelenléte, evvel a fiatal hölgyeménnyel.

– Dehogyis tudod.

– De igen Maggie, az arcod mindent elárult, amikor megláttad őket, előttem hiába próbálod tagadni, ismerlek elég régóta.

– Nem akarok tagadni semmit, csak fáradt vagyok.

– Rendben nevezzük így.

– Azt hiszem a jövő héten hosszabb időre lemegyek a birtokra, mivel elég sok még a teendőm – szólt Maggie és közben az ablakon keresztül bámult kifelé a sötét éjszakába.

– Oké Maggie, de remélem, azért nem maradsz sokáig?

– Csak amíg a helyzet kívánja.

– Kinek a helyzete, a tiéd vagy Jamesé?

– Ki beszél itt Jamesről? – fordul Maggie vissza Sue irányába.

– Kár is magyarázkodnod, előle menekülsz.

– Miért is menekülnék?

– Bocsánat nem előle, hanem a saját érzelmeid elől.

– Ez badarság, látod, hogy barátnője van, miért kergetnék vágyálmokat?

– Azt neked kell tudnod.

– Tudom is és te rosszul látod.

– Én azt látom Maggie, hogy iszonyúan szenvedsz és magányos vagy.

– Ha még így is van, kibírom, nem ez lesz az első eset az életemben.

– Tudom, hogy képes vagy rá, de miért nem vallod be magadnak az érzelmeidet.

- Ugyan már Sue, ha nem vallod be, akkor nem is csalódhatsz. Így egy csomó szenvedéstől megkíméli az ember magát. Minek beleélni magad valamibe, ami nem is volt és valószínűleg nem is lesz.

- Csak rajtad múlik, hogy lesz-e belőle valami.

- Szerintem ez a hajó már elment.

- Miből gondolod?

- Na miből?

- Aha, te Jessicára gondolsz.

- Te már a nevét is tudod?

- Miért, neked James nem mutatta be?

- Az igazság az, hogy nem adtam neki lehetőséget rá.

- Ezt is megértem valahol, de most már tényleg menjünk vissza a vendégekhez, mielőtt megsértődnének, hogy magukra hagytuk őket.

- Rendben menj előre, hamarosan én is jövök.

- De valóban gyere!

- Persze-persze, ne aggódj.

- Pedig úgy látom van miért.

- Borzasztó vagy Sue, a történtek ellenére még mindig kedvellek, a szókimondásoddal és a felvágott nyelveddel együtt. Amikor kiválasztottalak, már akkor tudtam, remekül megleszünk. Minden bizonnyal van bennünk valami közös, ha még nem is tudom megfogalmazni, hogy mi az.

- Én is így érzek, és azt hiszem hatalmas hibát követtem el.

- Nem te tehetsz róla.

- Megyek a vendégekhez.

- Egy perc és én is ott leszek.

Maggie úgy érezte, hogy Sue bizony fején találta a szöget, és kimondta azt, amit valójában ő is tudott, de inkább homokba dugja a fejét, és nem vett tudomást a dolgok mikéntjéről. James apró rezdülései, a jelek, amelyeket felé bocsátott, a gesztusok, és a testbeszéd mindent elárult. Sajnos a helyzet felismerése jelenleg nem volt stílszerű, mivel James partnerrel volt, és Maggie sem érzett elhivatottságot arra, hogy közeledjen felé. Így a többi vendéget próbálta szórakoztatni, és felettébb bosszantotta, a kialakult helyzet. Egész este a szeme sarkából figyelte Jamest és aktuális barátnőjét. Nem is gondolta magáról, hogy ez ennyire fájni fog, így hajnalra Maggie elég határozottan a pohár fenekére nézett. Ahogy fogyatkoztak a vendégek, úgy töltött egyre sűrűbben poharába, szerencsére Sue nem ihatott, így volt, aki figyelemmel kísérte az eseményeket. Mikor Maggie sikeresen kiütötte magát, az egyik vendégszobában bújt ágyba. A tetemes mennyiségű ital elfogyasztása miatt, nem érzékelte, amikor James belépett a szobába, és letelepedett az ágy szélére.

– Jaj Maggie, mi van veled, nem ismerek rád, legalább mondanál valamit, de annyira magadba zársz mindent, hogy ha segíteni akarnék, akkor sem tudok, miért nem adsz rá lehetőséget? Pedig, ha te éreznéd azt, amit én érzek, egészen más lennél – megsimogatta Maggie arcát és egy puszit adott neki, majd kiment a szobából.

Ahogy kisétált Sue megkérdezte.

– Mi van Maggievel, jól van?

– Hát mit mondjak, rendesen elázott, én még sohasem láttam ilyennek, észre sem vette, hogy bementem. Ha nem probléma, akkor inkább ne is mond meg neki, hogy bent voltam nála, ahogy ismerem, ettől még jobban elzárkózik.

– Rendben James, nem szólok neki.

– Köszönöm Sue és a vendéglátást is. Nagyon kellemes este volt, de most már mennünk kell.

– Ráértek nem, hiszen holnap vasárnap lesz.

– Igen, de Jessica szüleihez megyünk ebédre, és nem lehet délig heverészni.

– Jó megértettem, akkor vigyázzatok magatokra, és ha erre jártok, ugorjatok be.

– Megígérem, hogy így lesz, te is vigyázz magatokra, hiszen úgy hallottam nem sok van már hátra.

– Valóban, már csak két hónap.

– És még mindig nem árulod el a kedves apuka kilétét?

– Nem James, majd mindent a kellő időben.

– Maggie is nagyon szűkszavú volt – jegyezte meg James.

– Akkor egyelőre maradjunk ennyiben – válaszolt Sue.

– Oké megértettem és minden jót.

– Sziasztok, és ha addig már nem találkoznánk, akkor boldog karácsonyt nektek!

– Köszönjük, és viszont kívánjuk nektek is.

Sue hosszasan figyelte őket, miként sétálnak az autóhoz, James hogyan nyitja ki az ajtót Jessicának, és valamit olyan furcsának talált, de nem tudta megmondani, hogy mi az. Valahogy nem úgy kezelte Jest, mint ahogy Maggievel szokott bánni, valami más volt, mintha nem lett volna elég odaadó. Talán ez nem is az, aminek látszik, de akkor miért mutatta be nekik? Ilyen és ehhez hasonló kérdések fogalmazódtak meg Sue fejében, de mivel még volt mit tennie, így gyorsan elhessegette a gondolatokat magától. A vendégek távoztával Sue is ott töltötte az éjszakát, már ami még hátra volt belőle, és másnap együtt reggelizett Maggievel.

– Hogy érzed magad Maggie?

– Ne is mond, majd szétesik a fejem – és Maggie egy vizes törölközőt helyezett a homlokára.

– Lehet, hogy egy kicsit túlzásba vitted tegnap az italozást?

– Nem lehet, hanem biztos. Minek iszik, aki nem bírja?

– Hát nem erőltette senki.

– Tudom, de kellett valami, amivel el tudtam viselni az este történteket.

– Ezt is megértem, de lehet, hogy kissé elragadtattad magad.

– Akkor és ott jó megoldásnak látszott.

– És most?

– Itt és most úgy tűnik, rossz döntés volt, de már nincs mit tenni.

– Igen, a másnap a macskajaté.

– Ne is beszéljünk róla, James mikor ment el?

– Hajnalban mentek el Jessicával.

– Kösz, ezt igazán mellőzhetted volna.

– Miért, ha így volt.

– Oké, oké, de nem kellett volna megemlítened még őt is, lehet, hogy ő a macskajajom legfőbb okozója.

– Szinte gondoltam.

- No és persze te.
- Én, miért?
- A tegnap esti rám olvasásért.
- Hogy miért?
- Amiért kimondtad azt, amit én nem mertem hangosan, és azt hiszem igazad volt.
- Valóban?
- Igen.
- Akkor mire vársz?
- Mármint?
- Menj oda Jameshez és mond meg neki.
- Ezt te sem gondolod komolyan, most volt itt az aktuális barátnőjével.
- Honnan tudod, hogy a barátnője?
- Láttam.
- Maggie, a látszat néha csal.
- Nem tudom, tanácstalan vagyok.
- Maggie itt a karácsony a nyakunkon, nem lehetsz egyedül, ilyenkor a legrosszabb.
- Miért, te kivel leszel?
- Én elmegyek a szüleimhez.

Maggiebe belehasított a fájdalom, valóban a karácsony egyedül mit sem ér, de neki már nincs kihez mennie, és hogy álljon most oda James elé. Nem, nem fog könyörögni senkinek, egyedül lesz és kész. Felesleges harmadik pedig nem lesz James oldalán, az borzasztó kínos lenne.

- Oké, majd meglátom - szólalt meg Maggie.
- Figyelj Maggie, nehogy úgy járj, mint amikor James Európába utazott. Addig odáztad a megkeresését, hogy elment.
- Jó, jó, de most itt van.
- Ez igaz, de szerinted meddig vár rád?
- Kizárt, hogy rám várna, hiszen van valakije.
- Maggie, ő nem az, akinek hiszed.
- Igen, és ezt te honnan tudod?
- Láttam, ahogy James viszonyul hozzá, ez nem szerelem, ez szimpátia, vagy inkább szeretet, de nem szerelem.

– Tudod mit Sue, fejezzük be a reggelit, és ne beszéljünk többet erről.

– Megint menekülsz?

– Nem, csak szeretnék témát váltani, mivel a jelenlegi csak nehezíti a helyzetem.

– Rendben, akkor szeretném megkérdezni, hogy akarod az ünnepi beosztást?

– Te hazamégy a szüleidhez, én pedig viszem az üzletet.

– Biztosan bírni fogod?

– A karácsony a szeretet ünnepe, ilyenkor mindenki otthon van, így nem szokott telt ház lenni, úgy gondolom, hogy elbírom majd, a szilveszter lesz kicsit húzós, de addigra reméljük, visszajössz.

– Természetesen, semmi pénzért nem hagynám ki.

– Hát igen, lehet, hogy a következőre nem tudsz majd eljönni.

– Nagyon valószínű.

– Jó, akkor ezt megbeszéltük, és köszönöm, hogy számíthattam rád. Szerintem most menj haza és pihend ki a tegnap estét, neked már napról-napra nehezebb lesz. A szilveszteri parti után otthon maradhatsz megcsinálni a családi fészket, a januári hónap egyébként is nagyon laza szokott lenni. Természetesen nem elküldeni szeretnélek, csak azt akarom, hogy minden rendben legyen, mire eljön a szülés ideje.

– Persze-persze, értem és tökéletesen igazad van, valamikor neki kell fognom, és nem hagyhatom az utolsó pillanatra.

– Tudom, hogy van még időd bőven, de mi van, ha véletlenül előbb beindul a szülés, legyen csak meg minden.

– És mi van, ha valami elmarad?

– Biztosan beszereztél már néhány szakirodalmat, és az internet is ott van, szerintem nem lesz gond.

– De ha mégis elakadok, segítesz nekem?

– Ha tudok, akkor igen.

– Köszönöm Maggie.

– Jó, jó csak menj már.

Sue felállt és elsietett. Maggie még ült egy darabig az asztalnál és kávéscsészével a kezében merengett az ablakon kifelé.

Gondolatai Sue szavai körül forogtak, miért mondta, hogy nem az, aminek látszik, és hogy James nem is szerelemmel néz arra a lányra. Valóban így van, vagy csak engem akart vigasztalni? Révedezését telefoncsörgés szakította meg, a kijelzőn Sam száma villogott.

– Szia Sam!

– Szia Maggie!

– Nagyon örülök, hogy jelentkeztél, mi van veled?

– Semmi különös, csak gondoltam itt a karácsony a küszöbön és felhívlak, hogy nincs-e kedved vidékre jönni?

– Nagyon figyelmes vagy, de már több meghívásom is van, talán, ha előbb szóltál volna.

– És ki a szerencsés befutó, James?

– Még nem tudom, hogy pontosan kit választok majd, de igazából senkit sem szeretnék megbántani. Mindegyik meghívómhoz szívesen mennék, de nem tudok egyszerre több helyen lenni.

– Jól van Maggie, ha a karácsonyt nem is, de az újévet azért együtt ünnepelhetnénk.

– És mi a terved?

– Mondjuk az, hogy utoljára én voltam nálad, akkor most te gyere hozzám. Igazi vidéki ízekkel várlak, valahogy úgy, mint gyerekkorodban lehetett.

– Az elég veszélyes mutatvány lesz, mert akkor egyfolytában csak enni fogok – nevetett a telefonba Maggie.

– Semmi gond, majd én is besegítek, társaságban valahogy jobban csúszik a falat.

– Igen, és az is igaz, hogy evés közben jön meg az étvágy – kacagott fel újból Maggie.

– Látom tudod miről van szó, akkor megbeszéltük?

– Rendben Sam, akkor, ha semmi halaszthatatlan dolog nem jön közbe, az újév első napján megyek hozzád. Ha nem érkeznék meg rögtön a reggeli órákban, azért ne aggódj, mert nálunk a központban szilveszteri mulatságot szervezünk. Mondhatnám, hogy gyere el, de akkor nem tudsz sütni-főzni nekem.

– Semmi baj Maggie, akkor jössz, amikor bírsz, legfeljebb nem mégy vissza csak egy-két nap múlva.

– Rendben, és köszönöm a meghívást.

152

– Igazán nincs mit, akkor elsején várlak, szia Maggie.

– Szia Sam.

Akkor már csak a karácsonyt kell valahogy átvészelnem – gondolta Maggie. Nem baj, Samnek majd azt mondom, hogy Suenál karácsonyozok, Suenak meg azt, hogy Samnél, remélem nem beszélnek egymással. Bár Maggienek nem kenyere a hazugság, most mégis úgy döntött, hogy a cél szentesíti az eszközt. Inkább a szentestét otthon tölti, majd meggyújt két gyertyát, de karácsonyfát nem fog állítani. Belegondolt, hogy máskor ilyenkor már vásárlási lázban ég, hogy kinek mi legyen a meglepetés, most pedig semmi. Aztán eszébe jutott, hogy azért Samnek és Suenak illene vennie valamit, amit biztosan értékelnének. Suenak vesz egy babaszakácskönyvet és egy olyan fitness kiadványt, amelyben leírják, miként nyerje vissza eredeti alakját a szülés után. Hát igen, de Samnek mit vásároljon? Talán egy „Hogyan hódítsunk sikeresen" című könyvet, hátha hamarabb lesz szerencséje a nőknél. Igen ez jó is lesz, bízott benne, hogy Sam nem fog megsértődni. Elhatározását tett követte, és elment vásárolni. Ahogy nézelődött a boltokban, arra gondolt, hogy az elmúlt fél évben nem is nagyon foglalkozott a vásárlással. Mint egy holdkóros rohant az üzletekbe, levette a polcról, amire szüksége volt, de már tovább is állt szinte észre sem vette a körülötte levő dolgokat. Most viszont elhatározta, hogy nézelődni fog, hiszen úgy sincs senki, akihez sietnie kellene. Ráérősen tekergett a sorok között, mindent alaposan megnézett és számos dologra rácsodálkozott. Az egész délutánt átcsavarogta. Csak két hatalmas üzletben járt, de egy csomó tapasztalatot szerzett, és nagyon örült neki. Megvette az ajándékokat és elégedett volt, sőt még magának is vett egy kis meglepetést. Késő délután – december lévén –, mondhatni este ért haza. Meglepődve nézte, hogy mennyi mindent vett az élelmiszer boltban, mintha vendégeket hívott volna, pedig csak arra készült fel, hogy az ünnepek alatt nem nagyon szándékozik kimozdulni. Ilyenkor a központban is megcsappant a vendégek száma, majd inkább a szilveszteri mulatság lesz a fontos. Ezért aztán csak az megy be dolgozni, akinek nagyon muszáj, de beosztották egymás közt, hogy azért mindenki tudjon egy kicsit a családjával ünnepelni. Maggie is magára vállalt a három napból egyet, de nem az elsőt. Ezt az estét, a már nem létező családja emlékének szentelte, bár ne kellett volna így tennie.

17.

December huszonnegyedikére virradóra, a város is csendesebbé vált, nem járt annyi jármű az utcákon, mindenki az otthoni készülődéssel volt elfoglalva. Maggie sokáig aludt, még a telefonját is lehalkította, hogy ne is keltse fel senki. Ébredés után csak merengett az ágyban, vajon cappuccinot vagy kávét szeretne inni. Megrögzött kávéivó révén természetesen a kávé mellett döntött. Lement a konyhába és feltett egy feketét. Egykedvűen csoszogott a lakásban, nem volt hangulata felöltözni így gyakorlatilag az egész napot pizsamában töltötte. A kávét felvitte az ágyába és bekapcsolta laptopját. Elkezdte viszonozni a karácsonyi jókívánságokat és közben feketét szürcsölt.

Eszébe sem jutott, hogy reggeliznie is kellene valamit, még akkor is, ha hamarosan dél lesz. A hűtőszekrény rogyásig volt élelemmel, de még csak ki sem nyitotta. Ahogy a géppel bíbelődött észre sem vette, hogy milyen gyakran, az ablakon túli világba mereng. Mit csinálhat Sue, mit csinálhat Sam, no és persze mit csinálhat James? – tette fel a kérdést magában. Majd gyorsan meg is válaszolta őket. Sue valószínűleg a szüleinél van, Sam ki tudja kivel karácsonyozik, James pedig minden bizonnyal újdonsült barátnőjével valahol a hegyekben van.

Pedig az igazságtól nagyon messze állt. Sue egyedül volt, és nagyon jó lett volna, ha van mellette valaki. Sam szintén egyedül szomorkodott, de vigasztalta, hogy Maggie újévkor nála lesz, és itt van még James, aki nem tudta, hogy felhívja-e Maggiet vagy sem, mivel ő is egyedül volt.

Már késő délutánra járt, amikor eszébe jutott Maggienek, hogy annyi mindenkinek küldött már karácsonyi üdvözletet, és pont annak a három embernek nem, akik a legfontosabbak a számára. Gyorsan el is küldött három üzenetet, amelyekre tíz percen belül választ is kapott. Furcsállta is, hogy ha mindenki valakivel ünnepel, akkor hogyan lehetséges, hogy ennyire hamar reagáljanak egy e-mailre. Miként így gondolkozott magában és – odakint már beesteledett –, egyszer csak észrevette, hogy az utcai lámpák fényénél milyen jól látszódik, mennyire hatalmas pelyhekben kezd hullani a hó. Felpattant az ágyból, és mint egy lelkes kisgyerek szaladt az ablakhoz, hogy gyönyörködjön a csodálatos hóesésben, ami nem is jöhetett volna jobbkor. Evvel lesz tökéletes a karácsony. Mikor ráunt a nézelődésre, felöltözött, és lement az udvarra, a friss hóban hemperegni. Az időzítés sajnos nem volt jó, mivel James pont akkor szánta el magát, hogy felhívja Maggiet, és hiába csörgette hosszasan a telefont, ő nem vette fel. Pedig James annyira szerette volna hallani Maggie hangját, még akkor is, ha már írt neki. Milyen furcsa az élet – gondolta magában James – hogy pont karácsony estéjén ragadják magukkal az érzelmek, és kezdi Maggie hiányát elviselhetetlennek érezni. Legszívesebben gépre ült volna és meg sem állt volna Maggie házáig, de nem volt benne biztos, hogy otthon találja. Így aztán mindenki magányosan töltötte a karácsonyestét. Maggie legalább egy órán keresztül időzött az udvaron, hóangyalt készített, és rátörtek az emlékek. Egy évvel korábban még Patrick is ott ügyeskedett vele, és hógolyóztak, hóembert építettek, utána pedig átfázva felmentek, teát iszogattak és karácsonyi sütit ettek, majd kipróbálták Pat új játékait, de ez már a múlté. Most Maggie kellemesen elfáradva egyedül ment fel, és azon tűnődött, van-e még otthon abból a téli teafű keverékből, amit annyira szerettek. Átkutatta a konyhaszekrényt és nagyon megörült, amikor sikerült a teásdoboz alján találnia még három filtert. Nyomban el is indította a vízforralót, és az egyiket elkészítette. Mikor beízesítette a teát, a bögrével a kezében a nappaliba indult. Ahogy haladt a helyiségeken át, a lakást átjárta a finom fahéj és alma illata. Hogy meghittebbé tegye az estét, még gyertyát is gyújtott, és a sötétben pislákoló fény mellett kortyolta forró italát, és harcolt a magány gondolatával. Eszébe jutott egyszer, hogy talán bekapcsolja a tévét, de nem érzett igazán elhivatottságot iránta, így aztán magára húzott egy takarót, és inkább csendben üldögélt tovább. Mikor reggel felébredt, a hóesés már elállt, a bögrét maga mellé csúsztatva

találta, és a gyertya is csonkig égett. Az óra már fél tízet muta-
tott és Maggie úgy érezte, teljesen kipihente magát. Hosszasan
nyújtózkodott és az ablakhoz sietett. Sajnos a hóangyalok már
nem látszottak, mert annyi hó esett az éjszaka folyamán, hogy
teljesen belepte őket. A nappali sem volt tele csomagolópapírral,
mivel Maggie karácsonyfát sem állított és ajándék sem volt. A
sálat, amellyel meglepte magát nem csomagolta be, csak szimp-
lán kivette a táskából és felakasztotta a fogasra a többi holmi
közé. Kávézás közben elindult megkeresni a mobilját, amely még
szinte sohasem volt kikapcsolva, most viszont lemerült. Cso-
dálkozott is, mivel otthon nem igen szokta tölteni a telefonját,
de szerencsére Pat telefonjának a töltője pont passzolt bele. Mi-
kor sikerült Maggienek életet lehelni a készülékbe, akkor vette
észre, hogy előző este James háromszor is hívta. Megpróbálta
felhívni, de most James nem vette fel, mivel elindult a hegyekbe
a bánatát enyhíteni és nem volt mindenhol térerő. A sikertelen
hívás után elhatározta Maggie, hogy reggelire melegszendvi-
cset készít, és a nappaliban eszi meg a tévé előtt ülve. Nagyon
élvezte, hogy egész nap pizsamában lazíthat, anélkül, hogy bár-
ki megzavarná. Reggeli után a foglalásokat kezdte átnézni, és
közben a neten szörfözött, mindenféle érdekes cikket olvasva.
Igyekezett kiélvezni a nap adta lehetőségeket, mivel másnap már
be kellett menni dolgozni. A délutánt Pat szobájában töltötte.
Először arra gondolt, hogy összeszedi a ruhákat, és Suenak adja,
de elszorult a torka, ha eszébe jutott, hogy a születendő gyer-
mek Patrickre hasonlít majd, és az ő ruháit fogja hordani. Ezért
aztán elhatározta, hogy egy gyermekotthonnak ajándékozza a
holmikat. Természetesen a kedvenc plüss játékokat, a kedvenc
ágyneműjét és még egy-két dolgot, amelyhez emlékek fűzték
megtartott. Elég is volt Maggienek ez az egy eltöltött délután
a fia szobájában, mert ettől megint borzasztóan magányosnak
érezte magát, és felszakadtak a sebek is a lelkében, amelyeket
a fia elvesztése okozott. Ott kuporogva arra gondolt, hogy ki-
szellőzteti a fejét és sétálni indul a közeli parkba. Felöltözött és
bár hideg volt odakint és újból szállingózni kezdett a hó, azért
nekivágott. Ahogy lépkedett a friss hóban, halkan csikorgott a

talpa alatt, jelezvén, hogy mennyire hideg van. Az utcán nem sok emberrel találkozott, ismerőssel meg aztán végképp nem. Lassan, ráérősen ballagott, csak amikor a parkhoz ért futott bele néhány kutyáját sétáltató emberbe. Szinte tudomást sem vett az őt körülvevő világról, annyira elmerült a gondolataiban és ez az érzés csak akkor változott meg, amikor az egyik szeleburdi eb rátekeredett Maggie lábára és elrántotta. Ez az esemény egyből realizálta a helyzetet és Maggie visszaérkezett a való világba. Olyan váratlanul érte a dolog, hogy ott feküdt a hóban mozdulatlanul a meglepődöttségtől, és a kutya az arcát nyalogatta. A gazdája sietve próbálta elrángatni Maggie mellől, de a kutya nem akart tágítani.

– Elnézést hölgyem, nagyon sajnálom, nem szokott ilyet csinálni.

– Elhiheti én sem – válaszolt Maggie hűvösen.

– Bocsánat engedje meg, hogy bemutatkozzam, Adam Brown vagyok – és nyújtotta kezét Maggie felé segítően.

– Örvendek, bár jobban örültem volna, ha nem a hóban fekve kell ismerkednünk.

Maggie egyáltalán nem volt abban az ismerkedős hangulatban, sőt jobban szeretett volna egyedül lenni.

– Higgye el szörnyen sajnálom, jóvá tehetem valamivel, esetleg meghívhatom vacsorázni valamikor?

Maggie hanyagul és közönnyel válaszolt.

– Esetleg.

– Rendben, akkor a holnapután megfelel, mondjuk este hatkor? Hová mehetek Önért?

Maggie sodródott az árral, mint akinek minden mindegy.

– Mondjuk, találkozzunk itt, ha már a kutyája ilyen jól öszszehozott minket.

– Jó, akkor holnapután este itt, addig is minden jót és vigyázzon magára!

– Majd igyekszem.

Elköszöntek egymástól, és a titokzatos, kutyás Adam eltűnt az éjszakában. Mikor Maggie hazaért, egy forró fürdőt engedett magának és azon tűnődött, hogy talán csak képzelte az egészet, hiszen minden olyan gyorsan és meseszerűen történt. Másnap reggel csak az emlékeztette az előző nap történtekre, hogy borzasztóan sajgott a jobb farcsontja. Ha ezt nem érezte volna, akkor még mindig biztos lett volna abban, hogy álmodta az egészet. A wellnessközpontban elenyésző volt a vendégek száma, így nagyon laza volt a nap. A személyzet is csökkentett létszámmal dolgozott, de így sem szenvedett senki semmiben hiányt. James is írt Maggienek, hogy ne keresse telefonon, mivel a hegyekben nincs térerő, majd, ha visszatért jelentkezik. Hogy gyorsabban teljen a délután Maggie felhívta Suet, hogy megkérdezze, mi van vele.

– Szia Sue, hogy vagy?

– Szia Maggie, minden rendben.

– Remélem nem mentél ki a síkos utcára, mert nagyon csúszik a járda, nem kellene most balesetet szenvedned.

– Nem, nem, semmi esetre sem. Telepakoltam a hűtőt, hogy minden legyen itthon..

– Hát nem a szüleidnél vagy?

– Igen ott voltam, de ma reggel visszajöttem.

– De hiszen még csak huszonhatodika van, miért jöttél ilyen hamar vissza?

– Nem úgy alakultak a dolgok, ahogy gondoltam. Tudod az én szüleim mélyen vallásosak, nem nagyon tudtam elfogadtatni velük a kialakult helyzetet.

– Persze megértem, mit szólnál, ha este felugranék hozzád?

– Oké, gyere én itthon vagyok.

– Jó, akkor ötkor itt végzek és utána megyek, vigyek neked valamit?

– Nem kell semmi, köszönöm.

– Rendben akkor hamarosan találkozunk.

– Várni foglak, szia.

– Szia.

Itt a remek alkalom, hogy odaadjam Suenak a karácsonyi ajándékot – gondolta Maggie – még szerencse, hogy berakta a kocsi csomagtartójába. Azért, hogy teljes legyen a repertoár gondolt a babára is és az ajándék mellé még vett néhány narancsot és banánt, mert hát kell a vitamin. Mikor odaért, Sue már tárt karokkal várta. Maggie nem járt nála, a bevásárlásuk óta, de most végre meglátta, hogy miként rendezte be a leendő gyerekszobát. Nem volt túl nagy a lakás, de minden megvolt benne, ami egy takaros kis otthonhoz szükséges. Maggie átadta az ajándékot, de úgy döntött, nem kérdez rá a gyerekszobára, ha Sue úgy gondolja majd megmutatja. Az ajándék a meglepetés erejével hatott, ugyanis Sue nem készült semmivel és szabadkozott, hogy ő nem vett semmit, de Maggie mondta, hogy emiatt ne aggódjon. Ezután leültek és hosszasan beszélgettek. Sue egész idő alatt azon vívódott, hogy megmutassa-e Maggienek a gyerekszobát, Maggie pedig titokban alig várta, hogy láthassa. Sue végül úgy döntött, hogy mi baj is lehetne, hiszen szinte mindent együtt vásároltak, csak még összerakva nem látta Maggie. Így hát a beszélgetés végén bevezette a leendő gyerekszobába. Mikor Maggie belépett, elámult a gyönyörűségtől, olyan ízlésesen és finoman voltak összehangolva a bútorok, a szőnyeg, a függönyök, mint egy mesekönyvben. Sue megfogadta a tanácsát, és igyekezett semleges színeket összeállítani, ami fiúnak és lánynak is egyaránt megfelel. Arra gondolt, ha majd megérkezik a baba, akkor ráér célzottan fiús vagy lányos dolgokat beszerezni, de addig ezek is tökéletesen megfelelnek. Már nyolc is elmúlt, mikor elköszöntek egymástól és Maggie hazaindult. Nem sietett túlságosan, a forgalom nagyon gyér, és az utak elég csúszósak voltak. A vacsorával sem kellett sietnie mivel Sue megvendégelte, így nyugodt tempóban haladhatott hazafelé. Mikor ágyba bújt és a sajgós oldalára fordult, akkor jutott eszébe, hogy neki másnap este találkozója lesz az újdonsült kutyás barátjával. Erről teljesen megfeledkezett, pedig el akarta újságolni Suenak, hogy milyen furcsa helyzetbe került egy kutya miatt. Bár nem tulajdonított nagy jelentőséget az új ismeretségnek, mégis úgy gondolta, hogy illendőségből elmegy a megbeszélt találkozóra. A következő nap már eseménydúsabb volt, és gyorsabban is telt, mint az előző három. A városban is érezhetően élénkült a forgalom, bár meg sem közelítette az átlagost. – Hiába, mégis csak két ünnep között volt még. – Munkával gyorsan telt az idő, és hamar eljött az este. Maggie ötkor hazament és beállt a gardrób közepébe azon tűnődni, mit vegyen fel az esti találkára. Egy halom ruhát megnézett, de végül a pulcsi-farmer kombó lett a befutó. Mivel nem tervezett hosszú távú kapcsolatot, és úgy gondolta, most találkozik harmadszorra – először, utoljára és többet soha – az új ismerősével, ezért nem kívánt különösebben kiöltözni. Háromnegyed hat körül elindult a parkba, bár úgy gondolta késik egy kicsit. Sajnos ez a dolog nem teljesen úgy sült el, ahogy tervezte, mivel Adam késett húsz percet. Szegény, ha tudta volna, hogy ha valamiért Maggie „ugrani" tudott, az a késés volt, tehát Adam mindjárt a kezdésnél beszerzett magának egy sárga lapot. Hiába hivatkozott a nagy forgalmi dugóra, Maggiet ez egyáltalán nem hatotta meg. Miután tisztázták a késés mibenlétét, megegyeztek, hogy hová mennek vacsorázni. Maggie próbált hűvös és kimért maradni, a lehető legkevesebbet árult el magáról. Nem beszélt sem Paulról sem Patrickről, csak annyit mondott, hogy egy kozmetikai szalonban dolgozik. Adam viszont nagyon közlékeny volt. Elmondta, hogy elvált, de gyermeke nincs, imádja a kutyákat, és egy autókölcsönzője van. Bejárta már a fél világot, és folyamatosan magáról és a tehetségéről áradozott. Talán még a jövő hetet is elmondta volna, ha Maggie telefonja nem szólal meg. James volt az.

– Szia James!

– Szia Maggie, nem zavarlak?

– Hát most nem túl ideális, éppen egy barátommal vacsorázok.

– Jó, akkor mikor hívhatnálak, vagy inkább hívj te, amikor jó neked.

Ekkor Adam szinte pofátlanul tette fel a kérdést Maggienek.

– Megkérdezhetem, hogy ki az?

Maggie egy rosszalló pillantást vetett Adamre, aki rögtön értette, hogy nincsenek még olyan viszonyba, hogy joga lenne megkérdezni, éppen kivel beszél. Sajnos Adam ezekből az apró negatív szösszenetekből gyorsan begyűjtött magának egy párat és Maggie el is határozta, hogy valóban nem akar vele többet találkozni.

– Meddig hívhatlak James, meddig nem alkalmatlan neked?

– Most jelenleg olyan helyen vagyok, ahol van térerő, és egész éjszaka itt leszek.

– Oké, akkor, ha vacsora után hazamentem felhívlak.

– Rendben, várom a hívásod, szia.

– Szia James.

– Ő ki volt, ha megkérdezhetem? – szólalt meg újból Adam. – Igazából nem mintha sok közöd lenne hozzá, de elárulom, egy gyerekkori jó barátom.

– Tényleg csak ennyi? – tette fel kételkedve a kérdést Adam.

– Mi okom volna mást mondani?

– Jó, jó persze, de nehogy megharagudj.

– Majd igyekszem visszatartani magam – és Maggie tényleg nagyon visszatartotta magát.

– Apropó, hogy ízlett a vacsora?

– Igazán nagyon finom volt, kár lett volna kihagyni.

– Akkor, ha gondolod máskor is megismételhetjük.

– Lehet, de én nagyon be vagyok táblázva.

– Nem baj majd telefonszámot cserélünk és keressük egymást.

– Szerintem meg maradjunk annyiban, hogy majd a parkban összefutunk, te úgy is minden este a kutyádat sétáltatod, ha nekem alkalmas lesz, akkor majd ott megkereslek.

– Na jó, akkor legyen így – szólt beleegyezően Adam.

– Köszönöm a vacsorát és minden jót neked! – köszönt el Maggie.

– Viszlát hamarosan! – folytatta Adam, és széles vigyorral az arcán integetett az éppen távozó Maggie felé.

Mikor Maggie kilépett a vendéglő ajtaján végre felsóhajtott, már azt hitte, hogy soha nem ér véget a mai este. Ez az ember túl sok volt neki, vagy most aztán mindent meg akart mutatni magából, de nagyon kár volt. Sajnos Maggienél ellentétes reakciót váltott ki, nemhogy megismerni nem akarta már, hanem szabályosan utálta Adamet. Eddig sem sokat sétált a park felé, de ha lehet, akkor ezután csak minden szökőévben jár majd arra. Kész szerencse, hogy nem akarta elkísérni, mert később képes lenne elmenni hozzá.

Maggie hívott egy taxit, hazáig kérte a fuvart, és útközben elhatározta, hogy amint lehet felhívja James-t. Mikor a lakásba ért azon meditált, hogy egy rövid itallal tompítsa a ma esti sokk élményét, vagy rögtön telefonáljon. Nem sokáig tipródott, az ital volt az első, és minden más jöhetett utána.

A telefon hosszasan csengett, mire James felvette.

– Szia Maggie!

– Szia James!

– Mi újság, hogy teltek az ünnepek?

– A körülményekhez képest mondjuk, hogy elfogadható volt, és neked?

– Én a hegyekben töltöttem a karácsonyt, természetesen itt hó fedi a csúcsokat.

– Ne légy annyira büszke erre, ugyanis nálunk is esett pontosan szenteste, és itt is fehér volt a karácsony.

– Igen, tudok róla.

– Látod, és nekem el sem kellett utaznom a hegyekbe.

– Valóban, és hallottam a vacsoránál sem voltál egyedül.

– Igen, egy kedves ismerősöm meghívott és én elfogadtam.

– Ismerem?

– Nem tartom valószínűleg, hiszen én is csak pár napja ismertem meg.

– Tényleg, és hol, ha megkérdezhetem? – kérdezte kíváncsian James.

– Ó, nagyon romantikus ismerkedés volt, konkrétan a kutyája hozott össze minket.

– Maggie ez most komoly, a kutyája? – kérdezte tréfálkozva James.

– Igen.

– És megtudhatnám, hogy miként?

– Ez egy hosszú történet, majd, ha megjöttél elmesélem.

– Most tényleg odáig furdalja az oldalamat a kíváncsiság?

– Ne legyél ennyire türelmetlen.

– Megkérdezhetem, hogy mennyire komoly?

– Még nem tudom, nagyon az elején tartunk.

– Azért vigyázz magadra, és ne állj szóba idegenekkel.

– James elég nagy vagyok már, nem gondolod?

– Rendben, de nem vagyok ott, hogy segítsek, ha kell.

– Oké, ha majd segítségre lesz szükségem, akkor feltétlenül szólni fogok.

– A szavadon foglak, de arra kérlek inkább írj, mivel nincs mindig térerő a telefonomon, így az e-mail biztosabb.

– Akkor ezt megbeszéltük, egyébként mikor jössz haza?

– Még nem döntöttem el, de legkésőbb január harmadikán már otthon leszek.

– Ezek szerint a szilvesztert is ott töltöd?

– Jelenleg ez a terv.

– Ha minden olyan remek, akkor használd ki, mivel januárban vár a munka dandárja, vagyis gondolom, hogy így lesz.

– Valóban, ahogy mondod, de megragadok minden pillanatot.

– Most mondanám, hogy síelj helyettem is, de sajnos én nem tudok.

– Hát itt lenne már az ideje, hogy megtanulj.

– Szerintem, erre nem kerül sor mostanában.

– Pedig jó ötletnek tűnik, és mi is az akadálya, hogy el gyere?

– Voltaképpen csak annyi, hogy nekem itt kell töltenem a szilvesztert, mivel nálunk rendezvény lesz, de sajnos Sue már elég fáradékony, és én nem várom el tőle, hogy egész éjjel helyt álljon.

– Igen, ebben igazad lehet, nem való neki már az éjszakázás, ebben az állapotban.

– De jó, hogy ő ezt most nem hallotta, biztosan kiakadna, hogy ő nem beteg csak más állapotban van.

– Tényleg, de neki most inkább piheni kellene, mivel ki tudja milyen lesz a kis lurkó, lehet, hogy nem is tud majd mellette semmit sem csinálni.

– Hát ezt majd egy későbbi időpontban tudjuk meg, de most már elköszönök, mivel későre jár és nekem holnap dolgoznom kell. Vigyázz magadra és érezd jól magad!

– Köszönöm, megígérem, hogy megfogadom a tanácsod és így lesz.

– Jó éjt James.

– Jó éjt Maggie, és szép álmokat!

Mikor letették a telefont, mindketten vegyes érzelmekkel küzdöttek. Maggie azon meditált, hogy James mellett vajon ott volt-e újdonsült kedvese, James pedig azon töprengett, hogy ki az a fickó, akivel Maggie összeismerkedett és még vacsorázni is elment vele. Nagyon mérges volt magára, hogy miért nincs most Maggie mellett, és attól félt, újból elveszíti. Ezt most nem engedheti meg magának, valamit tennie kell, és elhatározta, hogy haladéktalanul visszatér a városba.

18.

Maggie teljesen a szilveszteri rendezvény szervezésébe merült, és csak harmincadikán tűnt fel neki, hogy Sue még nem ment be. Mikor tudatosult benne a felismerés, azonnal felhívta, hogy mi van vele.

– Helló Sue, mi van veled, annyira el vagyok foglalva, hogy csak most tört rám a felismerés mennyire hiányzol, remélem nincs semmi baj?

– Szia Maggie, ne aggódj minden rendben, csak a csúszós járdák miatt nem nagyon merek az utcára menni, és nagyon sokat alszom. Úgy érzem magam, mint egy medve, aki téli álmot akar aludni. Szerinted ez normális?

– Nem tudom, de ha úgy érzed, hogy a lakásban neked biztonságosabb, akkor maradj csak nyugodtan otthon. Azért, ha nem tartod tolakodásnak, este felugranék hozzád, egy kis csevejre, és bevásárolnék neked, ha kell valami.

– Ó, Maggie az nagyon szuper lenne, majd elküldöm e-mailben a listát, hogy miket kellene venned.

– Rendben, akkor este felugrom, szia Sue.

– Szia Maggie és köszönöm.

Maggie viharsebesen robogott az épületben á-ból bé-be, és intézett mindent. Most, hogy tudta Suera nemigen számíthat, még több energiát fektetett a munkába. Igyekezett mindent elrendezni, mivel másnap már szilveszter napja volt és ő semmit sem szeretett az utolsó pillanatra hagyni, de akkor még nem is sejtette, hogy nem lesz egyedül. Annyira sietett mindent precízen megoldani, hogy majdnem elfelejtette Suenak tett ígéretét. Már az ajtóban volt, amikor visszafordult az e-maileket megnézni, hogy milyen listát küldött neki Sue. Micsoda szerencse, hogy eszébe jutott, hogy állt volna elébe, hogy még ennyit sem tud elintézni. Gyorsan kinyomtatta a listát, ami elég hosszúnak ígérkezett és egyből bizonyossá vált, hogy nem öt perc alatt fog végezni vele. Bepattant az autójába, és irány a legközelebbi hipermarket. Útközben azon morfondírozott, hogy milyen szerencse az ilyen üzlet, mert itt mindent megkap egy helyen, és nem kell átjárnia az egész várost. Már hat óra is elmúlt, mikor beesett Suehoz.

– Szia Sue, bocsánat, hogy ilyen későn értem ide.

– Szia Maggie, semmi baj, biztosan sok dolgod van most, ráadásul még én sem mentem be.

– Ne aggódj minden a legnagyobb rendben, már mindent elintéztem, jöhetnek a vendégek.

– Akkor már nincs is rám szükség?

– Dehogyis nem, ne beszélj ostobaságokat, de legfeljebb vendég leszel, úgy jelképesen.

– Jelképesen?

– Vagy inkább mondjuk úgy, hogy te csak igyekszel jól érezni magad, és elcseverészel a vendégekkel.

– Jó-jó, de akkor ki fog segíteni neked?

– Nekem már az is nagy segítség, ha el tudsz jönni.

– Ezt most ironikusan mondod, vagy úgy rendesen?

– Mi van veled Sue, szoktam én veled ironizálni?

– Nem, azért is tartottam furcsának a kifejezést.

– A „ha el tudsz jönni" kijelentés nem arra irányul, hogy olyan túlsúlyos vagy hogy nem tudsz eljönni, hanem azt akarta jelenteni, hogy örülök neki, ha még el tudsz jönni és még ha egy kis időre is, de mellettem leszel, hiszen általában mindig együtt vagyunk ezeken a rendezvényeken.

– Bocsáss meg nekem Maggie nem tudom mi van velem mostanában, olyan furcsa dolgok jutnak eszembe.

– Semmi baj, nem haragszom hiszen egy olyan esemény előtt állsz, ami hamarosan új szemléletet ad neked, és általa átértékeled majd az előtted álló jövőt. Minden bizonnyal ekörül forognak most a gondolataid, még akkor is, ha nem tudatosan teszed, a tudatalattid próbál barátkozni a gondolattal.

– Azt hiszem, hogy te most megfogalmaztad azt, amit én még nem tudtam, vagy nem mertem idáig, és valóban más elfogadható magyarázatot nem találok a dolgaimra.

– Gondolj csak bele, milyen változáson megy át a tested a kilenc hónap alatt, a reggeli rosszullétektől kezdődően egészen a szülésig.

– Hát igen az elejét már tudom, a végétől meg félek.

– Ne csüggedj, ezt minden anya végig csinálta.

– Köszönöm, most borzasztóan megnyugtattál.

– Reméltem is, hogy így lesz.

– Mondhatnál néha valami biztatót is.

– Hajrá Sue!

– Ez igen, telhetne többre is – méltatlankodott Sue.

– Majd, ha eljön az ideje, akkor majd én is izgulok.

– Már nem kell sokat várnod.

– Tudom Sue, tisztában vagyok vele.

– Azt hittem, hogy te nem tartod számon.

– Lehet, hogy nem szívesen, de mégis.

– Pedig, ha tudnád, hogy mennyire sajnálom, hogy így alakultak a dolgok.

– Hagyjuk.

– Rendben, beszéljünk a holnapi buliról.

– Ok, te hogy szeretnéd?

– Azt hiszem, én nem tudok elmenni.

– Miért is?

– Nézz rám, akkora vagyok, mint egy ház, és a közlekedés is borzasztó kihívás nekem.

– Ez nem lehet akadály, majd eljövök érted, vagy küldök valakit, de neked ott kell lenned. Ez az utolsó közös partink a szülés előtt, nem hagyhatod ki.

– Tudom, de attól félek, hogy csak a terhedre volnék.

– Ne vitatkozz velem, jössz és kész nem tűrök ellenvetést, végtére is én volnék a főnök.

– Igen, ezt idáig még nem tudatosítottad így bennem.

– Hát akkor éppen itt volt az ideje, de csak azért, hogy könynyebben tudd meghozni a döntésedet.

– Köszönöm, sokat segítettél.

– Na látod, te is elismered, hogy jó volt hangsúlyt fektetni a titulus megemlítésére.

– Igen, azt hiszem az időzítés tökéletesre sikeredett.

– Akkor ezt megbeszéltük, úgy készülj, hogy holnap jönni fogsz.

– Rendben, úgy készülök.

– Van mit felvenned?

– A múltkor vettem egy-két darabot, remélem még rám jönnek.

– Akkor még ma próbáld fel, nehogy holnap már késő legyen.

– Inkább nem, majd, ha elmentél.

– Jól van nem szekállak tovább, pihenj le, mert a holnapi nap egy kicsit tovább kell fent maradnod.

– Igazad van, ha elmentél felpróbálom a ruhákat, és utána lefekszem, mert mindjárt itt a reggel.

– Ha szükségét érzed nyugodtan heveréssz akár délig, de este feltétlenül számítok a társaságodra!

– Ígérem ott leszek, ha már ilyen szépen kérsz.

– Oké, akkor én megyek és szép álmokat Sue!

– Szia Maggie, és még egyszer köszönöm.

Maggie beszállt az autójába és szelte a kilométereket, mire észbe kapott már otthon is volt. Annyi minden járt a fejében, hogy nem volt ideje azon gondolkodni mikor ér haza. Ahogy a lakásba lépett, első dolga az volt, hogy bekészítette a kávégépet és már rohant is a fürdőbe, hiszen a holnapi nap neki is hosszú lesz, de azzal vigasztalódott, hogy elsején Sam várja és majd nála kipiheni magát. Ahogy ágyba bújt gondolatban még egyszer átvette a másnapi teendőket, és mindent rendben talált, de valahogy nem jött álom a szemére. Folyamatosan forgolódott és nem tudta, hogy mi az, amiért nem tud aludni. Már éjfél volt, mikor felkelt és készített magának egy finom teát, amivel visszabújt az ágyba és lassan kortyolgatta. Miután rendezettnek gondolta a dolgokat a szilveszteri rendezvény körül, eszébe jutott Paul és Patrick. Ez volt az első olyan karácsony, és az első olyan szilveszter, amelyet nélkülük töltött. Az előző években ők is jelen voltak eme jeles eseményen és együtt köszöntötték az új esztendőt. Maggie szemei könnybe lábadtak, párnájába süllyesztette az arcát és álomba sírta magát.

19.

A reggel borzalmasan indult. A kávégép hangjelzése hajókürt-
nek tűnt, az éjszaka iszonyúan rövidre sikeredett, Maggie sze-
mei olyan karikásak voltak, mintha egy hete nem aludt volna,
a közérzetéről nem is beszélve. Szinte tántorogva ment le a
lépcsőn, mint aki másnapos, pedig csak fáradt volt. Az előző
este magabiztossága is tovaszállt, és úgy érezte, ha most vége
lenne a napnak már az is késő lenne. Felhajtotta az első kávét,
majd gyorsan töltött még egyet, biztos, ami biztos alapon, hogy
tutira felébredjen. Összekészítette ruháját, amelyet estére sze-
retne viselni, majd tusolni indult. A meleg zuhanyt fokozatosan
hidegre váltotta, így garantált volt az ébredés. Nem kellett sok
idő, és az álom kiment a szeméből. Kicsit már jobbnak érezte a
helyzetet és frissebben kezdett öltözködni.

Az ajtóhoz érve még egyszer áttekintette a holmiját, éppen
időben, mert a cipője hiányzott, így jöhetett volna vissza, pedig
csak a „jövő" évben szándékozott hazatérni. Miután végre min-
dene megvolt, elindult és már nyoma sem volt az éjszakai alvás
hiányának. Mire beért a központba már kattogtak a fogaske-
rekek az agyában, és már pörgette az eseményeket maga előtt.
Azt még ugyan nem tudta, hogy Sue miként kerül be, de nem
is akarta vacsora előtt berendelni, pihenje ki magát legalább ő.
A délelőtt viszonylag gyorsan telt, a délután meg még gyorsab-
ban. Maggie folyamatosan ellenőrizte a készülődést, a terítésre
különös figyelmet szentelt. Meggyőződése volt, hogy étkezés-
nél a siker első záloga, a terítéssel tett benyomás. Ezzel nem is
állt távol a valóságtól, és az alkalmazottak is tudták róla, hogy
Maggie nagyon sokat ad a részletekre. Nem véletlenül voltak
olyan sikeresek az általa szervezett rendezvények.

Már délután kettő volt, amikor Maggie telefonja megcsörrent.

– Szia Maggie!

- Szia Sue!
- Nem feledkeztél meg rólam?
- Nem Sue, csak még nem volt időm elmenni érted.
- És szerinted mikor tudsz jönni?
- Hát erre most még nem tudom a választ, de előtte mindenképp telefonálni fogok, és az is biztos, hogy még vacsora előtt.
- Jól van, tudom, hogy sok dolgod van, én meg ráérek.
- Oké, Sue most le kell tennem, de ígérem, hamarosan menni fogok, vagy küldök valakit.
- Rendben Maggie semmi baj, én tudok várni.

Mire Sue végig mondta a mondatot, Maggie már le is tette a telefont. Nem akarta Suet azzal terhelni, hogy már most folyamatosan érkeznek a vendégek és halvány fogalma sincs hogyan kerül Sue a buliba. Amikor sok a tennivaló, fel sem tűnik, hogy mennyire rohan az idő. Amint eszébe jutott újból Sue, az órájára pillantott és már négy óra volt. A torkában gombóc volt, a gyomra összeszorult, és arra gondolt, ha Sue már itt volna, mennyivel könnyebb lenne. A következő pillanatban, mintha az égiek meghallották volna Maggie segélykiáltását, az ajtón váratlanul James toppant be. Maggie hirtelen majd kiugrott a bőréből, hogy megérkezett a felmentő sereg, de nyomban lecsillapodott, amikor meglátta Jessicát James mögött.
- Szia Maggie! – szólt James.
- Sziasztok!
- Nem zavarunk, hogy csak így bejelentés nélkül jöttünk?
- Nem dehogy, hiszen tudod, hogy neked itt mindig fent van tartva egy hely.
- Igen, emlékszem amikor ezt mondtad, és hol van Sue?
- Hát ez az, ha nem vagyok túl szemtelen megtennéd, hogy elmégy érte, az autóm kulcsát megtalálod az irodámban az asztalon. Előre is köszönöm, Sue már hívott, de én nem tudok elszabadulni.
- Ez nem is kérdés Maggie máris indulok. Jessica te maradsz vagy jössz velem?
- Azt hiszem maradok és ismerkedem a hellyel.
- Rendben akkor tartsátok a frontot lányok, hamarosan jövünk.
- Köszönöm James! – szólt utána Maggie.

Miután Maggie kettesben maradt Jessicával, finoman és távolságtartóan megkérte, menjen a társalgóba, és fogadja a vendégeket, ha van hozzá kedve. Jess kapott az alkalmon és gyorsan a tettek mezejére lépett. Maggie nagyon örült ennek, mert így nem kellett feleslegesen bájolognia James aktuális barátnőjével, ami egyébként nagyon nehezére esett volna.

Mikor James becsengetett Sue ajtaján, ő dühösen tépte fel az ajtót.

– Szia James, na végre, hogy jött valaki, már azt hittem itthon hagytok.

– Dehogyis, csak Maggie el van havazva.

– Azt mindjárt gondoltam, nem is értem mi jutott eszébe, hogy egyedül fogott neki.

– Tudod milyen eltökélt tud lenni.

– Igen, bizonyos dolgokban.

– Hogy érted ezt, szerintem minden téren nagyon határozott.

– Ha az üzletről van szó akkor igen, de az érzelmek terén nem nagyon jeleskedik, ahogy te sem – válaszolt Sue mérgelődve.

– Na álljunk meg egy pillanatra, hogy érted ezt?

– Hát úgy, ahogy mondtam.

– Pontosítanál?

– Tudod te nagyon jól, hogy mire gondolok. Te és Maggie, miért nem beszélsz vele?

– Én már annyiszor próbáltam, de minden hiába, nem akar észrevenni.

– Szerintem el kellene mennetek valahova kettesben, bár jelenleg ez elég megvalósíthatatlannak tűnik.

– Miért mondod ezt?

– Hát Jessica miatt.

– Jessica miatt, hogy érted ezt?

– Úgy, hogy Maggie azt hiszi ő az aktuális barátnőd.

– Ez most komoly?

– Miért, elmagyaráztad neki, hogy ki ő voltaképpen.

– Nem, de talán még nem késő.

– Hát én nem tudom, majd eldöntöd, hogy mikor mondod meg neki az igazat.

– Miért te mit hiszel?

– Nézd James én láttam hogyan viselkedsz Jessicaval és láttam azt is hogyan Maggievel.

– Igen és hogyan?

– Maggiet szerelemből szereted és sugárzol, amikor a közelében vagy Jessicát pedig nőként tiszteled és kezeled, de nem vagy szerelemes belé, vagy rosszul látom?

– Nem Sue jól látod, de nem tudom miért fájna ez Maggienek, hiszen ő is randizik mással.

– Hogy Maggie randizik, te most viccelsz?

– Nem, a minap amikor telefonon beszéltem vele épp vacsorázni voltak.

– Ezt nem mondod, én erről nem tudok semmit.

– Akkor jó lesz, ha megtudod nekem, hogy mennyire komoly ez a viszony.

– Most aztán jól megleptél, Maggie egy szóval sem említette, hogy volna valakije.

– Akkor a feladat adva van.

– Rendben James ennek a végére járok még ma este.

– Jó, de Maggienek nem szabad megtudnia, hogy engem érdekel a dolog.

– Nyugi, bízd csak rám!

A vacsorához közeledve a vendégek is megsokasodtak, és James is befutott Sueval, aki egy kissé zabosnak látszott, amiért Maggie nem küldött előbb valakit érte és hangot is adott nem tetszésének.

– Szia Maggie, látom totál kivagy, de előbb is küldhettél volna valakit.

– Szia Sue, én is nagyon szeretlek – mosolygott rá Maggie.

– Oké értem, megyek és foglalkozom a vendégekkel – majd sarkon fordult és kissé fortyogva kiment az irodából.

Végre Maggie és James kettesben voltak, de Maggie a ránehezedő feladat miatt nem igazán tudott Jamesre koncentrálni. Ezt látva James nem is próbált előhozakodni mondandójával, csak megkérdezte Maggiet.

– Segíthetek még valamit?

- Mondjuk csináld azt, amit szoktál, csevegj a vendégekkel -
persze csak ha engedik - és érezd jól magad.

- Ennyi?

- Egyelőre igen.

- Te nem jössz?

- De igen, hamarosan. Azt hiszem a barátnőd és Sue már
tartják a frontot.

- Ő nem a barátnőm.

- Akkor a hölgy, akivel érkeztél.

- Tudod, hogy ki ő?

- Nem és nem is akarom megtudni.

- Pedig szívesen elmondanám.

- Felesleges, menjünk inkább a vendégekhez.

Maggie egy határozott mozdulattal kitárta az ajtót, egyértelműen tudomására adva Jamesnek, hogy ez most nem az a pillanat, amikor őszinteségi rohamot kell kapnia. Pedig, ha tudta volna, mennyire furdalja Maggie oldalát a kíváncsiság, hogy akkor mégis ki ez a nő James oldalán, de akkor sem mutatott semmi érdeklődést iránta, nehogy azt higgye a barátja, hogy féltékeny rá.

Sajnos most már nem csak az est sikere miatt aggódott Maggie, hanem James miatt is. Ezért azzal próbálta magát nyugtatni, hogy másnap elutazik Samhez, és elfelejt mindent. Persze azért ez nem ment neki olyan könnyen, mert belül folyamatosan őrlődött és próbált válaszokat keresni - kevés sikerrel -, mert miért is lenne olyan egyszerű az élet. Így aztán felvette kedvenc mosolyát - ügyet sem vetve a problémákra - és elvegyült a vendégek között. Bájosan trécselt a hölgyekkel és szolidan flörtölt a férfiakkal, természetesen az etikett szabályait szigorúan betartva és nem túlzásokba esve. Az est egészen jól telt addig a pillanatig, amíg Maggie észre nem vette Jessicát és Jamest a parketten összebújva táncolni. Na ettől úgy kiborult, hogy egyből a teraszra menekült. Már vagy tíz perce kint fagyoskodott, amikor Sue lépett mellé.

- Maggie miért nem jössz be, még megfázol, elég hideg van idekint.

- Nem baj.

174

- Maggie neked sürgősen szükséged van valakire, egész este figyeltelek.
- Igen, és mi a diagnózis? -kérdezett vissza Maggie konokul.
- Amit mondtam, szükséged van valakire!
- És talán tudod is, hogy kire?
- Én tudom, és te is tudod.
- Nem, azt hiszem más megoldás után kell néznem.
- Jó, akkor van más lehetőség is?
- Lehetne, de én nem akarom kihasználni.
- Igazán, nem is dicsekedtél vele.
- Nincs is igazán mivel.
- Van valaki a látótérben?
- Mondhatnánk így is, de semmi komoly.
- És mióta tart?
- Tart? Ez egy kicsit túlzás.
- Miért, hát nem komoly?
- A legkevésbé sem, inkább elfelejteném.
- Nem jó partinak bizonyult?
- Parti? Én inkább kullancsnak nevezném.
- Ha így hívod, akkor valóban nem lehet komoly, de mióta ismered?
- Pontosan öt napja.
- És hányszor találkoztatok már.
- Kétszer.
- Ide nem akartad meghívni?
- Isten ments, ez lenne az utolsó, ami eszembe jutna.
- Tényleg nagyon rossz benyomást kelthetett benned.
- Így van és nem is akarok erről többet beszélni.
- Jó, akkor menjünk vissza, mert kezdek átfázni, és nem lenne túl szerencsés, ha meghűlnék.
- Igen, igazad van menjünk.

Mikor visszatértek a terembe már vége volt a zenének, amelyre James és Jess táncoltak. Hamarosan éjfélt üt az óra és elkezdték a pezsgőt kitölteni a poharakba. Mire az óév utolsó tíz másodpercét kezdték visszaszámolni már mindenki kezében ital volt.

Éjfél után elkezdődtek a jókívánságok és a koccintások, mikor

Maggie és James egymáshoz ért, Maggienek egy örökkévalóságnak tűnt, alig várta, hogy véget érjen az a kínos pillanat. Legszívesebben sírva kiszaladt volna, de nem tehette. Maggie boldog új évet kívánt Jamesnek, James pedig boldogabbat Maggienek. Azután két gyors puszi, és Maggie már futott is vagy inkább menekült tovább a következő vendéghez. A hajnal már kevésbé volt zajos, kettő óra után egyre gyorsabban fogyatkoztak a vendégek és reggel ötre mindenki elment, vagy a szobájába tért. Három körül Sue is kifeküdt, hiába már nem neki való ez a hosszú éjszakázás. James és Jess négy körül távoztak, így Maggie vitte a boltot reggelig. A személyzet is nyugodni tért, de Maggie úgy döntött, hogy legalább nyolcig romokat takarít, annyival is kevesebb marad a többieknek, mikor visszajönnek. A reggelivel sem kellett sietni, mivel a vendégek ilyenkor általában délben reggeliztek. Így aztán Maggie átöltözött, majd belefogott a pakolásba és a rendrakásba. Szisztematikusan haladt azokat a helyeket rendbe téve először, ahova majd ébredés után mennek a vendégek. Folyamatosan az lebegett a szeme előtt, hogy az estét már Samnél fogja tölteni és a következő nap nemhogy reggelig, de legalább délig fog aludni. Annyira eltökélt és felvillanyozott volt, hogy úgy érezte hegyeket tudna megmozgatni. Ebből aztán annyi energiát nyert, hogy mire a lányok reggel nyolckor megérkeztek, nem hittek a szemüknek. Mintha egy jó tündér járt volna a közelben, alig maradt valami teendőjük, de nagyon örültek neki, hiszen ők is nagyon fáradtak voltak. Megbeszélték a beosztást és Maggie hazaindult, de előtte még elvitte Suet.

– Na, hogy érezted magad Sue?

– Nagyon jól és el is fáradtam úgy rendesen.

– Itt az egész hét, hogy kipihend magad.

– Ki is fogom, mert van mit, és te mit csinálsz, mondták a lányok, hogy milyen pöpecül összetakarítottál.

– Hát igen, igyekeztem, de ma este már Samnél leszek, meghívott és ott töltök pár napot. Tényleg nem volna kedved eljönni?

– Nem, erre semmi szükség, jobb nekem itt a városban, ha történne valami, itt a kórház helyben.

– Te tudod, bár lehet, hogy jót tenne a vidéki levegő.

– Majd legközelebb – mosolyogta el magát Sue.

– Oké, és üzensz valamit Samnek?

– Igazából, azt hiszem nem, vagyis csak annyit, hogy boldog új évet. Igen ennyi pont elég lesz.

– Jó majd átadom neki.

– Vigyázz magadra Maggie, és feltétlenül szólj, ha majd viszszajöttél.

– Rendben megígérem, szia Sue.

– Szia Maggie.

Elváltak egymástól és Maggie lelkesen száguldott haza, egy gyors tusolás, öltözés és már indult is a reptérre. Mikor felszállt a repülő már érezte, hogy elérte a két napja halmozódó fáradság és kissé el is szundított az úton, de vigasztalta, hogy az éjszakát végig alhatja. Amikor megérkezett, Sam már várta. Egész úton hazáig azt mesélte Maggienek, hogy majd meglátja mennyi minden megváltozott a farmon, mióta nem járt nála. Maggie csak hallgatta némán, és gyakorlatilag a felére sem emlékezett, mire megérkeztek. A birtok valóban csodálatos volt, Patricknek is tetszene minden bizonnyal – gondolta magában Maggie. A vacsora istenire sikeredett, Sam valóban kitett magáért, ahogy ígérte, csupa olyan földi finomságot készített, ami városon nem igazán van. Maggie degeszre ette magát, és borzasztó nehezére esett Sam szavaira koncentrálni, mivel úgy érezte menten leszédül a székről és elalszik. Ezért aztán hirtelen felállt és így szólt.

– Ne haragudj Sam, el tudnánk halasztani ezt a beszélgetést holnapra, nagyon fáradt vagyok szeretnék lepihenni, ha nem gond.

– Semmi baj Maggie, igazad van nem is foglalkoztam azzal, hogy te az előző napokat kemény munkával töltötted.

– Köszönöm Sam, majd holnap reggel folytatjuk!

– Rendben, pihenj nyugodtan, a szobátokban ágyaztam meg neked.

– Oké, már megyek is, jó éjt Sam.

– Jó éjt Maggie.

Ezzel Maggie sarkon fordult és már vonult is a szobába, mintha zsinóron húzták volna az ágyba. Szinte beleájult és már aludt is, még a ruháját sem vette le.

20.

Másnap reggel Sam fél kilenc körül belesett Maggiehez, de látta, hogy teljesen be van gubózva az ágyneműbe, és nem háborgatta. Bekészítette a kávét, és tette a dolgát. Mikor Maggie kinyitotta a szemét pontosan fél tizenkettő volt. Már majdnem bejött, amire előző nap gondolt, csak azt a fél órát kellett volna ráhúznia. Végignyújtózkodott az ágyon és végre úgy érezte, hogy kipihente magát. A sötétítőt nem merte elhúzni, mivel már majdnem dél volt, úgy gondolta minden bizonnyal nagyon világos van, így csak a félhomályban heverészett. Furcsállotta, hogy nem érez finom illatokat a konyha felől, talán ma nem lesz ebéd? – gondolta magában. Sajnos a tegnap esti vacsora már a múlté, és úgy érezte, felettébb hangosan kezd a gyomra korogni, ezért elment egy gyors fürdést eszközölni, majd megcélozta a konyhát. Legnagyobb meglepetésére senki sem volt ott, csak egy cédula a kávéfőzőn neki címezve.

Kedves Maggie! Olyan édesen aludtál, hogy nem volt szívem felébreszteni, ezért nem is tudtam, hogy reggelit vagy inkább ebédet kérsz. A kávéfőzőbe bekészítettem mindent, csak el kell indítanod, hogy friss kávét ihass. Ha valami gond van hívj, de hamarosan jövök. Sam.

Maggie követve az utasítást elindította a kávéfőzőt, és letelepedett az asztal mellé. Amíg a fekete lefőtt a falon lógó tárgyakat szemlélte és rájött, hogy azt sem tudja némelyik mire való. El is határozta, ha Sam hazaér, megkéri, magyarázza el, hogy ezek milyen használati tárgyak? Ahogy így mélázott magában egyszer csak hallja, hogy autó áll meg a ház előtt. Kipillantott az ablakon, Sam volt az. Nagy csomagokkal a kezében tért haza, úgy nézett ki. mint aki legalább három hétre vásárolt. Maggie kisietett elé, hogy segítsen neki, de Sam tiltakozott.

– Nem, nem Maggie, te itt vendég vagy semmi munka, majd én behordom maradj csak nyugton.

– De ez nekem nem fáradság, szeretnék segíteni.

– Szó sem lehet róla.

– Jó, de legalább a kávédat hagy készítsem el, most főtt le frissen még szinte ropog.

– Abban benne vagyok, rendben, azt megcsinálhatod.

– Köszönöm a megtisztelő feladatot.

– Na, és eldöntötted, hogy reggelizni vagy ebédelni szeretnél?

– Nem is tudom, valójában nagyon éhes vagyok, de mit tudsz ajánlani.

– Van minden a reggelihez és az ebédhez is.

– Valami könnyűvel szeretnék indítani, aztán majd meglátjuk.

– Jó, akkor kezdésnek kapsz pirítóst mondjuk igazi vidéki eperlekvárral vagy amivel szeretnéd.

– Aha, ez a könnyű és van valami nehéz is?

– Majd megtudod, ha itt leszel pár napig. Itt lenn vidéken kell a kalória a mindennapi feladatok ellátásához.

– Tudom, én is egy birtokon nőttem fel, és nem volt sem pizza, sem hamburger mégis itt vagyok.

– Én mindig azt mondom, hogy a házi ételeknek nincs párja. A húslevest sem zacskóból esszük, hanem mindent valódi nyersanyagból készítünk.

– Igen, de te itt meg is tudod termelni, szerinted én a városon hol?

– Nem azért mondtam, csak úgy általában, tudom, hogy aki gazdálkodni akar, az kiszorul a farmokra, mert a városban nem lehet. A bosszantó az, hogy manapság már mindent feldolgoznak félkész vagy készételnek és rengeteg segédanyagot tesznek mellé, amire igazából nincs szüksége a szervezetnek.

– Hidd el Sam, hogy van, akit nem érdekel mennyi káros anyagot visz be a szervezetébe, ezen ne is mérgelődj. A fő az, hogy te tudod, mit eszel, az pedig, hogy más mit eszik, az legyen az ő gondja.

– Persze Maggie igazad van, nem is azért mondtam.

– Akkor váltsunk témát, mit ajánlasz ma ebédre?

– Igazi húslevest, olyat, ami három órán keresztül főtt, minden íz benne van. Utána egy igazi zaftos pörköltet tésztával és salátával, de választhatsz frissensültet is.

- És miből sütötted?

- Mivel az új évbe érkeztünk így természetesen malacsült van.

- Nagyon jól hangzik mindegyik, de akkor talán kezdjük a pirítóssal.

- Rendben már hozom is.

Sam félelmetes magabiztossággal mozgott a konyhában. Nem hiába volt már évek óta egyedül, minden megtanult, talán még sütni is tudott, bár ez nem derült ki. A főzési tudományát bizony jó néhány nő megirigyelhetné. Mikor elkészült Maggie elé pakolt és jó étvágyat kívánt.

- Te nem eszel? - kérdezte Maggie.

- Töredelmesen bevallom, hogy én már reggel túlestem ezen, nekem lassan ebédelnem kellene, hiszen már dél is elmúlt.

- Hát akkor ebédelj velem, vagyis egyél velem. Engem nem zavar, ha te nem azt eszed, amit én, nekem a főtt étel korgó gyomorral nehéznek tűnik.

- Ha nem zavar, akkor tényleg melléd telepedek és én is eszem.

Sam odapakolta az ebédre szánt étkeket is az asztalra és Maggievel hozzáláttak a finom falatoknak. Ez az étkezés egy kissé hosszabbra nyúlt, mint az előző napi, mert most volt idő beszélgetésre. Mikor felálltak az asztal mellől már három óra volt. Sam még meg is jegyezte, hogy még egy–két óra és foghatnak a vacsorához. Ezen Maggie jót mosolygott, és segített leszedni az asztalt. Bár már nem volt sok idő sötétedésig Sam mégis azt javasolta járjanak egyet közvetlenül a birtok körül. Az ötlet Maggienek sem volt ellenére, mert megint úgy tele ette magát, hogy alig bírt mozdulni. A séta jó levezetésnek tűnt és folytatták a beszélgetést is. Minél több időt töltöttek együtt, annál inkább az járt Maggie fejében, hogy Paul miért nem tudott ilyen lenni? Hogy tud két testvér ennyire különbözni? De kár is volt ezen töprengeni, mivel ez már nem változtatott semmin. Mire Sammel mindent megnéztek rájuk sötétedett és kezdett határozottan hideg lenni. Maggie alig várta már hogy visszamenjenek a házba és igyon valamit, ami átmelegíti. Sam látta, ahogy Maggienek vacognak a fogai és reszket a hidegtől, amikor beléptek az épületbe, megkérdezte.

- Maggie nem kérsz valami töményet vagy esetleg egy teát vagy forralt bort?

- Jelen pillanatban azt hiszem bármelyik jól esne – felelte vacogó fogakkal Maggie.

- Rendben, akkor valami töménnyel indítunk és utána jöhet a többi.

Sam a bárszekrényhez lépett és felnyitotta azt. Maggie szemei kitágultak, értékesebbnél értékesebb italok sorakoztak, és volt köztük nagyon régi is. Sam kiválasztott egyet – amit jónak talált – és lazán felnyitotta.

- Sam nem mondod komolyan, hogy képes voltál felnyitni egy ilyen italt?

- Miért, azért van, hogy megigyuk vagy nem?

- Hát, ha te mondod, akkor biztosan így van, de nem sajnálod egy cseppet sem?

- Maggie, érted én bármelyik italt képes vagyok felnyitni.

- Ez nagyon hízelgő rám nézve, de miért is?

- Te vagy az egyetlen értékes ember az életemben.

- Most ezt miért mondod?

- Azért, mert így van.

- Akkor jó lenne, ha végre szereznél magad mellé valakit, aki szintén értéket képvisel.

A kellő mennyiségű elfogyasztott ital után Sam visszaterelte a szót a párkapcsolatok mezejére és megszólalt.

- Volt egy valaki az életemben.

Maggie újból elcsodálkozott legalább annyira, mint amikor az italos szekrény kinyílt.

- Hogy mondtad Sam, megismételnéd?

- Volt egy igazi társnak való nő mellettem.

- Mármint valaki, aki számodra értéket képviselt?

- Igen.

- És hol van, mi lett vele?

- Elszúrtam.

- Igen, és hogyan?

- Elmartam magamtól.

- Te?

- Igen, én...
- Akkor csináld vissza!
- Nem lehet.
- Már hogyne lehetne, menj és keresd meg!
- Nem, már biztosan utál.
- Szereted őt Sam?
- Igen.
- Akkor mi a baj?
- Amikor fel kellett volna vállalnom a kapcsolatunkat, nem tettem és ő elhagyott.
- És miért nem vállaltad fel?
- Mert megijedtem a kötelezettségtől.
- Úgy gondolod, hogy az olyan rossz?
- Nem tudom és most már nem is érdekel.

Sam folyamatosan töltötte a poharakat, de Maggie a hallottak után inkább szeretett volna józanul látni, mivel nem tudta, hogy Samnek volt valakije, de még csak be sem mutatta sohasem. Sam pedig az őszinte vallomás után inkább az alkoholt választotta és kiütötte magát. Innentől kezdve a vacsora sorsa is eldőlt, nem mintha Maggie éhes lett volna hiszen a fél délutánt átette. Samet az asztalra borulva hagyta pihenni és elpakolta a poharakat az italokkal együtt. A kávéfőzőt is bekészítette, mert nem tudta, hogy reggel vajon ki lesz az első, aki kelni fog. A villanyokat lekapcsolta és bezárta az ajtókat, csak a spot lámpákat hagyta égve, amelyek a konyhában világítottak. Ezeknek a fényénél Sam tud majd tájékozódni és a fényük nem bántja a szemét, ha felébred. A hír hallatán Maggie annyira lázba jött, hogy alig bírt elaludni. Vajon ki lehet az, szőke, barna, fekete esetleg vörös? Alacsony, magas vagy átlagos, csinos vagy slampos? Úgy döntött, nem feszegeti a kérdést, ha Sam akar, akkor majd beszél róla. Erre ugyan elég kicsi az esély mivel most is csak az ital hatására oldódott meg a nyelve, és nem is mer Maggie előhozakodni vele, nehogy végleg elzárkózzon.

Másnap reggel Maggie érkezett elsőként a konyhába, de Sam már nem volt ott. Mivel a kocsija még a ház előtt állt, így valószínűleg még az ágyában feküdt. Ezen felbuzdulva Maggie gyorsan lefőzte a kávét és bekopogott Sam szobájába. Válaszul egy alkohollal átitatott nehéz, rekedt férfihang szólt vissza olyan mélyről, mintha a pincéből jönne.

– Igen.

– Bejöhetek Sam, hoztam neked kávét?

– Persze, gyere csak.

Maggie belépett a szobába és furcsa áporodott izzadtság és szesz szag csapta meg. Letette a tálcát az ágy mellé és ablakot nyitott. Sam a fejére húzta a paplant és nem szólt.

– Baj, hogy kinyitottam az ablakot? – kérdezte Maggie.

– Nem, én is kiszoktam, csak nagyon szégyellem magam a tegnapi miatt.

– Ugyan, bárkivel előfordulhat.

– De pont most, amikor eljöttél vendégségbe?

– Miért? Te is emberből vagy néha neked is lehet rossz napod.

– Nagyon kiállhatatlan voltam?

– Nem, inkább bánatos, de idd meg a kávédat mert kihűl.

– Akkor nem haragszol rám?

– Miért, kellene?

– Az a baj, hogy sok mindenre nem emlékszem a tegnap estéről.

– Én emlékszem és nem volt olyan mozzanat, amiért szégyellned kellene magad.

– Akkor jó, azt hiszem, kicsit többet ittam a kelleténél.

– Ne szabadkozz, elkapott a gépszíj, van ilyen.

– Te is jártál már így?

– Hát nem sűrűn, de volt már rá példa.

– És milyen volt?

– Figyelj Sam, te sem akarsz beszélni róla, hát én is pont így vagyok vele. Nem vagyok büszke rá, de megtörtént, ez van és kész.

– Borzasztó, hogy még vacsorát sem adtam neked.

– Gondolod, ha éhes lettem volna, nem találok magamnak valami ennivalót, hiszen csurig van a hűtő kajával.

– Az igaz.

– Na látod, nem először vagyok itt nálad, olyan ez, mint egy második otthon.

– Örülök, ha ez a véleményed és annak is, hogy nem haragszol.

– A barátom és a néhai férjem testvére is vagy egyben, mi okom lenne a haragra?

– Én is mindig ilyen feleséget szerettem volna – majd nagyot kortyolt a kávéból.

Maggie nem szólt csak mélyen hallgatott nem árulta el, hogy előző este ezt a témát már kitárgyalták.

Sam folytatta.

– De nekem nincs szerencsém a nőkkel.

– Hogy érted ezt? – értetlenkedett Maggie.

– Úgy ahogy mondom.

– Nem hiszem el, hogy egy ilyen nagyszerű férfi ne tudna magának párt találni.

– A baj az, hogy már nem is keresek, beletörődtem a sorsomba.

– Sam nem vagy még annyira öreg, hogy így kelljen érezned.

– Akkor szerinted mit kellene tennem?

– Ha volt már olyan, aki megfelelt neked, akkor keresd meg – ha még független.

– Nem tudom mi van vele.

– Akkor még nincs minden veszve, kezdjünk el nyomozni.

– Nincs kedvem, attól tartok el fog küldeni, azok után, ahogy viselkedtem vele.

– De ha meg sem próbálod, akkor biztosan nem lesz újból a tiéd.

– Ebben igazad van.

– Rendben, akkor erre a feladatra kell a jövőben koncentrálnod.

– Jó, majd igyekszem.

– Nem vagy túl lelkes.

– Majd összeszedem magam.

– Remélem is! Most pedig megyek és készítek valami reggelit, utána rád bízom a napi programot.

– Oké, mindjárt megyek én is csak kicsit erőt veszek magamon.

Maggie a konyhába sietett és összeütötte a reggelit. Mire elkészült vele, Sam is előkerült és asztalhoz ültek. Az előző este után talán még közelebb kerültek egymáshoz, és még többet adtak magukból. Reggeli után Sam lovagolni vitte Maggiet a birtok távolabbi helyeire. A téli táj nagyon megnyugtató és békés volt. Száz ágra sütött a nap, de a hőmérő higanyszála nem érte el az öt fokot sem, olyan igazi téli kiránduló idő volt. Maggie borzasztóan élvezte a hidegben való vágtázást, a menetszél kellemesen csípte az arcát, de olyan szabadnak érezte magát, amilyennek még soha. Mintha egybe olvadt volna a természet elemeivel, és azt akarta, hogy ez a vágta sohase érjen véget. Időnként vetett egy pillantást Samre, aki szintén nagyon elszántan ült a nyeregben és látszott rajta, hogy elmélyült a gondolataiban. Gyakorlatilag átlovagolták a délelőttöt, majd ebéd után kártyáztak, és Maggie szemügyre vette Sam kamráját. Itt is jól elcsodálkozott, mikor meglátta, hogy milyen gondosan fel vannak a polcok töltve mindenféle különlegességgel. Különböző lekvárok, befőttek, gyógynövény főzetek és száraz teafüvek. Meglepődöttségét nem is tudta véka alá rejteni és Samhez fordult.

– Sam, ezeket te készítetted?

– Hát ki más, nem lakik itt senki rajtam kívül.

– És honnan szerzed hozzá az alapanyagokat?

– Mind itt terem a birtokon.

– Valóban?

– Igen, itt szinte minden helyben van, talán annyi, hogy tudni kell, mi hol terem.

– Te pedig jó gazda módjára tudod is és fel is használod.

– Így van.

– És honnan tudod, hogy mi mire való?

– Az évek meg a rutin, vagyis a szüleimtől átvett tudás és a növények megismerése, no meg az internet adta lehetőségek. Ott is nagyon sokat lehet tanulni.

– De hogy lehet ennyi mindent fejben tartani?

– Mondom Maggie, ennyi év alatt az ember szerez annyi tapasztalatot, hogy sikeresen tudja kamatoztatni.

– Az én szüleim házában van egy nagy láda, és abban láttam mindenféle tudományokat lejegyezve, amikor kicsi voltam én is jártam anyukámmal az erdőt, mezőt.

– Hát akkor éppen itt lenne az ideje, hogy felfrissítsd a tudásod.

– Majd utána is nézek.

– Meglátod majd, hogy nem kell rögtön az orvoshoz rohanni minden problémával.

– Furcsa, még csak harmadik napja vagyok itt és minden nap tanulok valami újat.

– Látod, már megérte eljönnöd!

– Igen, ezzel az állítással csak egyetérteni tudok, kár, hogy holnap már vissza kell mennem.

– Ezt nem mondod komolyan?

– De, sajnos igen. Tudod mióta Sue kismama lett, egyre kevesebbet jön be, de én nem is bántom ezért.

– Aha igen és hogy van?

– Ha eltekintünk a szüléstől való félelmétől és hogy folyamatosan hízik, azt hiszem egészen jól, és egyébként boldog új évet kívánt neked.

– Köszönöm, mondd meg neki, hogy én is viszont kívánom.

– Oké, majd átadom, bár nem tudom, hogy mikor találkozom majd újból vele.

– Hát amikor majd összefutsz vele, megmondod neki.

– Rendben, de most megyek és összepakolom a holmimat, mert mindjárt reggel lesz és nekem mennem kell.

– Biztosan nem akarsz még egy-két napot maradni?

– Sajnos nem tehetem, bármennyire is szeretném, de ígérem, megpróbálok majd sűrűbben eljönni, mert itt nagyon csodálatosan érzem magam.

– Akkor gyere tavasszal, amikor itt a kikelet.

– Elfogadom a meghívást, lehet, hogy akkor még szebb itt minden.

– Igen, akkor éled a természet és páratlan élményt nyújt minden élőlénynek.

– Ha te mondod, akkor az így is van.

– Remélem nem felejted el, mert ha nem jössz, elmegyek érted.- fenyegetőzött mosolyogva Sam.

– Nem fogok megfeledkezni az ígéretemről, de most megyek pakolni.

– Persze, menj csak.

Sam hozzáfogott rendet rakni, Maggie pedig bepakolta a holmiját és nyugovóra tért. A következő nap reggelén már az asztalon gőzölgött a tea és a reggeli, mire Maggie felébredt. Hiába a vendéglátó nem szerette volna éhesen útnak engedni, és újból kitett magáért. Hogy Maggie otthon se szenvedjen hiányt, ezért megajándékozta néhány üveg lekvárral, amiket becsempészett a csomagjába. Mikor a reptérre értek, érzékeny búcsút vettek egymástól, de Sam nem árulta el Maggienek, hogy a csomagja egy kicsit több lett pár üveggel, gondolta majd otthon felfedezi.

– Köszönök mindent Sam, nagyon jól éreztem magam, igazán jó vendéglátó vagy.

– Ahogy te is Maggie.

– Akkor, ha minden jól megy tavasszal újból érkezem, ha addig nem vonod vissza a meghívást.

– Miért tenném?

– Apropó, amíg el nem felejtem, tudod mi a házi feladat? – tette fel a kérdést Maggie.

– Tudom, megkeresni és beszélni vele – válaszolt Sam.

– Helyes, és várom a beszámolót a fejleményekről, de ha sikerült visszahódítanod, el is hozhatnád bemutatni.

– Maradjunk annyiban, hogy megteszek minden tőlem telhetőt.

– Lehet, hogy még annál is többet kell.

– Jaj, Maggie nem nekem valók a nők, sohasem tudtam őket kiismerni.

– Én is nő vagyok, és milyen jól kijövünk.

– Igen, de te az vagy, aki vagy és nincs belőled másik. Tényleg neked nincs egy húgod, vagy nővéred, akivel megismerkedhetnék?

– Sam tudod, hogy egyke vagyok.

– Tudom, de hátha előkerült valahonnan egy közeli rokon, gondoltam megkérdezem, annál esetleg volna esélyem.

– Nagyon hízelgő rám nézve, de most már tényleg megyek, mert hamarosan indul a gépem.

– Köszönöm Maggie, hogy eljöttél.

– Én pedig köszönöm, hogy meghívtál. Vigyázz magadra, és feltétlenül jelentkezz, ha van valami változás.

– Rendben, megígérem.

Átölelték egymást, még egy gyors búcsúpuszi, és Maggie útnak indult. Sam hosszasan kísérte tekintetével és azon merengett, hogy miért nem neki rendelte a sors Maggiet és miért az öccsének. Sam az ablaknál állt és figyelte, ahogyan a gép felemelkedik és kedvenc sógornője miként távolodik tőle. Ekkor még úgy gondolta, hogy minden megy tovább a maga útján, és mit sem sejtett abból, hogy az élete hamarosan száznyolcvan fokos fordulatot vesz.

A nap hátralevő részét Maggie a pihenésnek szentelte. Úgy gondolta, hogy miután a repülő leszáll, taxit hív és hazaviteti magát, egyelőre nem megy be a munkahelyére. Ha történt volna valami említésre méltó, akkor már telefonáltak volna neki, így a lazulásé lehet az egész nap. Természetesen a lekvárok is előkerültek a táska mélyéről és Maggie jót mosolygott Sam leleményességén. Meglepetést akart okozni, és sikerült is.

21.

A következő hetek eseménytelenül teltek, a wellnessközpontban pangott a forgalom, nem is dolgoztak teljes kapacitással, aki akart, szabadságra mehetett. Maggie hetente háromszor felment meglátogatni Suet, és ha kellett bevásárolt neki. Sam mélyen hallgatott, nem adott jelet magáról és a fejleményekről sem. James szinte eltűnt a térképről, bár Sueval rendszeresen leveleztek és a fő téma természetesen Maggie volt. Aztán egy februári napon délelőtt Maggie kétségbeesett telefont kapott Suetól.

– Szia Maggie, azonnal gyere, azt hiszem szülni fogok.

– Hogy mi, nem túl korai még?

– De igen, még van három nap.

– Ó, az semmi, azonnal ott vagyok.

Maggie kihirdette a lányoknak, hogy elment Suehoz, mert úgy néz ki beindult a szülés. Mindenki szorított neki és izgultak miatta. Bepattant a kocsijába, és áthágva néhány közlekedési szabályt száguldott Sue lakásához. Már éppen az ajtóban toporgott, amikor váratlanul megcsörrent a telefonja, Sam volt az.

– Szia Sam, mond gyorsan, mert nem érek rá!

– Hát hova ez a nagy rohanás, csak figyelmeztetni akartalak, hogy hamarosan itt a tavasz és jönnöd kell.

– Tudom, de most ezt nem tudjuk megbeszélni, mert vinnem kell Suet a szülészetre.

– Hogy mi?

– Sue szülni fog, de nem érek rá cseverészni, majd később beszélünk, szia.

És már tépte is fel a bejárati ajtót, ami mögött ott görnyedezett Sue.

– Jaj, Maggie ez nagyon fáj, és egyre jobban.

– Mióta vannak fájásaid?

– Nem tudom, egyszer csak elkezdődött.

189

– És milyen időközönként jönnek?

– Nem mértem, eszembe sem jutott az órát figyelni, annyira megijedtem.

– Akkor nem tudjuk pontosan mennyi időnk van. Megvan a holmid, amit vinni szeretnél?

– Igen, a gyerekszobában van a bőröndöm.

– Rendben hozom, amikor a fájás szünetel máris indulunk.

Amíg elérték az autót, azért kellett egy kis technikai szünetet tartani, de Sue jól kamatoztatta a tanult légzésgyakorlatokat. Maggie a kocsiba segítette Suet, majd ő is beszállt, és már füstöltek is a gumik, úgy hajtott a városon végig, mint még soha. Sue azon izgult, hogy beérjenek a kórházba, Maggie pedig azon, nehogy az autóban szüljön meg. A szerencse is melléjük szegődött, mert sikeres zöld hullámot fogtak ki a lámpáknál és nagyszerűen haladtak előre. Mikor a kórházhoz értek, Maggieről folyt a víz az idegességtől, Sue pedig alig bírt kiszállni a kocsiból. Maggie a bejáratnál ácsorgó betegszállítóhoz rohant, hogy azonnal hozzon egy hordágyat, és már indultak is a szülészetre.

A szülőszoba előtt Sue megfogta Maggie kezét.

– Ugye bejössz velem? – ez kérés és kérdés is volt egyben.

– Hát persze – vágta rá Maggie, mintha ez lenne a világ legtermészetesebb dolga.

Suet előbb az előkészítőbe vitték, és addig Maggie is beöltözött. Pár perc múlva már mindketten a helyükön voltak ki-ki a saját feladata szerint. Hosszú-hosszú szenvedéssel teli órák következtek. Sue Maggie kezét szorította, Maggie pedig Sue arcát törölgette. Amikor a fájás jött, Sue nagyon szenvedett, de Maggie tudta, hogy ez mivel jár, próbálta nyugtatni, simogatni, enyhíteni Sue fájdalmát. A szülésznő folyamatosan vizsgálta Suet, hogy a szülésnek melyik fázisánál tart.

– Minden rendben lesz Sue, ne izgulj, most már jó helyen vagy – szólt Maggie.

– Tudom Maggie, de szeretnék neked mondani valami nagyon-nagyon fontosat.

– Ennél most semmi sem lehet fontosabb, most erre kell koncentrálnod.

– Igen, de mielőtt megszülöm a babát, még mondanom kell valamit.

A beszélgetést az orvos szakította félbe.

– Kedves Sue, a fájások egyre gyakoribbak kezdenek lenni, most erre kell összpontosítania, perceken belül elkezdjük a szülést, a következő tolófájásnál, kérem nyomjon egyet.

Sue bólintott, pár másodperc szünet, és nyomni kezdett.

Maggie úgy érezte Sue eltöri az ujjait, de ki kell bírnia. Amikor Sue engedett a szorításból Maggie tudta, hogy a fájásnak vége, jöhet a következő.

– Sue, most lazítson, hamarosan jön a következő – szólt az orvos.

– Igen.

Mire Sue ismét erőt merített, jött is a következő tolófájás. Sue nyomott, Maggie szorított, és újból.

– Remek, már kint van a feje! – szólt az orvos. – Csak így tovább!

Sue homlokáról szakadt a víz, de mindent úgy csinált, ahogy az orvos kérte. A következő fájásnál jöttek a vállak és utána előkerült a kis jövevény minden része.

– Hölgyem gratulálok, kisfia született – szólt az orvos.

A fájások megszűntek és Sue fellélegzett.

– Megcsináltuk Maggie, köszönöm – szólt könnybe lábadt szemekkel Sue.

– Ne nekem köszönd, hanem magadnak, nagyon ügyes voltál! – felelt Maggie.

– De nélküled sokkal nehezebb lett volna, remélem meg van neki mindene.

– Már miért ne lenne, egészséges szülők gyermeke – és ezután a mondat után Maggie szeme is könnybe lábadt.

Az orvos Sue hasára fektette a kicsit, és Maggie Patricket látta benne viszont. Annyira elragadták az érzései, hogy úgy érezte menten elájul. A lábai remegtek és elhagyta minden ereje.

– Maggie, erről akartam beszélni veled – szólt közbe Sue.

– Hölgyem, bocsánat, de szeretném megkérdezni a kisfiú nevét – szólt a szülésznő.

– Igen – válaszolt Sue. – Samnek fogják hívni.

– Samnek, hiszen Paul testvérét hívják így – tette hozzá Maggie.

A következő pillanatban Sam lépett be az ajtón félig beöltöz-ve. Maggie értetlenül állt a történtek előtt.

Sam Sue ágyához lépett és megcsókolta.

– Bocsáss meg nekem Sue, hogy nem voltam melletted, ami-kor szükséged volt rám.

– Megbocsájtok Sam!

Maggie állt földbe gyökerezett lábakkal, tágra nyílt szemek-kel és nem értett semmit.

Mint aki teljesen összezavarodott.

– Akkor most mi van? – tette fel a kérdést Maggie. – Hát nem azt mondtad Sue, hogy Paul... tudod?

– Igen Maggie, sajnos kétségbeesésemben mondtam azt, amikor magamra maradtam és azt hittem, egyedül kell felne-velnem a gyermekemet.

Maggie nem találta a szavakat, és levegő után kapkodott. Az újszülött baba utáni öröm egyből haragra váltott benne.

– És ez lett volna a megoldás, ezért kellett éjszakákon át álomba sírni magam, a gyász mellé még egy fájdalom? Úgy gon-doltad a sok keserűség mellett elfér még ez is?

Most Sam arcára ült ki az értetlenség, mert nem tudta, Mag-gie miről beszél.

Ezek után Maggie arca mindent elárult, finom ráncai má-sodperceken belül mély barázdákká váltak, komorrá vált és el-uralkodott rajta a düh, a fájdalom, a megvetés, és nem is szólt többet, csak némán megfordult és kisétált a kórteremből. Sue kétségbeesetten szólt utána.

– Maggie kérlek, el akartam mondani, de nem volt rá mód. Nem akartam ekkora fájdalmat okozni.

De Maggie úgy érezte, újból elárulták, és pont az, akiben annyira megbízott éveken keresztül. Levette a kórházi ruhát és elindult céltalanul. A telefonját kikapcsolta, nem akart senkivel sem beszélni. Beült az autójába és csak ment, amerre az út vitte, ki a városból, legszívesebben a világ végéig ment volna. Hiába próbált válaszokat adni a kérdéseire, egyszerűen nem jutott előrébb. Csak a miértek lebegtek a szeme előtt. Először Paul és Patrick, utána Sue és a baba, aztán pedig James az új barátnőjével, most pedig Samről is kiderül, hogy ő is félrevezette. Nem maradt már senkije sem, akiben bízhatna, teljesen magára maradt. Úgy érezte, hogy nincs szüksége ezekre az emberekre, és mindent tiszta lappal elölről kell kezdenie. Megpróbál kialakítani magának egy új életet a várostól távol. Amikor Sam és Sue kettesben maradtak Sam rákérdezett, hogy mi volt az a párbeszéd Maggievel. Sue töredelmesen bevallotta, hogy mennyire félt egyedül maradni a babával és ezt a megoldást találta ki, hogy a gyermeknek mindene meglegyen. Úgy gondolta, ha Maggie DNS tesztet akar majd csináltatni, akkor sem jelent majd problémát, hiszen Sam Paul ikertestvére. Sam meghallgatta, de nem dicsérte meg Suet a tettéért ugyanakkor megértette, hogy miért tette. A legnagyobb baj mégis az volt, hogy gyakorlatilag mindketten eljátszották Maggie bizalmát. Hiába próbálták felhívni és beszélni vele, csak a hangposta jelentkezett és Maggie nem volt elérhető. Sue végső elkeseredésében felhívta Jamest. Elmondta a történteket, és James kétségbeesett, hogy ennyi mindent Maggie már nem bír ki. Próbálta hívni ő is, de neki sem sikerült. A wellnessközpontban is kereste, de ott is csak a szülés előtt látták, azóta nem ment be. James csak remélni merte, hogy nem ahhoz a fickóhoz menekült, akivel együtt vacsorázott, mert amilyen lelkiállapotban van, még valami ostobaságot követ el.

Eközben Maggie agyában megszületett a döntés, és lehajtott az első útjába kerülő benzinkúthoz. Tele tankolta az autót, és meg sem állt a szülei birtokáig. Már jócskán éjszaka volt, amikor odaért, de egyáltalán nem érdekelte az idő, sőt a telefonját továbbra sem kapcsolta be. Az autót a garázsba tette, és abba a szobába igyekezett, ahol gyermekként felnőtt. Úgy érezte, ott volt csak igazán boldog. Alig várta, hogy belépjen az ajtón és kitörjön belőle a sírás. Kispárnáját magához ölelve zokogott, és úgy érezte, ez most jó idő lenne a halálra. Minek is élne tovább, mikor már nincs senkije sem. A fájdalom és a magány elképesztő képeket festett az elméjében. Összegömbölyödve feküdt szinte mozdulatlanul és patakokban folyt a könnye. Minden ereje elhagyta, de szerencsére a szülés körüli aggodalom és a rengeteg idegesség annyira kimerítette, hogy gyorsan álomba merült.

A kórházban Sam és Sue megállapodtak, hogy közösen élik tovább az életüket, mint egy igazi család, és megpróbálják jóvá tenni a Maggienek okozott sérelmeket. Sue ismét felhívta Jamest, hogy tudna-e segíteni a cég irányításában, mivel Maggieről továbbra sincs semmi hír. James készséggel állt Sue rendelkezésére és természetesen elvállalta a feladatot. Megosztotta vele Jessica rejtélyes kilétét is, aki nem más, mint apai ágon levő első unokahúga, és az ő cégénél gyakornok. Tehát Sue valóban jól látta, hogy nem fűzik gyengéd szálak a fiatal hölgyhöz Jamest.

A következő nap mindenki számára másként virradt. Sam családos ember lett, James átmenetileg megkapta egy cég irányítását, Maggie pedig végleg el kívánt zárkózni a külvilágtól.

22.

A szülői ház néma csendbe burkolózott és a fűtetlen helyiségek hidegsége még inkább kihangsúlyozta a végtelen magányt. Maggie felébredt, de felkelni még nem bírt, próbálta kiüríteni az elméjét – sikertelenül. A lelki bajok fizikális fájdalommá alakultak, úgy érezte képtelen bármit is tenni. Csak feküdt magába zuhanva, egyedül, árván a téboly határán. Mikor már a fekvés és a tétlenség is elviselhetetlenné vált, kócosan, meggyötörten araszolt a konyhába és feltett egy feketét. Amikor lefőtt, kiült bögrével a kezében egy kockás plédbe tekerőzve a tornácra és madárcsicsergés közben lassan kortyolgatta. Azt még nem tudta, mi lesz másnap vagy harmadnap, de olyan nagyon nem is érdekelte. Órákon keresztül ült némaságban és hallgatta a természet hangjait. A közöny, ami eluralkodott rajta, földi mércével nem volt mérhető. A kínzó fájdalomtól lelke ezer sebből vérzett, zavaros gondolatai az őrület ingoványos mocsarába húzták. Érezte, ha hamarosan nem történik vele valami jó, akkor valóban megőrül. El kell terelni a figyelmét olyasmi felé, ami elvezeti erről az átkozott ösvényről. Az első lépést megtette, amikor kinyitotta a ládát, amelyet édesanyja hagyott rá. Lekuporodott mellé és elkezdte kiszedni a tartalmát. Könyvek, füzetek, jegyzetek, receptek, csupa régi, hasznos holmi. Ezeket nézegetve rátörtek az emlékek és időnként elsírta magát. Elsőként a füveskönyvet vette tüzetesebben szemügyre – bár még februárban korai volt a gyógynövényeket tanulmányozni – hátha ismerős lesz számára valamelyik útszéli virág. Annyira lefoglalta a kutatómunka, hogy észre sem vette, egész nap a plédbe tekerődzve járkált, és a fűtést még csak be sem kapcsolta. Estére jól átfázva kucorgott a fotelben és arra gondolt, lehet, hogy egy forró fürdő jót tenne. Aztán átvillant az agyán, ha fürdik akkor utána fázni fog, ezért mégiscsak elindította a kazánt, és mire végzett már érezhető volt, hogy langyosabb a ház. Készített magának egy nyugtató teát, és könyvvel a kezében bebújt az ágyba. Másnap reggel, amikor felébredt, olyan hangosan korgott a gyomra, hogy egyből rájött előző nap bizony nem evett semmit sem. A kínálat nem volt túl nagy, de talált egy doboz kétszersültet a kamrában. Mivel egyelőre nem tervezte, hogy elmegy otthonról, így kénytelen volt ezzel beérni. A házban végtelen némaság uralkodott, csak Maggie falatozását lehetett hallani, miként pirítóst ropogtatott és arra gondolt, hogy a többiek minden bizonnyal már keresik. Mivel nem szeretett volna hívatlan látogatókat, így mégis úgy döntött, ad némi életjelet magáról.

Megkereste mobilját és bekapcsolta. Számtalan sok hívás és sms érkezett a két nap alatt, de Maggie még csak meg sem nyitotta egyiket sem. A wellnessközpont címére küldött egy levelet, hogy határozatlan ideig távol marad, majd időnként jelentkezik, ha valami gondjuk van, írjanak neki e-mailt. Miután elküldte a levelet ismét kikapcsolta a mobilját.

Eközben Sue a kicsivel még a kórházban, Sam pedig Sue lakásán volt. James, hogy ne kelljen utazgatnia beköltözött a központba. Próbáltak alkalmazkodni a kialakult helyzethez, mivel mindenki egy kicsit hibásnak érezte magát a történtekért. Sue sejtette, hogy hol van Maggie, de nem merte elárulni Jamesnek, nehogy ezzel olajat öntsön a tűzre, ezért inkább hallgatott. Mikor James megkapta a levelet, hirtelen nagyon lelkes lett és válaszolt is Maggienek, reménykedve abban, hogy ő is így tesz, de minden hiába. Maggie elhatározta, hogy hetente egyszer fogja a mobilját bekapcsolni, de nem mindig ugyan azon a napon és ha lehetséges akkor éjszaka, kiküszöbölve annak a lehetőségét, hogy még bekapcsolt állapotban érjék a telefonját. Ha reggel olvassák az üzenetét, akkor már hiába akarják hívni. A birtokra csak úgy lehetett bejutni, ha ő kinyitotta a sorompót, egyébként legfeljebb csak gyalogosan, de meglehetősen messze volt az épület a bejárattól. Nem tartotta valószínűnek, hogy valaki kilométereket szeretne gyalogolni, amíg beér. A bevásárlást úgy tervezte, hogy a szomszédos városba fog járni és ha lehet akkor a reggeli órákban, amikor még nincs tömeg az üzletekben. Próbált egy használható stratégiát kidolgozni, a lehető legkevesebbet hibával. Esténként gondosan eltervezte a következő nap teendőit, ezt néha csak az időjárás húzta keresztbe. A ház elé rózsatöveket ültetett és már alig várta, hogy virágba boruljanak. Ahogy az idő haladt előre egyre kevésbé hiányoztak neki a terhére levő barátok. Úgy érezte, hogy a magány az igazi gyógyír sebeire. Mivel Sam már nem volt a képben, így Maggie a saját birtokán élte át a tavasz beköszöntét. Nem is látott vagy hallott még hozzá foghatót. A költöző madarak megérkeztek, a fák felöltötték lombruhájukat, szinte látni és érezni lehetett miként éled a természet. Már két hónapja, hogy Maggie vállalta az önkéntes száműzetést, és úgy tűnt működik. A világ dolgait illetően egy kissé el volt maradva, hiszen a tévéjét sem kapcsolta be és a neten sem szörfözött sokat, de nem is érezte hiányát egyiknek sem. Sokat sétált a birtokon, és autóval is bejárta az egészet, hogy pontosan tudja meddig tart. Néha egész nap képes volt barangolni az erdőben és a mezőkön. Némi élelmet és vizet vitt csak magával és természetesen a füveskönyvet. Gyönyörködött a növényekben és az állatokban és nem is akart másra gondolni. Élvezte a végtelen szabadságot és eszébe jutott, hogy milyen élmény volt Samnél lovagolni, és ellenállhatatlan vágyat érzett arra, hogy vegyen egy hátaslovat. Mivel ezen a téren nem volt nagy szakértő, ezért egy adandó alkalommal, amikor a városban járt beszerzett egy lovas könyvet, hogy megkönnyítse a választást. Azt még nem tudta, hogy pontosan miként is kerülne a ló a birtokra, és az istálló kialakítása is váratott még magára, de végre volt már valami motiváció, ami erőt adott neki.

Egyik nap aztán e-mail írás közben az éjszaka közepén váratlanul hívás érkezett a mobiljára és Maggie tévedésből rossz gombot nyomott meg.

– Szia Maggie, James vagyok!

– Szia James!

– Mi van veled, merre vagy?

– Nincs semmi, megvagyok.

– Mikor jössz vissza?

– Nem tudom.

– Pedig jó lenne beszélnünk személyesen a cég dolgairól.

– A levelekben azt írjátok, hogy minden rendben.

– Igen, de volna itt egy-két megvitatni való kérdés.

– Sajnálom, nem tudom mikor megyek vissza.

– Jól van Maggie, akkor majd én megkereslek.

– Szerintem ez nem jó ötlet.

– Miért, mi a baj vele?

– Én már máshol élek és új életet kezdtem, nem szeretném folytatni a régit.

– Azt hiszem ezt a részét megértem a történtek után, de azért találkozhatnánk.

– Nem James, nem szeretném.

– De mi okot adtam rá?

– Nekem most mennem kell!

– Hova mennél Maggie éjszaka van?

– Szervusz James.

– Maggie, ne tedd le!

Sajnos ezt már Maggie nem hallotta, sőt már ki is kapcsolta a mobilját, így hiába próbálta James újra és újra hívni. Másnap aztán James felkereste Suet és megpróbálta szóra bírni. Elmondta neki, hogy két hónap után végre hallotta Maggie hangját, de nagyon fáradtnak tűnt a telefonban.

– Sue, te tudod, hogy hol van Maggie, igaz?

– Miből gondolod James? – próbált kitérni a válasz elől Sue.

– Abból, hogy te sohasem aggódsz érte.

– Talpraesett lány, a jég hátán is megél, miért aggódnék?

– Sue engem akarsz megvezetni?

– Nem, nem akarlak megvezetni.

– Jó, akkor nézz a szemembe és mond azt – nem tudom, hol van Maggie.

– Jó, állok elébe.

Majd szembe álltak és mélyen egymás szemébe néztek.

– Nem tudom azt mondani, hogy nem tudom hol van Maggie – sütötte le szemeit Sue.

– Látod Sue, én megmondtam, szóval hol van?

– A szülei birtokára menekült.

– Dehát az egy lepukkant tanya, évek óta üresen áll.

– Nem James, most nagyot tévedsz, totális felújításon ment át.

– Igen, és ez mikor történt?

– Folyamatosan, de Maggie akkor kezdte, amikor te Európába mentél.

– Miért már akkor tudta, hogy oda fog költözni?

– Nem, Patricknek tett egy ígéretet, és azt tartotta be.

– Oda kell mennem.

– Rendben, de el ne mond, hogy én árultam el.

– Lakat a számon.

23.

James gyerekkorukból ismerte a birtok helyét és kiderítette a megközelítési lehetőségeket. Igaz, hogy együtt gyerekeskedett Maggievel, de ő azóta nem járt ott, és nem akart eltévedni. Egy csütörtöki nap délutánján James útnak indult, és még egy csokor virágot is vásárolt. Mikor odaért zárt sorompóval találta szemben magát. A házban Maggie arra lett figyelmes, hogy a rendszer csipogni kezd, tehát valaki áll valamelyik bejáratnál. Rápillantott a monitorra és legnagyobb meglepetésére James állt ott. Hirtelen nem is tudta mit tegyen, de be kellett engednie, hát felnyitotta a sorompót. Mire a házhoz ér legalább tíz perc, annyi ideje van. Szétnézett a lakásban és látta, hogy volna mit javítani az összképen. Aztán tekintete a tükörre tévedt. Mikor meglátta benne magát szinte elszörnyedt. James nem ezt a Maggiet ismeri. A haja csupa kóc, a póló alól tekintetes méretű hónalj szőrzet virít, a lábára pedig ráférne egy gyantázás. Gyorsan felkapott egy hosszú nadrágot és egy pulcsit, még akkor is, ha kint volt vagy huszonöt fok. A kezén és a lábán a körmök ocsmányak, a szemöldöke, mint az ausztrál bozótos. A haját gyorsan átfésülte, a lábára zoknit húzott, és a kezére kesztyűt, majd megragadott egy kis kerti kapát, mintha éppen kertészkedne. Az újságokat egy helyre hajigálta, de a por még vastagon ott állt a szekrényeken. Mire ezeket megcsinálta, hallotta, hogy autóajtó csapódik odakint. A bejárathoz sietett és kinyitotta az ajtót. James állt ott egy csokor virággal a kezében, és Maggie most látta csak, hogy milyen jóképű. James viszont mikor meglátta Maggiet, egy világ omlott össze benne. Látszott rajta, hogy mennyire megviselték a történtek, teljesen össze volt törve szinte árnyéka volt régi önmagának.

– Szia Maggie! – szólt James.

– Szia James! – válaszolt Maggie.

– Mondtam, hogy megkereslek.

200

– Igen, valóban említetted.

– Hát most itt vagyok.

– Sajnos az időzítés nem tökéletes, mert nekem el kell mennem.

James végigpásztázta Maggie öltözetét és megjegyezte.

– Pont most, pont így kell elmenned?

– Igen, mert a szomszédos farmot szeretném megvásárolni, és a tulajjal mára beszéltük meg a találkozót.

– És a kapát is oda viszed?

Maggie gyorsan a háta mögé dugta.

– Nem evvel itthon kertészkedtem.

– Bent a házban?

– Tudod mit James, tegyük át ezt a beszélgetést, mondjuk szombatra, ha neked megfelel?

– Rendben Maggie, szombaton mikor?

– Mondjuk az este hat neked megfelel?

– Igazából igen, de attól tartok, ha túl hosszúra sikerül az este akkor itt kell töltenem az éjszakát, mivel elég távol vagyunk a várostól.

– Nem probléma, van vendégszobám.

– Csalódtam volna benned, ha most mást mondasz. Akkor megbeszéltük a szombatot, de azért ezt a csokor virágot itt hagynám neked.

– Ó, köszönöm, aranyos vagy.

Maggie kikapta James kezéből a bokrétát és elrohant egy vázáért, majd úgy tett, mint aki nagyon siet, és magához vette a kocsija kulcsát. Eközben James alaposan szemügyre vette a környezetet és némileg elképedt a látottakon.

– A sorompó kifelé menet automatikusan kinyílik, így gond nélkül kijutsz, de nekem most mennem kell.

– Jó, Maggie, akkor szombaton találkozunk.

– Igen James, szervusz.

– Viszlát Maggie.

Maggie bepattant az autójába, gázt adott és elindult. Valójában nem kellett mennie sehová sem, de annyira szégyellte ápolatlan külsejét, hogy nem akart több időt adni Jamesnek, hogy jobban szemügyre vehesse. Úgy döntött kerül egyet a birtokon és majd fél óra múlva hazamegy, addigra James biztosan távozik. Sajnos James már ismerte annyira Maggiet, hogy biztos volt benne, nincs semmilyen üzleti tárgyalás a láthatáron, egyszerűen menekülni akart a helyzetből. A látottak alapján nem is csodálkozott ezen, hiszen ez a Maggie nem az a Maggie, akit ő ismert, ezért aztán különösen várta a szombati napot.

Mikor Maggie hazaért gyorsan bezárta maga mögött az ajtót, nekidőlt háttal és a földre rogyott. Végignézett a lakáson és kétségbeesett helyzettanulmányba kezdett. Mintha robbantás után lett volna, rendetlenség és por mindenütt. Majd nyugtázta, hogy a totális takarítás az első feladatok között szerepel, utána ő következik. El kell mennie a fodrászhoz, a kozmetikushoz, és természetesen a manikűr és a pedikűr sem maradhat el. Igen ám, de a saját cégéhez nem mehet, mert akkor találkozik Jamesszel, ezért úgy döntött, hogy a szomszédos városba fog menni. Másnap reggel az lesz az első dolga, hogy időpontokat kér szombat délelőttre. A pénteki napot a lakás rendbetételének szentelte, és csak remélni merte, hogy mindennel végezni fog. Sajnos a vendéglátás eszközei is igen hiányosak voltak. Nem csak az italok, de az ételek alapanyagai is hiányoznak, de még a fűszerkészlet is igen szegényesnek bizonyult. Tehát Maggienek egy nagybevásárlást kell végeznie, amire nem volt példa, mióta elhagyta a várost. Még a kenyeret is magának sütötte, és igyekezett minél távolabb maradni az emberektől, most viszont be kell merészkednie a társadalom sűrűjébe, ha tetszik, ha nem. A telefonját elővette, és a neten kezdett el frizurákat keresni magának, nem túl sok sikerrel, ezért aztán úgy döntött, hogy majd a helyszínen kikéri a fodrász véleményét. Mivel a ruhatára is igen puritánra szűkült, így egy-két jobb darabot abból is be kellett szereznie. Ezek tudatában tért nyugovóra csütörtök este, és tisztában volt vele, hogy semmi másra nem lesz ideje az elkövetkező két napban. Mivel maximalista volt, így nem engedhette meg magának azt a luxust, hogy ne legyen minden tökéletes, még akkor sem, ha az utóbbi időben elhanyagolta a dolgait. Az elmúlt időszakban annyira maga alá temetkezett, hogy el is felejtette, milyen is az, ha precízen mennek a dolgok.

Másnap reggel James megkereste Suet és beszámolt neki a látottakról.

– Szia Sue!

– Szia James!

– Nem zavarlak benneteket?

– Nem dehogy, Sam lent van a birtokon, mi meg a kicsivel itt a városban.

– Örülök neki, hogy itt találtalak.

– Miért, mi történt?

– Képzeld tegnap meglátogattam Maggiet.

– Komolyan, és milyen volt? – kérdezte lelkesen Sue.

– Őszinte lehetek, nem ismernél rá.

– Miért?

– Borzasztóan nézett ki, és teljesen le van harcolva, mintha nem is ő lenne.

– De hát hogyan?

– Azt hiszem a magány tette ilyenné.

– Ezt, hogy érted pontosan?

– Úgy, hogy legalább két hónapja nem beszéltünk vele, csak leveleztünk. Teljesen magára maradt, és azt hiszem megváltozott egy kissé az értékrendje.

– Pozitív vagy negatív értelemben?

– Ez csak nézőpont kérdése.

– Na de te, te, hogy láttad?

– Hát ez az, hogy még én magam sem tudom, mert ezt a Maggiet nem ismerem.

– Azt hiszem akkor valóban valami nagyon megváltozhatott, ha már te is így vélekedsz.

– Remélem szombat este többet is megtudok majd.

– Miért, mi lesz szombaton?

– Meghívott vacsorára.

– Ez jó hír, és bízom benne, hogy nem szalasztod el a mostani alkalmat.

– Sue, tudod nagyon jól, hogy Maggie mennyire távolságtartó velem.

– Igen, igen, de hátha most majd változik.

– Nem tudom, olyan bizonytalan vagyok már én sem tudom mit kellene tennem.

– Ezt majd a helyzet hozza magával, szerintem ne aggódj emiatt.

– Igyekszem jó döntést hozni, bár eddig sem volt könnyű dolgom Maggievel, a mostanival meg aztán végképp nem számoltam.

– Ó, milyen remek hír, már én is legalább annyira várom a szombatot, mint te.

– Hihetetlen változáson ment keresztül, nem is tudok napirendre térni felette.

– Akkor most mond meg őszintén, nem tetszik már neked?

– Hogy kérdezhetsz ilyet Sue, mióta az eszemet tudom szeretem.

– Akkor mi a baj?

– Nem tudom, annyira bizonytalan vagyok vele kapcsolatban, azt hiszem nem tudnék még egy kosarat bevállalni.

– James, te nem szoktál ilyen lenni, legyél csak önmagad úgy, ahogy eddig.

– Még sohasem éreztem ennyire nehéznek ezt a feladatot.

– Minden rendben lesz, csak fel a fejjel, ha most meghátrálsz, akkor biztosan vége mindennek.

– Nem hátrálok meg, ezt itt most megígérhetem neked.

– Rendben, akkor szavadon foglak!

– Jól van Sue, akkor szombaton este drukkolj nekem.

– Úgy lesz, és majd hívj fel!

– Oké, ti pedig vigyázzatok magatokra, Samet pedig üdvözlöm.

– Feltétlenül átadom neki.

– Viszlát Sue.

– Viszlát James.

Elköszöntek egymástól, James beült az autóba és elindult. Egész úton az járt a fejében, mivel lepje meg Maggiet. Szeretett volna valami különlegeset vinni neki, de nem akart túlzásokba esni. A gondolatai folyamatosan ekörül forogtak, de persze most nem jutott eszébe semmi használható. Az az egy biztos, hogy vörös rózsából fog csokrot készíttetni, de minden más bizonytalan.

Jamesnek sokkal könnyebb dolga volt, mint Maggienek, aki már javában intézte a szombati napot. A tervei annyiban módosultak, hogy már pénteken be kellett mennie a városba, megvásárolni az alapanyagokat, mivel a másnapba annyi minden nem fért már bele. Elhatározta, hogy a délelőtt az ügyintézésé, a délután a takarításé. Valószínűleg nem tud majd mindent megoldani, de azért igyekezett elfogadható körülményeket teremteni. A kamrát sikeresen feltöltötte, köszönhető annak a két bevásárlókocsinak, amit ügyesen megpakolt a szupermarketben. Rá is csodálkozott, amikor a polcokon végig sorakoztak a mindenféle finomságok, amelyek nélkül eddig tökéletesen megvolt. Igyekezett a repertoárt teljessé tenni, minden italból legalább két palackkal vásárolt, nem szeretett volna kényelmetlen helyzetbe kerülni. Még új terítőt is vett, és hozzá való szalvétát. Kacérkodott a gondolattal, hogy a tányérkészletet is lecseréli, de nem talált szebbet és ízlésesebbet annál, mint amit édesanyja ráhagyott. Természetesen a gyertyatartók sem tátonghattak üresen, és a bennük levő gyertyáknak tökéletes összhangban kellett lenniük a terítékkel. Mikor az asztalra rakta a kellékeket, és képzeletben összeállította a másnapi vacsora hozzávalóit, mindent tökéletesnek talált. A nap hátralevő része takarítással telt. Pókhálózás, portörlés, porszívózás, felmosás. A függönyök kimosása, a felesleges holmik eltüntetése, és a nagy rámolásban olyasmire vetemedett, amire nem volt példa, mióta a farmon élt. Az egyik polcon felfedezte a porosodó CD-lejátszót, ami már nagyon-nagyon régen nem volt bekapcsolva. Azt sem tudta, hogy milyen CD van éppen benne, de azért kíváncsiságból rányomott. Egy retro válogatás volt benne, és ezt kezdte el Maggie hallgatni. Mire este lett, teljesen felpörgött a zenétől, és úgy érzete, annyira tele van energiával, hogy a világot is ki tudná billenteni a sarkából. Már fél tíz volt, mikor befejezte a rámolást, és végignézett a szobákon, miként csillog-villog minden és milyen tisztaság illat van mindenütt. Beállt a zuhany alá, és hosszasan csorgatta magára a langyos fürdővizet. Hajat mosott, majd megállapította, hogy ilyen körmökkel nem mehet el a manikűröshöz, valami előmunkálatokat neki is végezni kell. Ezért aztán fürdés után, felvette puha köntösét, és rögtönzött körömvágásba kezdett. Csak úgy nagyjából, hogy ne botránkozzanak meg rajta, bár a gyantázás sem lesz egyszerű. Utána a tükör elé állt, és megállapította, hogy a haja még mosás után is iszonyú, de majd holnap talán javul a helyzet. A fentiek tudatában tért nyugovóra, mivel amit arra a napra tervezett, sikerült megvalósítania, és bízott benne, hogy a másnap is hasonlóan fog zajlani. Az ágyban még egy kicsit aggodalmaskodott, de aztán villámként hasított belé a felismerés, hogy úgy csinál, mint egy csitri az első randi előtt, de hát ő ismeri Jamest, nem egy idegennel fog találkozni, akkor vajon miért ez a nagy zavarodottság? Ilyen és ehhez fogható kérdések még szöget ütöttek a fejében, de sajnos energiája már nem volt, hogy foglalkozzon velük, mivel elnyomta az álom.

24.

Reggel aztán vegyes érzelmekkel ébredt, öröm és aggódás lett rajta úrrá, még szerencse, hogy el kellett mennie a fodrászhoz, és a kozmetikushoz, így egy kicsit elterelődtek a gondolatai az estéről. Már délután egy óra volt, amikor hazaérkezett, és nyugodtan megszemlélte a szakemberek munkáját. A haját befestette az eredeti hajszínének megfelelően, mivel az elmúlt fél évben rengeteget őszült, a szemöldökét kiszedette, és minden apró részletet szemügyre vett magán. Mikor a tükörbe nézett, már azt látta, amit szeretett volna. Ápolt volt és sugárzó, mintha az előző napi fáradság nem is lett volna sehol. Elővette azt a három új ruhát, amit a mai nap tiszteletére vásárolt, és maga elé helyezte. Teljesen más volt a színük és a fazonjuk. Fekete, szürke és zöld. Választása a térdig érő, oldalt sliccelt, zöld, testhezálló ruhára esett. Most, hogy nagyjából minden készen áll, elindult a konyhába és hozzá kezdett a vacsora elkészítéséhez. Igyekezett olyan menüt összeállítani, hogy ne kelljen sokáig a konyhában bajlódnia.

Maggie képes volt napokig meglenni hús nélkül, viszont James nem veti meg a finom falatokat, a feladat tehát adva volt. Különféle húsok, és mindegyik más módon elkészítve, más-más salátával. Maggie, hogy tökéletes legyen a vacsora, még csokis desszertet is készített, pedig már hónapok óta nem evett édességet. Mikor kész lett, nekilátott a terítésnek, mire mindennel végzett már délután öt óra volt. Gyorsan letusolt és felöltötte az újonnan vásárolt zöld ruháját. Még egy utolsó pillantás az asztalra – mielőtt a vendég megérkezik –, és olyan hiányérzete támadt. Hosszasan bámulta a terítéket és nem értette a dolgot, egészen addig, amíg tekintete nem tévedt a szekrényen álló gyertyatartókra. Igen, az volt még a hiányzó láncszem. Mikor az asztalra helyezte őket, jelzett a rendszer, hogy James megérkezett és Maggie felnyitotta a sorompót. Amíg James a kaputól a házig ért, egy örökkévalóságnak tűnt. Egyre idegesebb lett, remegni kezdett a keze és izzadt a tenyere. Most már nem tud kitérni a szituáció elől, ezt most már végig kell csinálnia. A következő pillanatban kopogtak, Maggie az ajtóhoz ment és kinyitotta.

James állt ott egy szál vörös rózsával a kezében, és mellette egy kis csomagot szorongatott, ami bordó szalaggal volt átkötve. Mikor meglátta Maggiet, szinte meg sem tudott szólalni a meglepődöttségtől, mintha kicserélték volna, hol van már az, aki csütörtökön ajtót nyitott neki. Úgy érezte, igen ő az, akit ismer. Maggie látványa annyira elkápráztatta, hogy szinte belezsibbadt mindene, mintha odaszegezték volna a lábtörlőhöz, meg sem tudott mozdulni. A nagy csendet Maggie törte meg.

– Szia James!

– Szia Maggie!

– Csak így hölgy kíséret nélkül?

– Kire gondolsz Maggie?

– Szerinted kire gondolhatnék?

– Minden bizonnyal az unokahúgomra, Jessicára.

– Hogy kidre?

– Az unokahúgomra.

A következő másodpercben hatalmas kő esett le Maggie szívéről – szinte még a huppanást is hallotta –, és a tudat, hogy James nincs elkötelezve, különös erőt adott neki és folytatta a párbeszédet.

– Bejössz, vagy tálaljam a küszöbön a vacsorát?

– Persze jövök.

Maggie becsukta az ajtót, miután James belépett. A következő döbbenetet a lakás okozta, az sem olyan volt, mint előtte két nappal. James azt hitte, hogy egy mesébe csöppent, ahol varázsütésre megváltozik minden, vagy lehet, hogy álmodja az egészet?

– Foglalj helyet James, tölthetek neked valamit?

– Igen, hogyne, de egy pillanat, ezt neked hoztam.

James átadta a csomagot és a virágot két puszi kíséretében, bár ellenállhatatlan vágyat érzett az iránt, hogy nyomban magához ölelje Maggiet és megcsókolja.

– Tudod James, ha nem hoztál volna semmit, akkor is megvendégelnélek.

– Tudom, de ez az ajándék nagyon fontos.

– Akkor mindjárt megnézem.

– Remélem, hogy tetszeni fog neked!

Maggie kibontotta a csomagot, és egy CD lemez volt benne.

– CD nekem?

– Igen, és ha megengeded, el is indítanám.

– Jó rendben, a nappaliban van a lejátszó.

– Bíztam benne, hogy valahol elérhető helyen tartod.

– Nem vagyok nagy zenehallgató, tegnap kapcsoltam be először, hosszú-hosszú idő óta.

– Akkor épp itt az ideje, hogy változtassunk ezen a szokásodon.

– Köszönöm, jó nekem így.

James nem tudott betelni Maggie látványával és le sem vette róla a szemét.

– Ha nem bánod elindítom a CD-t, vacsora közben tudjuk hallgatni.

– Rendben.

Maggie félelme és remegése átragadt Jamesre, aki szinte vibrált, és úgy érezte harapni lehet a feszültséget. Mintha attól félt volna, hogy az ablakok egymás után kitöredeznek a felgyülemlett energiától. Maggie is érezte, hogy James mennyire impulzív, ezért gyorsan elkezdte tálalni a vacsorát. Ezzel egy kis időt nyert és James is megnyugodott, talán a finom bor is oldotta egy kicsit a hangulatot. Már a desszerthez értek, amikor Maggienek ismerős dallamok ütötték meg a fülét.

– James, annyira ismerős ez a zene.

– Valóban és honnan?

– Nem tudom, de hallottam már valahol.

– Akkor nem bánod, ha felkérlek egy táncra?

– Mondhatok egy ilyen kérésre nemet?

– Szerintem nem.

James megfogta Maggie kezét és – mint egy képzeletbeli parkettre – a nappaliba vezette.

A következő pillanatban James már szorosan ölelte Maggiet, mintha sohasem akarná elengedni. Arca Maggie arcához simult, és szivacsként szívta magába parfümje illatát. Azt kívánta, bárcsak ez a pillanat örökké tartana.

– James, mi erre a zenére már táncoltunk egyszer – szólalt meg Maggie.

– Igen Maggie, jól emlékszel, lehet, hogy nem véletlenül van ezen a CD-n?

– Ennek te vagy a megmondhatója.

A következő pillanatban James belebújt Maggie hajába és a fülébe suttogta.

– Igen Maggie, hogy mindig rám emlékeztessen ez a zene, amikor hallgatod.

Maggie libabőrös lett, úgy érzete rögtön megfagy, és kimegy az erő a lábaiból. Mintha az elfogyasztott vörösbor kezdené kifejteni hatását. Fél perccel később James összeszedte minden bátorságát, és megcsókolta Maggiet, aki olyan régen volt már együtt férfival, és oly régen vágyódott már egy érintésre, hogy nem foglalkozott semmivel és úgy döntött, inkább úszik az árral és viszonozza James szenvedélyes csókjait. Így táncoltak egymáshoz simulva, a halvány gyertyafényben, egészen a hálószobáig. Nem szóltak egymáshoz, a testük önmagukért beszélt, tökéletes harmóniában. Mintha mindig is együtt lettek volna, ismerték egymás rezdülését. James úgy érezte annyi mindent szeretne Maggienek mondani, de most csak szeretni akarta. A zene már rég elhalkult és csak egymás lélegzetvételét hallgatták odaadóan, egybeforrva, kifulladásig. James még álmában is szorosan átkarolva ölelte Maggiet, mintha attól félne, hogy újból elveszíti.

Maggie reggel arra ébredt, hogy lecsúszott a takaró a testéről és lágy szellő simogatja a derekát. Belegondolt, hogy mennyire szereti azokat a nyári éjszakákat, amikor a nyitott ablaknál a friss hajnali szél simul hozzá. Majd résnyire nyitotta szemét, és akkor látta, hogy az ablakok csukva vannak, de akkor honnan ez a kellemes, finom, lágy érintés, ami végig cirógatja testét? Ekkor villámként hasított belé a felismerés, hogy nem álmodta az előző este történtek, hanem valóság volt. Legszívesebben elbújt volna szégyenében és meg sem mert fordulni az ágyban. Hallotta, amint James kioson a konyhába és visszatérve lelkesen vitte Maggienek a reggeli kávét. Mikor Maggie meglátta, fejére húzta a takarót és nem szólt semmit sem.

– Jó reggelt Maggie, meghoztam a reggeli feketét.

Maggie a takaró alól.

– Rendben, tedd csak le az éjjeliszekrényre.

– Maggie, bújj már ki a paplan alól.

– Nem akarok.

– De miért?

– A tegnap történtek miatt.

– Miért mi történt, amiért a takaró alá kell bújnod?

– Tudod te nagyon jó, miattad van az egész– szólt Maggie szemrehányóan a takaró rejtekéből.

– Ha én is ugyanezt mondom, akkor nekem is be kell bújnom oda?

– Te nem mondhatod ezt.

– Maggie kérlek, hogy akarod még, miként bizonyítsam menynyire szeretlek.

– Ezt most meg sem hallottam.

– Tudom, gyerekkorunk óta nem hallod.

– Ez nem igaz, most mondod először.

– Próbáltam neked burkoltan jelezni, de te nem akartál tudomást venni róla.

Maggie kibújt a takaró alól, és magára igazgatta a paplant.

– Mi a baj? – kérdezte James.

– Nem szeretem, ha pucéran látnak.

– Miért, nagyon szép tested van.

– Nem baj, nekem így jó.

– Az éjszaka szemügyre vettem minden négyzetcentimétert és én mondom kár takargatni.

– Igen, ezzel sokat segítettél James.

A következő pillanatban James Maggie mellé feküdt az ágyon, és elkezdte simogatni.

– Nem, nem James, ez nem történhet meg még egyszer.

– Miért is nem?

– Mert mi barátok vagyunk.

– Az éjszaka akkor minden bizonnyal nem voltunk azok.

– Az véletlen volt.

– A szenvedély hevében nekem nem úgy tűnt.

– Jó-jó, zárjuk le a témát, nem akarok erről többet beszélni.

– Tudod Maggie nem értelek, miért nem engeded meg, hogy szeressen valaki, miért vagy ennyire elutasító?

– Talán azért, mert mindenkit, akit szerettem, elvett tőlem az élet. Nekem nem szabad senkit sem szeretnem, hát nem érted?!

– Maggie ez a véletlenek összjátéka, ezt nem kell így kisarkítani.

– Tudod mit James, most menj el.

– Nem megyek, mert nem hagylak itt téged ilyen kényszerképzetekkel.

– Ezek nem kényszerképzetek, ezek tények.

– Jó legyen igazad, de nem kell ennek mindig így lenni.

– De sajnos mindig így van!

– Hogy lenne így, mikor itt vagyok én neked?

– Nem is akarom komolyra fordítani ezt a kapcsolatot, mert úgyis rossz vége lesz.

– Maggie ne bocsátkozz jóslatokba!

– Hidd, el, hogy én egy rossz parti vagyok, addig menj el, amíg tudsz és nem esik bajod.

– Ha most azt hiszed, hogy ezzel elrettentesz engem, akkor nagyon tévedsz, valami mást találj ki.

– Nem James, köszönöm a tegnapi estét és a reggeli kávét is, de tényleg azt szeretném, ha elmennél.

– Rendben Maggie és mikor látogathatlak meg újból?

– Nem lesz újból.

– Jól van, én nem erőltetem, az idő majd mindent megold. Köszönök neked mindent, bár én inkább ragaszkodnék hozzád és még nagyon sok éjszakát szeretnék veled tölteni.

– James, fejezd be! – szólt Maggie határozottan.

– Megértettem, bár meggyőződésem, hogy az érzelmeidtől félsz és nem a sorstól. Bízom benne, hogy majd megváltozik a véleményed. Egyébként nagyon szépen rendbe tetted a birtokot, minden bizonnyal iszonyú sok munka van mögötte, de megérte. Kár, hogy Patrick már nem láthatja. Tudom Maggie befejeztem, vigyázz magadra, szia.

– Szervusz James.

Mikor James távozott, Maggie a zuhany alá állt, és mardosta a bűntudat, hogy miért nem tett semmit James közeledése ellen. Ugyanakkor a lelke mélyén nagyon boldog volt, mivel régen nem ölelte senki sem magához és már azt sem tudta milyen érzés tartozni valakihez. Fürdés után belebújt köntösébe és kiült a tornácra kedvenc hintaszékébe. Bögrével kezében, teát szürcsölve órákig billegett odakint, és próbálta gondolatait sorba rendezni. Különös érzés kerítette hatalmába, ha nem lenne tudatában, hogy csak a pillanat hevében cselekedett, akkor azt hitte volna, hogy szerelmes lett Jamesbe, de ezt a gondolatot rögtön el is vetette, mert ez az, ami nem történhet meg. Elhatározta, hogy a jövőben még többet és még keményebben fog dolgozni, hogy kiverje a történteket a fejéből. Nem fog írni és a telefont sem veszi fel, így minden bizonnyal hamarosan le tudja majd rázni. A baj csak az, hogy az együtt töltött éjszaka után, James inkább felbátorodott és esze ágában sem volt feladni Maggie ostromát.

Vasárnap délután Sue felhívta Jamest, és megkérdezte a történtekről.

– Szia James!

– Szia Sue!

– Mi újság, voltál Maggienél?

– Igen, voltam.

– Megmondtad neki, hogy miként érzel iránta,

– Természetesen.

– És hogy fogadta?

– Nem is tudom, hogy kellene megfogalmaznom, a finom hangulatos vacsora után együtt töltöttük az éjszakát.

– Na végre! – csattant fel Sue.

– Te ennek ennyire örülsz?

– Miért, te nem?

– Valójában én is nagyon örülök.

213

– Akkor mi a baj?

– Maggie még nem tudja, hogy ő is nagyon örül.

– Majd én beszélek vele.

– Nem, ne beszélj vele, akkor rögtön rájön, hogy tőlem tudod.

– Ebben igazad van, akkor mi legyen.

– Ne tégy semmit Sue, ezt majd én megoldom.

– Rendben, nekem ebbe nem kell belefolynom, de nagyon örülök neki, hogy ekkorát léptél előre – végre.

– Remélem Maggie is elfogadja az érzelmeimet, és végre kijön az elefántcsonttoronyból, amibe bezárkózott.

– Van rá reális esély?

– Igen, de nem lesz egyszerű meggyőznöm, szörnyű bűntudata van. Úgy látom az egyedüllét e téren nem szolgált a javára, vagy elhozom onnan, vagy én megyek oda.

– Tudod mit James, tégy belátásod szerint.

– Az lesz.

– És mikor találkoztok.

– Maggie nem akar többször találkozni, de én nem adom fel.

– Akkor mi a terved?

– Hamarosan újból meglátogatom.

– Felhívod előtte?

– Nem, meglepem.

– Biztosan jó ötlet ez?

– Majd kiderül.

– Ez így igaz, akkor sok szerencsét.

– Köszönöm Sue, rám fér majd.

– Szia James akkor majd tájékoztass a fejleményekről.

– Rendben, feltétlenül hívlak, szia Sue.

Ahogy Maggie tipródott a továbbiakon, James is gondolataival harcolt, de ő nem a folytatás vagy a szakítás közötti választ kereste, hanem azt, hogy hogyan tudná Maggiet kimozdítani a mélypontról.

Aztán egyik nap különös elhatározásra jutott. Mivel Maggie nem válaszolt az e-mailjeire és a telefont sem volt hajlandó felvenni, úgy döntött, hogy meglátogatja. Igaz, hogy csak néhány napja történt a találkozásuk, de nem fog újból hónapokat vagy éveket fecsérelni a várakozásra. Már csak egy jó tervet kellett kieszelnie, hogy Maggie biztosan beengedje a birtokra és ne tudjon semmire sem hivatkozni.

Az együtt töltött éjszaka után Maggie egy kicsit visszatalált a régi önmagához. A lakást minden nap rendbe tette és saját magára is jobban odafigyelt. Mindig elszörnyülködött, amikor eszébe jutott, hogy miként nézett ki, amikor belenézett a tükörbe és annak ellenére James mégis visszajött hozzá. De hogy ne kelljen állandóan a hívásoktól rettegnie, lehalkította telefonját, és a leveleit sem nézte meg.

Persze ettől függetlenül minden este Jamesre gondolva feküdt és reggel vele kelt. Nem tudta magát túltenni a történteken.

Egyik éjszaka Maggie már az igazak álmát aludta, amikor egyszer csak azt érezte, hogy valami finom, lágy szellő simogatja a vállait. Az ablakot most valóban nyitva hagyta, de a forró csók, amit a nyakán érzett, már nem a hajnali fuvallat műve volt. Egy pillanatra összerezzent, de a következő percben ráébredt, hogy oly ismerős az a kellemes bársonyos érintés, ami végigsiklik vállától a csípőjéig. Izzó melegség öntötte el a testét és már nem akart ellenállni. Eszébe jutott a pár napja átélt élmény és ismét hagyta, hogy az érzelmek magukkal ragadják. Egy szenvedélyes éjszaka után Maggie újból James karjaiban ébredt, de most már valahogy nem kívánkozott eltaszítani magától. Próbálta elfogadni a helyzetet és érezte, hogy James valóban odavan érte. Hozzábújt érzékien és nem húzta már a fejére a takarót, inkább csendesen, halkan, neszielenül feküdt mellette. James úgy érezte, erre várt egész életében, hogy Maggie viszonozza érzelmeit, azt hitte, sohasem jön el ez a pillanat. Egyikük sem akart felkelni, de végül James elindult a konyhába, Maggie pedig a fürdőszobába osont. Ahogy a zuhanykabinban folyatta magára a langyos vizet, egyszer csak James lépett mellé. Maggiet váratlanul érte, de nem állt ellen James közeledésének. A kávé már régen lefőtt, mire James és Maggie előkerültek. Az elkövetkező egy órát a tornácon töltötték. Ültek egymással szemben és némán fürkészték a másik tekintetét, majd néha-néha összemosolyogtak, de nem beszélgettek. Az egyetlen kommunikációjuk a testbeszéd volt, de tökéletes szinkronban működött. Közösen megreggeliztek és amikor James készülődni kezdett, Maggie akkor szólt hozzá.

– Megkérdezhetem, hogy miként jutottál be a házba, és egyáltalán, hogy kerültél ide?

– Igen, a kocsimat letettem az egyik nyiladéknál, és a sorompót kikerülve gyalog jöttem a házig. Azt nem tudtam, hogy miként fogok bejönni, de szerencsére az ablak nyitva volt.

– Nem viszed túlzásba a gyakori látogatást?

– Sajnos nem és ma vissza is kell mennem a városba.

– Menj csak nyugodtan – legyintett közönyt mímelve Maggie.

– Te nem jönnél velem? – kérdezte érdeklődve James.

– Jobb itt nekem, itt nyugodtabb.

– Most nem küldesz el?

– Nem, mert látom reménytelen eset vagy bárhogy is küldenélek.

– Inkább kitartónak mondanám.

– Nevezd, ahogy jónak látod.

– Sajnos nem tudom, hogy estére vissza tudok-e jönni?

– Te tudod, hogy mennyi dolgod van.

– Igyekezni fogok vissza.

– Ha jössz, ha nem, én itt leszek.

– Remélem is, hogy nincs már másik hely, ahova elbújnál előlem, mert nem akarom a hátralevő életemet kereséssel tölteni, ha már végre rád találtam.

Maggie elmosolyodott, és eszébe jutott a titkos szoba, amelyről James nem tud, lehet, hogy egyszer majd megtréfálja, de egyelőre nem szól a létezéséről.

Miután James összeszedte a holmiját, Maggie elvitte a sorompóhoz, hogy ne kelljen neki olyan sokat gyalogolnia. A tíz perces úton sem vitték túlzásba a beszélgetést, de szinte vibrált köztük a levegő. Mielőtt James kiszállt volna, egy szenvedélyes csókkal búcsúzott Maggietől, és megígérte, hogy mihamarabb visszajön.

A nap hátralevő részét Maggie merengéssel és ábrándozással töltötte és eszébe sem jutott a ház körüli munka, úgy érezte, mintha egy álomba csöppent volna, de nagyon bízott benne, hogy sokáig tart ez az álom.

Mikor James a városba ért bekapcsolta mobilját, amit előző este tapintatosan kikapcsolt, mert nem akarta, hogy bárki is megzavarja a Maggievel töltött órákat. A híváslista egy tucat számot dobott ki, amelyek között Sue száma háromszor szerepelt. James, a sértődés elkerülése végett felhívta Suet és elmondta neki dióhéjban a történteket, persze nem a legmesszebb menő részletekig, csak, amit szükségesnek tartott. Sue ismét nagyon lelkesen fogadta a hallottakat, és drukkolt Jamesnek. A délután folyamán James rácsörgött Maggiere, hogy este szeretné elvinni vacsorázni. Maggie igent mondott, és nagyon örült, hogy a minap három új ruhát is vásárolt, így van miből választani a mai vacsorához is. Este hétkor értek az étterembe, és a meglepetés az volt, hogy Sue és Sam is jelen voltak. Mikor Maggie meglátta őket, hirtelen elöntötte a düh, de Sue arra kérte hallgassa meg újra, mert ő nem akarta megbántani. Sam is bocsánatot kért, amiért nem mondta el Maggienek, hogy ki a szíve választottja és miért nem akarta felvállalni a kapcsolatukat. A vacsora végére lecsillapodtak a kedélyek és James egy szál virággal, díszdobozzal a kezében Maggie elé térdelt. Maggie meglepődve figyelte James mozdulatait, és fürkészve tekintett Suera és Samre, mintha tőlük várná a választ az eseményekre. Ekkor James megszólalt.

– Maggie azt hiszem, elég ideje várok már rád és elég régóta ismerjük egymást, ha nincs ellene kifogásod, akkor szeretnélek megkérni, hogy legyél a feleségem – majd James felpattintotta a parányi dobozka fedelét.

Maggie hirtelen zavarba jött.

– Szerintem ez nagyon gyors nekem, nem várhatnánk még ezzel?

– Várhatnánk, de azt szerettem volna, hogy mielőtt elmegyek a Himalájába hegyet mászni, előtte egybekelünk, de ha te nem akarod, akkor persze lehet utána is.

– Hogy hova mégy és mikor?

– A Himalájába, de én is csak ma tudtam meg, hogy három hét múlva lesz esedékes, addigra talán elfogadható lesz az időjárás.

– Akkor azt hiszem ezt az ominózus eseményt kénytelenek leszünk elhalasztani a hazaérkezésed utánra.

– Rendben, nekem tökéletesen megfelel az is, ha akkor mondasz igent.

– Ennyire magabiztos vagy?

– Nem vagyok magabiztos, csak nem tudok olyan indokot, amire hivatkozni tudnál, hogy miért mondanál nemet?

– Ó, én ezernyit tudnék felsorolni.

– Valóban Maggie? Akkor talán kezdj hozzá, hallgatlak.

– Az a baj, hogy nem tudom, melyikkel kezdjem?

– Vagy talán, azért, mert egyetlen nyomós indokod sincs?

– Mire visszajössz összeírom őket.

– Állok elébe – mosolygott James.

– Ugyan már – vágott közbe Sue – mi akadálya van annak, hogy most adj választ.

– Engedjétek meg, hogy a döntés jogát megtartsam magamnak – szólt Maggie.

– Természetesen, nem is akartunk befolyásolni – tette hozzá Sam.

– Tudod Maggie, az a baj, hogy mindenki látta, mi van köztünk, csak pont te nem – jegyezte meg James.

– Tévedsz James, még mindig a régi nóta a nem látni és nem akarni látni nem ugyan az.

– Akkor ezek szerint igen választ remélhetek?

– Majd meglátjuk.

– Jó rendben, akkor várok az utazás végéig, bízom benne, hogy nem változik meg a nézőpontod. Mielőtt viszont elutaznék szeretném, ha bejönnél egy kicsit a központba, mert ha én nem leszek ott, akkor neked kell újból átvenned az irányítást, mivel Sue még javában babázik.

– Igen Maggie, de azért, ha valamire szükséged van, nyugodtan hívhatsz, egy-két óra erejéig el tudom hívni a bébiszittert – tette hozzá Sue.

– Hát persze, erről teljesen elfeledkeztem.

– Akár már holnap is jöhetsz velem Maggie, biztosan a többiek is örülnének.

– Jó, nem bánom akkor holnap bemegyek.

– Remek, akkor ezt megbeszéltük, emeljünk poharunkat az egészségre, és az elkövetkező sikeres jövőre! – szólt James.

Miután megbeszélték a részleteket, Maggie elbúcsúzott Suetól és Samtől, majd Jamesszel elindult hazafelé. Nem sokat beszélgettek, mindketten fáradtak voltak, mikor hazaértek, csak beájultak az ágyba, és reggelig fel sem keltek.

Mikor Maggie kinyitotta a szemét, még mindig azt hitte csak képzelődik, és minden bizonnyal hamarosan felébred és a romantikus percek is csak emlékfoszlányok lesznek. A valóság viszont mást mutatott, mivel James teljes életnagyságban feküdt mellette, és nem úgy nézett ki, hogy elhagyná. Mindenesetre, Maggie a lelke mélyén legbelül szorongással küszködött, de nem merte elmondani Jamesnek.

Mikor másnap Maggie megjelent a központban, mindenki lelkesen üdvözölte és gratuláltak Jamesnek, mert Sue már hírét vitte a történteknek. Igazán szép párt alkottak és már éppen ideje volt, hogy egymásra találjanak. Az elkövetkező három hét tökéletes harmóniában telt James és Maggie között. Együtt feküdtek és együtt keltek. Mire az utazás napja eljött, Maggie úgy érezte képtelen elengedni Jamest, pedig tudta, milyen fontos ez neki. Próbálta palástolni, hogy mennyire aggódik érte, de James megnyugtatta, hogy ő gyakorlott már a hegymászásban és ne idegeskedjen feleslegesen. Meghódítja a Himaláját és már jön is vissza, de akkor Maggie nem ússza meg esküvő nélkül. Az utolsó együtt töltött éjszakán szinte alig aludtak, szenvedélyesen szeretkeztek és beszélgettek. Megegyeztek, hogy amint James odaér és lesz rá lehetősége, írni vagy telefonálni fog Maggienek. James próbálta titkolni, hogy már nem olyan határozott az utazást illetően, de – ha már mindent elintézett –, a cél előtt nem fog meghátrálni. Reggel Maggie kivitte a reptérre, hosszas búcsúzkodás után James felült a repülőre és elszállt a messzi távolba, hogy véghez vigye nagy álmát.

Maggie a munkahelyére sietett, ahol már Sue várta.

– Szia Maggie, mi újság James elment?

– Igen, egy órával ezelőtt kísértem ki a reptérre.

– És meghoztad már vele kapcsolatban a döntésedet?

– Szerinted?

– Szerintem igen. Megmondtad neki is?

– Nem, hadd legyen neki egy kis izgalom az életében.

– Ettől sokkal nagyobb izgalmakat fog átélni a hegyekben.

– Sajnos én is ettől félek, na ezt viszont megmondtam neki.

– Mikor jön vissza?

– Nem tudta még pontosan, majd, ha meghódította a csúcsot.

– Akkor lehet, hogy egy pár hétig távol lesz.

– Igen, de majd telefonon vagy e-mailben értekezünk, feltéve, ha tudja ezeket az eszközöket használni.

– Hát igen, lehet, hogy csak a kiinduló táborban lesz erre alkalma, mert a hegyen erre nincs lehetőség.

– Ő is ezt mondta, így majd nem idegeskedek, ha egy hétig nem is jelentkezik.

– James gyakorlott hegymászó, biztosan nem esik baja.

– Nem is ajánlom neki.

– Látom már elfogadtad őt és az érzelmeit.

– Volt más választásom?

– Nehogy azt mondd Maggie, hogy te nem szereted őt!

– Nem mondom, mert nem volna igaz.

– Ha látnád magad, hogy sugárzol, még sohasem láttalak ilyennek.

– Azt hiszem, nem is éreztem még így magamat egész életemben.

– Ennek már sokkal régebben meg kellett volna történnie.

– Ez azért nem ilyen egyszerű.

– Persze, értem.

– Holnap reggel is itt leszel Sue?

– Még nem tudom, ha akarod akkor bejövök.

– Igazából, nincs semmi sürgős, de ha van valami, majd hívlak.

– Rendben Maggie, akkor én most már hazamegyek, vigyázz magadra, majd beszélünk.

– Oké, szia Sue!

– Szia Maggie!

Sue elment, Maggie pedig munkához látott. Annyira zavarta valami, de nem tudta megfogalmazni, hogy mi is az, aztán kis idő múlva rájött. James hiánya kínozta, olyan volt, mintha elvesztette volna az egyik felét, pedig most még pár hétig így lesz. Avval vigasztalta magát, hogy ettől sokkal többet is kibírt már, ez bizony nem fog ki rajta. A birtokot viszont sajnálta otthagyni, de bízott benne, hogy egy kis idő és ismét visszavonulhat.

Másnap este James e-mailt küldött, hogy szerencsésen földet ért, és következő nap indul a hegy lábánál lévő táborba, onnan még talán tud magáról életjelet adni. Maggie válaszolt neki, hogy mennyire hiányzik és vigyázzon magára. Az elkövetkező napok nyugalomban teltek, bár Maggie betegeskedni kezdett. James amíg tudott, írt Maggienek, de a negyedik nap után már nem jött sem üzenet, sem hívás tőle. Maggie kimerültnek érezte magát, és állandó hányinger kínozta. Mikor Sue bement, Maggiet a kanapén találta fekve, vizes ruhával a homlokán.

– Szia Maggie, mi a baj, mi történt?

– Nincs semmi baj, csak forog velem a világ.

– Ettél valamit, amit nem kellett volna?

– Nem, úgy gondolom, hogy a környezetváltozás, és a Jamesért való aggódás teszi.

– Kihívjam az orvost?

– Nem kell, hamarosan jobban leszek.

– Itt maradjak veled, vagy inkább eljössz és nálunk töltöd majd az éjszakát?

– Dehogyis, jó helyen vagyok itt, a lányok figyelnek rám.

– Te tudod Maggie, de elég sápadtnak tűnsz, nem vagy valami jó bőrben.

– Holnapra biztosan átmegy rajtam, ha nem, akkor majd elmegyek az orvoshoz.

– Rendben, akkor te itt nyugodtan pihenj, én majd szétnézek.

– Köszönöm Sue.

Mikor Sue visszaért az irodába, Maggie már aludt. Lehet, hogy képes lett volna átszunyókálni az egész napot, ha Sue nem ébreszti fel.

– Maggie ébredj, nekem már mennem kell.

– Oké már itt vagyok – riadt fel Maggie.

– Ne idegeskedj, minden rendben van.

– Persze menj csak, sokat aludtam?

– Hát szerintem eleget.

– Akkor remélem most már jobban leszek.

– Ha pedig nem, akkor holnap irány az orvos.

– Igen-igen tudom és köszönök mindent.

– Nyugodtan pihenhetsz tovább, csak szólni akartam, hogy én most elmegyek.

– Semmi baj, menj csak!

– Reggel jövök és megnézlek.

– Én itt leszek, szia Sue.

– Szia Maggie.

Miután Sue elment Maggie megpróbált lábra állni, de nem járt sikerrel, mint egy zsák krumpli huppant vissza a kanapéra. Folyamatosan szédült, és úgy érezte, nem tud fent lenni. Az éjszaka sem volt sokkal sikeresebb és azt hitte Maggie, sohasem lesz reggel. Akkor aztán újból megpróbálkozott a felkeléssel, de az első három lépés után colstok módjára csuklott össze. A földön feküdt, mikor Sue megérkezett és azonnal mentőt hívott. Maggie pulzusa alig volt tapintható és a bőre szürkés színűre váltott. Maggiet kórházba szállították, ahol azonnal vért vettek tőle és elhelyezték egy kórteremben. Sue is utána ment és megkereste a kezelő orvosát, hogy mondjon valamit Maggie állapotáról.

– Jó napot Doktor úr!

– Üdvözlöm, mit tehetek Önért?

– A barátnőmet egy órával ezelőtt hozták be és ott fekszik abban a kétágyas szobában, szeretném megkérdezni, milyen állapotban van?

– A kérdése nagyon stílszerű. A barátnője elég kimerült, nem panaszkodott mostanában valamire?

– De igen, fáradtságra és hányingerre. Ez pedig érthető, mivel a vőlegénye elutazott és már napok óta nem hallott róla.

– A kimerültségre magyarázat lehet a sok idegeskedés, de az állapotára nem.

– Hogy érti ezt Doktor úr?

– Úgy, hogy az állapota az más.

– Mi az, hogy más?

– A barátnője másállapotban van, vagyis terhes.

Sue szemei kikerekedtek.

– Doktor úr, elárulta ezt már neki is?

– Még nem, ezután fogom.

– Bemehetek én is?

– Ha szükségét érzi?

– Sajnos nem tudom, hogy lesz képes ezt a hírt elfogadni.

Sue és az orvos a kórterembe léptek.

– Jó napot kívánok Maggie! – szólt az orvos.

– Jó napot Doktor úr!

– Hogy van kedves Maggie?

– Nem is tudom, olyan furcsán érzem magam, és nagyon gyenge vagyok.

– Azt hiszem most még egy darabig egy kicsit másként fogja érezni magát.

– Hogy érti ezt Doktor úr, ennyire komoly a baj?

– Igazából nem olyan nagy baj ez.

– Akkor?

– Gratulálok önnek Maggie, pár hónap múlva anyai örömök elé fog nézni.

Maggie döbbenten feküdt az ágyon és meg sem tudott szólalni. A csendet Sue törte meg.

– Maggie, hisz ez nagyszerű!

– Valóban úgy gondolod, hogy ez nagyszerű?

– Miért, szerinted nem?

– Nem tudom.

– Mikor mondod el Jamesnek?

– Várjál Sue, hiszen még fel sem fogtam azt, amit az imént az orvos mondott.

– Ha James megtudja, azonnal otthagyja a hegyet és hazajön hozzátok.

– Pontosan ezért nem mondom meg neki, hogy nyugodtan fejezze be azt, amit elkezdett.

– Én legszívesebben már most írnék neki.

– Sue, ennek a hírnek a közlését hagyd meg nekem.

– Természetesen, csak annyira örülök neked.

25.

Maggiet pár napig még bent tartották a kórházban megfigyelés alatt és kapott néhány erősítő infúziót. Sue bevállalta a cég vezetését napi négy órában. Maggie a kórházból egyenesen a birtokra ment, úgy érezte, ott tud igazán pihenni. Egyik nap James rövidke üzenetet küldött Maggienek.

Drága Maggie!

Nagyon hiányzol, nincs a napnak olyan perce, olyan órája, amikor ne gondolnék rád. Köszönöm a sorsnak, hogy megadta nekem, Téged szerethetlek. Lázasan várom a pillanatot, amikor újból magamhoz ölelhetlek és azt hiszem, soha többé nem engedlek el. Hátralevő életem minden percét veled szeretném megosztani, együtt feküdni és együtt ébredni. Kirándulni veled a természet lágy ölén, hallgatva vidám kacagásod, úgy, mint gyerekkorunkban. Semmi és senki nem lehet nálad fontosabb. Igyekszem vissza hozzád, mert hiányod elképesztő űrt hagyott a lelkemben.

Örök szerelemmel: James

Maggie szeme könnybe lábadt és elszorult a szíve, James valóban szereti. Ilyeneket csak az tud írni, aki igaz szerelemmel szeret. Miközben sorait olvasta már nem csak Jamesről ábrándozott, hanem leendő gyermekükről is. Vajon kisfiú vagy kislány lesz és mit fog szólni James? Elhatározta, hogy nem közli vele szemtől szembe, hanem vásárol egy pár aprócska cipellőt és majd a párnájára teszi. Napról-napra egyre több tervet szőtt a jövőt illetően. Próbálta magában tartani az örömhírt, de azért mindig írt valamiről pár sort Jamesnek még akkor is, ha nem jött válasz rá. Sue napi rendszerességgel jelentkezett és érdeklődött Maggie és a kis jövevény hogyléte felől. Ahogy telt az idő, Maggie egyre idegesebb lett, mivel James már két hete nem jelentkezett.

Elkezdte felkutatni azt az utazásszervező irodát, amellyel James utazott és próbált a nyomára bukkanni. Megnyugtatására azt közölték, hogy a rossz időjárási viszonyok miatt a hegymászók fent rekedtek a csúcs közelében levő menedékhelyen, de nem tudni, mikor tudnak tovább indulni. Ettől az információtól Maggie nem lett boldogabb, sőt valami különös aggodalom lett rajta úrrá. A hallottak még jobban elbizonytalanították, és egyre inkább úgy gondolta, Jamessel történt valami. Nem értette, miért nem küldenek mentőhelikoptert a kimentéshez, persze, ha hóvihar tombol odafenn, akkor annak sem veszik hasznát. Már egy hónapja volt James távol, amikor a híradóban közölték, hogy a Himalájában hegymászók egy csoportja nem tudott lejönni a hegyről. Miután James továbbra sem adott életjelet magáról, így Maggie számára egyértelművé vált, hogy a fenn rekedtek közt van ő is. Ettől kezdve minden nap nézte a híradót és böngészte a netet, hogy friss híreket kapjon. Újabb két várakozással teli hét telt el, mikor a televízióban bemondták, hogy feladták a keresését annak a nyolc hegymászónak, akik a menedékházat elhagyva elindultak lefelé, de már nem érkeztek meg a célállomásra. Maggie csak némán meredt a képernyőre és folyamatosan ismételgette.

– Ez nem lehet igaz, ez nem történhet meg, a sors nem lehet ilyen kegyetlen velem. James nem halhatott meg most, amikor már ketten várjuk, hogy hazajöjjön. Amikor végre beteljesedik a szerelmünk, amikor elkezdenénk a közös jövőnket építeni.

Maggie remegő kézzel vette laptopját az ölébe, és kereste az e-mailt, amit James küldött neki. Nem ezt írta nekem, megígérte, hogy együtt fekszünk és ébredünk. Kirándulunk és kacagunk az erdőben, és soha többé nem hagyjuk el egymást.

Maggie a történtek után újból úgy érezte, hogy foglyul ejtette a végtelen magány, napok és hetek teltek el megint és a helyzet bizonyossá vált, James nem jön vissza többé. Hiába a rengeteg levél és telefon, mindenki csak arról tájékoztatta, hogy semmi remény. Az égbe törő hófedte csúcsok végleg magukba rejtették az eltűnt hegymászók maroknyi csapatát.

Miután a telefonban hivatalosan is közölték Maggievel James eltűnését, levegő után kapkodva a tornácra rohant és zokogva a padlóra rogyott. Plédjébe burkolózva kuporgott és reszketőn kiáltott az ég felé.

– Miért adsz nekem csipetnyi ízelítőt a boldogságból, ha megint elveszed, akit szeretek, hát mivel érdemeltem ki újból, mi rosszat cselekedtem? Tudtam, ha boldog leszek, elragadod tőlem, nekem ez a sorsom. Erre kárhozott az élet, hát nekem már így kell élnem örökre, a magányban egyedül? Mit kellene tennem, hogy szeretteim kegyelmet kapjanak, mit kellene tennem, hogy felmentést kapjak a boldogság örök gyásza alól?

Maggie keserves sírással, magába roskadva, remegve gyötörte fájó lelkét, pedig nem volt egyedül.

Elfeledkezett arról a gyönyörű, ragyogó reménysugárról, akit szíve alatt hordott, akit Jamestől kapott ajándékba szerelmének jeléül, aki visszaadja majd Maggienek a magába és a szerelembe vetett hitét és aki elvezeti őt a helyes úton – egyszer.

Értékelje
ezt a **könyvet**
honlapunkon!

www.novumpublishing.hu

A szerző

Mary J. River Baján született, 1973-ban.
Tanulmányait Jánoshalmán végezte. Már iskolás
évei alatt észrevették tanárai jó íráskészségét,
az ő javaslatukra és biztatásukra kezdett el írni.
Érettségi után többféle munkát végzett, dolgozott
éjszakai portásként, adminisztrátorként, de volt
telefonközpontos is. Jelenleg pénztárosként dolgozik.
Férjezett, két gyermek édesanyja.
Szabadidejét szereti kreativitást igénylő
tevékenységekkel eltölteni, nagyon érdekli
a virágkötészet, bármilyen alkotó szellemű,
kézügyességet igénylő hobbi. Szeret személyre
szabott egyedi meglepetéseket készíteni.
Legjobban az olvasás tudja elvarázsolni és
kikapcsolni, de nagyon szeret rejtvényeket is fejteni.
Írói pályafutásának első művére nagy büszkeséggel
tekint.

A kiadó

Aki feladja,
hogy jobbá váljon,
feladta,
hogy jobb legyen!

E mottó alapján a novum publishing kiadó célja
az új kéziratok felkutatása, megjelentetése,
és szerzőik hosszútávú segítése. Az 1997-ben
alapított, többszörösen kitüntetett kiadó az egyik
legjelentősebb, újdonsült szerzőkre specializálódott
kiadónak számít többek között Ausztriában,
Németországban és Svájcban.

**Valamennyi új kézirat rövid időn belül egy
ingyenes, kötelezettségek nélküli kiadói
véleményezésen esik át.**

További információkat a kiadóról és
a könyvekről az alábbi oldalon talál:

www . n o v u m p u b l i s h i n g . h u